花儿依旧别样红

蔡淼◎著

山西出版传媒集团
北岳文艺出版社
BEIYUE LITERATURE & ART PUBLISHING HOUSE
·太原·

图书在版编目（CIP）数据

花儿依旧别样红 / 蔡淼著. -- 太原：北岳文艺出
版社，2025.3. -- ISBN 978-7-5378-7013-9

Ⅰ. I247.5

中国国家版本馆 CIP 数据核字第 2025D5N267 号

花儿依旧别样红　　蔡淼 / 著
HUAER YIJIU BIEYANG HONG

//

出 品 人：郭文礼

总 策 划：汪恒江

策划编辑：董江波

责任编辑：董江波

　　　　　李向丽

复　　审：王朝军

终　　审：郭文礼

宣传运营：刘思华

　　　　　董江波

印装监制：郭　勇

装帧设计：装帧设计
Mobile:17500088884

出版发行：山西出版传媒集团·北岳文艺出版社

地址：山西省太原市并州南路57号

邮编：030012

电话：0351-5628696（发行部）　0351-5628688（总编室）

传真：0351-5628680

印刷装订：山西万佳印业有限公司

开本：890 mm × 1240 mm　1/32

字数：175千

印张：8.125

版次：2025年3月第1版

印次：2025年3月山西第1次印刷

书号：ISBN 978-7-5378-7013-9

定价：68.00元

目　录

花儿依旧别样红

1

金秋十月，阳光懒洋洋地铺在帕米尔高原的每一个角落，天空蓝得像是一片倒扣在云上的海，那蓝透明，似在头顶，伸手就能碰到海水的呼吸，却又宽阔、疏朗、辽远得不可及。阳光在冰层上折射出耀眼的光芒，在正午时刻析出一条小径，又在太阳下山之后复原为最初的模样。县城还是老样子，主干道两旁的白杨树和几年前相比并没有什么明显的变化。在高原就是这样，树不可貌相，和很多事物都有着相似的道理。同样一棵碗口粗的树，这里的要比平原地带县城的多出十来岁的树龄。这是因为高原常年气温比较低，昼夜温差大，树木的生长速度比较缓慢。

一辆橘红色的吉普汽车停在了一棵树下，与高原的苍茫色调形成了鲜明的对比。他下车，伸了一个懒腰，然后和车里的人交代了几句。两分钟以后，整个街道就剩下他一个人。虽然是秋天，但是高原上的天气却透着几分凛冽。他熟悉地走过一个十字路口，穿过两条巷子，向这高原县城里唯一的中学走去。

他急匆匆地走着，没有带任何行李，连一件厚的衣服也没有。终于，又回来了。在祖国的边疆小县城，再往前走就可以通过口岸抵达另一个国家。那里的海拔更高，每年在新闻里总是能看见小伙子们在边境线上巡逻的画面，风呼呼地往外撕扯着，似乎要吹到眼睛跟前，让人误以为是电视机出现了问题。他看见他们的面容冻得红红的，浮着一层薄薄的雪粒。他从没有想过，有一天他也会踏上这片土地。

他遏制住内心的激动，踏上三级青石台阶，一切都是那样的熟悉。但此时大门紧闭，他正准备伸出手去敲传达室的门，一个熟悉的声音传来："少军，哎哟，真的是你哈。我还以为你不会回来呢，欢迎欢迎。"说话的正是县中学的副校长贺茂。他这一句问候操着一口四川话，还夹杂着新疆口音，说出来别有一番韵味，让王少军倍感亲切。两只手交缠在一起，一把拉过，彼此的肩就靠在了一起。仿佛是流浪在外已久的汉子，瞬间有了家的气息。对于贺茂也是一样，见到了久违的亲人，很是惊喜。这里是高原地区，人们每天重复着相同的工作，寂寞和枯燥是这里最大的特色。县里的蔬菜、水果都是靠汽车从平原地区拉上来，所以每当县城出现新的面孔，大家都兴奋得无异于发现新大陆一般。几十年来，小贺也逐渐变成了老贺，仅剩下后脑勺附近的几根长头发盖过了早就发光发亮的头顶，唯一不变的是从孩童时期就一直挂在嘴边的四川乡音。

简单寒暄过后，他们就近找了一家牦牛肉火锅店来填饱早已干瘪的肚子。从市区搭便车到县城，一路颠簸走了十多个小时，王少军的骨头都快要散架了，确实饿得前胸贴后背，明显感觉到体内的世界在坍塌。

高原的牦牛肉是当地的特产，真正的原生态。牦牛就在县城下街的草滩上放着，一生都不曾沾过一粒饲料。牦牛肉可谓是肉中上品，牦牛吃着青草，喝着冰雪融水长大。两个男人见面吃饭，客套话很少，都在酒中。几杯白酒下肚，肚中暖暖的，两人脸上都略带微微醉意。相互脸色都红了，话也就多了起来。贺茂跟王少军倾诉了一番，从他们学校的保安到校长，从吃喝拉撒到风花雪月都不曾落下。何茂成了专业的捎话人，王少军静静地做一个倾听者，一帧一帧的画面在他的脑海中复原。说着说着，两个男人的脸上就涌现出两条小溪来。末了，贺茂说了句："少军，你这次是来看女儿的吧？"他轻轻地喊出她的名字，像是石子落水的声音，两人都笑了。绯红的脸颊，像是从火中抽离出来的铁，热气之下浮着一层细密的汗珠，锅里的亮色油光正闪烁其中。

2

黑黢黢的山路上，一闪一闪的灯光，那颠簸摇晃的路像是夜晚的摇篮，车里的人都在这一摇一晃的节奏中睡得昏昏沉沉。随着海拔的上升，人身体里的瞌睡虫便开始苏醒。司机师傅看着一拐一弯的山路，不自觉地控制着鼻息呼出的速度。灯光上下左右来回地扑朔着，晃得人更是没了精神，吱吱嘎嘎的响声像是夜晚的交响曲，幽远绵长。无尽的黑色，没有边际的界线，一辆大客车穿行在黑暗之中。车内偶尔亮起手机屏幕的亮光，像是一颗逃逸的彗星，亮了，又快速地熄灭，落入了更深的黑暗中。

阳春三月，本是春回大地的景象，但是帕米尔还笼罩在一片隆冬之中。

两年前，三个年轻的深圳老师响应国家号召，加入新一轮的援疆队伍中来。五个小时的飞机，加上十多个小时的汽车，三人早已被折腾得疲惫不堪。当王少军他们三人到达县中学时已经是凌晨三点多了。下车的时候，王少军看了一眼天空，黑色压在头顶，似乎像是一块巨石，砸下来可以把人压成齑粉。终于到了，校长在校门口亲切接见了他们，这漫长的旅途终于在这一刻结束了。简单安顿之后，王少军顾不上那么多了，直接躺倒在了床上。手贴在额头上，感觉温度蹿升得很快，他无力地转过身去，疲倦感涌上来，迅速把他扯入梦境，他感觉自己跳进了太阳的中心。嘴唇干裂，喉咙里塞满了沙子。他强忍着不适，一口气把自己从梦中咳醒。

第二天，学校举行了隆重的欢迎仪式。按照学校的安排，王少军接了一个班的班主任和三个班的语文教学工作。

贺茂作为分管教务的副校长，告诉王少军："这个班的班主任上个星期刚刚辞职。那是一对小夫妻，都是甘肃人，大学毕业就被引进到这里教书。不到两年时间，男的就被提拔为团委书记，作为中层领导重点培养。可是，我实在是没有想到，他们宁肯去平原地区经营餐饮店也不愿意留下来。你看看，我们学校年轻面孔特别少，断层现象已经非常明显了。高原地区条件艰苦，生源基础也相对薄弱，很难留住人才。留下来的也随着时光这把杀猪刀慢慢殆尽了原有的激情，活成了'活死人'。"

贺茂在说这些话的时候深深地叹了一口气。王少军自然知道这意味着什么，自己身上的担子自是不轻，而现实远比想象来得更加猛烈。

"哦，对了。你接手的这个班还不错呢，前班主任姓顾，学生都很听她的话。本来以为可以带完这届，谁知道，唉。你我都是老师，一个班级频繁地换老师意味着什么，自然不用我多说。我相信你的到来会让他们变得更加优秀，有什么问题随时来找我。"贺茂说完，脸上闪过一丝神秘的微笑。

开完全校班主任会议以后，王少军就来到分配给他的班级，初二四班。现在离正式开学还有两天，校园里零零散散已经有些住宿的学生。王少军进到教室里，有十来个学生正在班里嬉哈打闹，见到他推门而入，瞬间变得安静了。这些孩子都是高鼻梁，两腮绯红，蓝眼睛，猛然一看像是电影里的外国孩子。

后来王少军从资料上得知，这里世代居住着塔吉克族人，是我国唯一的欧罗巴人种，也就是白色种人。王少军告诉孩子们，自己是他们的新班主任。孩子们就把他围在讲台上，你一言我一语地说起来，十分热情。

"老师好！你姓啥啊？我们的班主任顾老师去哪儿了？"一个扎着马尾辫的女孩问道。这个女孩名叫索菲亚，是这些孩子中间唯一的班干部——学习委员。

"老师，你，哪来。"热合曼的普通话水平明显比学习委员索菲亚要差一些。

"老师，老师，什么时候上课？"

"老师，你到我们家，奶茶，我煮给你喝。"

"老师，去我家，二十头牦牛，有的呢，牛肉吃呢！羊有的呢，羊肉吃呢！"

"老师，你去我们家，四月份杏花开了，可好看了。"

"老师，骑马会的吗？不会的话，我教你骑马，刁羊。"

……

听着孩子们这些生涩的话语，心中一股暖流穿过，王少军略感欣慰。这些孩子太质朴可爱了，和深圳的那些孩子有着明显的不同，不仅是外貌、衣着上的不同，而是骨子里有些东西不一样。事实上，他的直觉非常灵敏。

"好了，好了，谢谢你们的热情。你们一下子问我这么多问题，我只有一张嘴巴，一个个地回答你们，好不好？"他一边说一边用双手前后晃动，这是多年教学留下的惯性动作。眼睛像扫描机一样迅速地扫过人群，他记住了每一个孩子的特征。他继续说道："我姓王，大王的王。"话音还没有落下，只见一个粗壮的声音响起，把大家逗得大笑起来。

"老师，我们不知道大王是什么，我们只知道王八的王。电视里常说王八羔子，除了羊，王八也会产羔吗？老师，你的这个王和它是不是一回事？"亚森江说完，一阵哄堂大笑。

"嗯，你很有文化啊。对，就是王八的王，三横一竖。"说着，王少军顺手拿起粉笔在黑板上写下一个大大的"王"字。他并没有生气，其实学生也确实不知道大王是何物。只不过上学期李校长从平原地区带回一只乌龟，有学生认得，加上"王八"这词本来发音也不难，学校偶尔放的影片里也有这个词，又是骂人的话，就迅速在学生当中传播开来。

"你们叫什么，都介绍一下自己吧！我们以后相处的日子长着呢。"

学生们变得沉寂了，像是课堂上回答不出问题一样。他伸手去摸亚森江的头，亚森江非常警觉地缩了回去。亚森江的这个动作让王少军心里一紧，虽说不出缘由，但是这孩子刚刚的举动似乎让他想到了什么。

"我又不是让你们回答问题，放松一些。从今天开始，我们就算是认识了，就是朋友了。是朋友，我总得知道你们叫什么名字呀，总不能对着你喊'喂'，对着她喊'嘿'吧，那不是你们的名字，对吧？"他边说，边勾勒着动作。

短暂的沉寂过后，孩子们用一种他听不懂的语言在低声交谈，相互间用眼神小心地试探着对方。

"老师，老师，我叫索菲亚。"王少军用鼓励的眼光，示意她继续说下去。

"我是我们班的学习委员。这是亚森江，这是大热合曼，这是库尔班，这是比拉力，这是吾热木斯古丽，这是……"

王少军认真地听索菲亚介绍，并争取能够一一对号入座。虽然心中有疑问，却也没有打断她。

"你刚刚说大热合曼，是我们班有两个热合曼吗？"

"是的，老师。还有一个热合曼，还没来呢，他比大热合曼要矮一些，所以顾老师就把他叫小热合曼。"她说着还瞟了一眼身边的这个高个子男孩。说他高个子是真的高，比王少军还要高出一个头呢。王少军知道她所说的顾老师，就是自己的"前任"，刚刚辞职的那位。

"你叫索菲亚，对吧，是班里的学习委员。你是亚森江，你是大热合曼，你是库尔班，你是比拉力，你是吾热木斯古丽，你是……"学生们都很是惊讶，还从来没有谁能够在这么短的时间里记住他们的名字，又或者说从没有人会对他们的名字如此重视。就连他们本民族的老师也很少有人能做到。准确地说是没有人愿意这样做，因为在他们看来，这一切没有多大的意义，包括刚刚对他介绍班级情况的贺茂也这样认为。

两天以后学校正式开学，王少军走进班级显然比先前更受欢迎。由于很多塔吉克族学生要过完肖贡巴哈尔节以后才返校，所以班里只有二十来个学生。

肖贡巴哈尔节是塔吉克族最古老的传统节日，它的产生和形成可以追溯到久远的年代。节日当天的清晨，每家先让一名男孩牵头毛驴或一头牛进屋绕行一周，主人给驴喂块馕，在它背上撒些面粉，把驴牵出去。然后再将挪在室外的所有物品搬回家中。紧接着，人们在众人推举的"肖公"的带领下，去各家拜年。各家还用面粉做成面牛、面羊和面犁等，喂给牲畜吃。直系亲属纷纷欢聚一堂。各村还举行赛马、刁羊、歌舞等活动。节期一般为三天左右。

"同学们好！我叫王少军，是你们的语文老师，也是你们的班主任。我从五千公里以外的深圳而来。你们可以叫我王老师，就是王八的'王'，三横一竖的'王'。有一些同学，前两天我们已经见过面了。"他顺手拿起粉笔在黑板上写下一个大大的"王"字。当他说出这番话的时候，亚森江低下了那红红的脸蛋，像垂下的西红柿一般。班里一阵哈哈大笑。

"今天很高兴能见到你们，下面请每位同学做下自我介绍，我们互相认识一下。这一节课的主要内容就是重新认识自己。在课堂上我们是师生关系，在课余时间我们就是朋友关系，我们一起愉快地度过这个学期。相信多年以后，回想起这段日子，我们不会为浪费时间而后悔，它会成为一笔宝贵的财富。下面就请各位同学做自我介绍，班干部要带头，可举手示意。"

话音还没有落下，学生们就低下头了，这在王少军的预料之中。通过上次观察，他发现索菲亚和亚森江在学生中挺有威信的。于是他开始点索菲亚的将。

"索菲亚，索菲亚你是学习委员，就从你开始吧。"

索菲亚站起来说道："我是索菲亚，家住大同乡，是班里的学习委员。"说完她又用塔吉克语向同学们说了一大串，王少军一个字也没有听懂，但直觉告诉他这个女孩是在帮助自己。果然，教室里终于打破了死寂。

"老师好，我叫萨伊。我的家也在大同乡。"

"老师好，我叫阿乃孜。在塔吉克阿坝提镇住。"

"老师好，我是提孜那甫乡的麦麦提。"

"老师好，我叫亚力坤，是达布达尔乡的。"

......

学生们的介绍，简单而直白，王少军用笔在花名册上找到每一个人的名字并做上相应记号，这次毕竟有二十多个学生。由于报到人数还没有超过班级总人数的一半，王少军决定暂不改选班委。接着就是和学生们一起打扫卫生，把教室擦得亮堂堂的，他安排学生到巴扎（指集市。本书涉及不少当地语言词汇，特此说明）里买了一把新锁，他自己也留了一把备用钥匙。之后组织学生到教务处领书，发书。因为大部分学生还没报到，这个工作就比较细碎，他亲自盯着，直到每一个人的手中都有了新书，再让大热合曼把没发的书搬到办公室后，他才放心。跟老师们闲聊时，他了解到大多数学生不到半个学期课本就不全了。为此，他特意叮嘱孩子们要把课本保管好，都写上名字，做好标记，他将不定期进行检查。一个早上，他已经疲惫不堪。

下午他没有课程安排，学生们上着别的课程，好在一切都步入了正轨。他从教学楼一楼走到三楼，发现每个班级里都只有二十来个学生在上课。

教学会上，政教处要求班主任每天上报一次到校学生人数，再将这数字上报到县教育局和县政府办公室。县政府办公室会将实际情况反馈给乡镇村的教育专员们，同时也给他们施加压力，制定相应的考核标准，争取早日让所有学生及时返校。学生不返校的理由有很多：有的是家里面把孩子当作劳动力，要放牛放羊；有的是觉得眼巴前就是塔吉克族的节日了，要把孩子留到节后才返校；有的甚至就觉得读书无用，到头来还是要接老爹的班，到山里放牛放羊。这些是贺茂告诉他的，他看着班级里空着的书桌有一种说不出的滋味。

"不过你也别担心，你的学生陆陆续续会到校的。"

"贺校长，是家长想通了吗？要把孩子送到学校来？"

"你想多了，他们还没有那个觉悟，至少目前没有。村里有干部，有学生不回学校上学，他们也吃不了兜着走。等着吧，过一阵儿人就来齐了。"

"他们有什么办法能让孩子回来上学？"

"村里的干部会上门做工作，工作实在是做不通的就会把他们家的牦牛牵走。家长就乖乖地把学生送来上学了。手段虽然粗暴了些，但效果很明显。其实也就是吓唬他们，一般不会动真格的。他们把牦牛看得比自己的命还重要，是家里的主要收入来源。"

贺茂的话在走廊里回响，王少军却像一根冰棍一样凝固在那儿。

<h1 style="text-align:center">3</h1>

接下来的几天，学生们陆续到校。政教处给的花名册是五十四人，实际上只到了五十一人，而剩下的三个孩子，直到他离开新疆也没有回学校。

高原上的学生用普通话对话还可以，成绩简直没法看，上学期这个班期末成绩语文最高分31分，数学最高26分，英语最高18分，还有好几个孩子的名字右边是一串鸭蛋。看着成绩单，王少军倒吸一口凉气。但是邻班的情况要好很多，每科平均分能有50多分，英语平均分接近60分了。后来数学老师告诉他，当时为了提高教学质量和便于管理，在原来分班的基础上，挑选出两个特殊的班级，一个是"尖子班"，另一个就是由各班"刺头"——最调皮、最难管、学习成绩最差的学生组成的班级。老师们戏说这个班是"宝贝"，是个"三最"班，而四班正是这个班。

开学典礼暨升旗活动在学校塑胶跑道操场举行，这个操场是刚建成投入使用的。这和边疆地区的其他学校不同，这所学校所有的硬件设施基本上和平原地区等同。每间教室都配备了电脑和投影仪，学校的音体美器材室和活动室也都是琳琅满目，只是很少看到他们开放使用而已。王少军很喜欢这种把爱国主义教育作为新学期开端的方式，他特意提前了十分钟到操场等他的学生。零零散散的几个人和偌大的操场形成了鲜明对比，就像平静的海面上泛起的一丝泡沫，又或是浩瀚的宇宙中闪烁的几颗星。快临近时间点了，学生们才陆续到位，每来一位同学，他都亲切地跟他们打招呼。但是，班里还是有几名学生比规定的时间晚了几分钟，他并没有责骂他们。或许是他早来的原因，又或是孩子们还摸不清这个"新来的班主任"的套路，总之，学生们来得要比其他班齐全，队伍大致看一眼还能说得过去。

学校通知的时间已经过去了五分钟，对时间和数字都很敏感的王少军抬起自己的手腕看了看手表。接着，他把目光投向操场后面的那座雪山，差不多有三千五百米的海拔，顶上是白白的一片，和清晨的云雾搅在一起，以至于他弄不清楚那到底是云还是雪。他甚至冒出了一个奇怪的想法，要是有一粒雪滑下来，会不会形成一场雪崩。

"你们能不能来早一些，你们看看人家四班都列好队了，下次谁要再迟到就打扫一个月的卫生。"这声音先传过来，王少军看见一个短头发的老师从后面走来。三班立刻就安静下来，队伍排得笔直。王少军的思绪被她这一句阴阳怪气的话一下子拉了回来。说话的正是三班的班主任李莉莉，也是三班和四班的英语老师，他在班主任会议上见过一次。三班是整个年级里唯一的尖子班，所以她趾高气扬也是正常的。王少军心中是这样想，但却浑身感到不舒服。

眼前一只大手从三班呼啸而过，眼看就要落在亚森江的脸上，他下意识一把抓住了女人的手，定睛一看却是李莉莉的手，这才松开了。

"你对着我笑什么笑？再笑小心我撕破你的脸。"咬牙切齿的话音和手掌同时落下。他这才反应过来——原来是李莉莉觉得亚森江在嘲笑她。

"李老师，这样不好吧。咱们都是当老师的人，我现在是这个班的班主任，你越过我就要动手打我的学生，这不太适合吧？再说了，有什么事情，我们好好说，何必要动手呢？"

李莉莉一直以来都是尖子班的班主任，是学校的明日之星，有时即使她做出一些出格的事，校方也是睁一只眼闭一只眼。老师们基本不与她争执，这才养成了她霸道的秉性。

并排左右的几个班主任和学生都等着看热闹呢，因为还没有谁能当面和李莉莉争执。一场大戏即将上演。

不过这次李莉莉却不同于往常，她撂下一句"管好你的学生"就回到原来的位置了。她自然知道，王少军不仅只是四班的班主任，她忌惮的是他的另一个身份——援疆教师。第一天开学就和援疆的教师杠上了，校领导可不会再偏袒自己。再说自己也理亏，老师动手打人在这所学校是经常的事情，但是始终无法摆在台面上来说。

升旗仪式结束以后，其他班的学生一哄而散，往教学楼的方向走去。三班被留下来在操场上罚跑，理由是升旗不积极。他望了一眼雪山，回到教室里组织学生去学校食堂领回牛奶和鸡蛋，这属于"蛋奶"工程——保证每一个孩子每天早上都能免费领到一个鸡蛋和一袋牛奶。县中学靠近国境线，属于特殊地区。这里所有公职人员的工资要比平原地区高，当然条件也更艰苦一些，最主要的是缺氧。像王少军这样的青壮年，身体素质好，短时间不会出现问题，一旦营养跟不上就会出现高原反应，严重的甚至危及生命。还有好几位女老师在高原上一直没有怀上孩子，据她们总结，最大的原因就是海拔高缺氧。

"老师，我们多报了一个人，给你也拿了牛奶和鸡蛋。你和我们一起吃吧。"大热合曼把鸡蛋和牛奶递到王少军面前。

"谢谢你，不过我早上吃过了。嗯，以后你就专门负责去领取牛奶和鸡蛋，我只有一个要求，班里有多少人就领取多少份，不要多领，我们只拿属于自己的那一份。但是，也不要少领，要保证每一个人都能喝上牛奶吃上鸡蛋。万一要是多领了，就要及时退回去。你多领一份，别人可能就会少吃一份。要是少领了，那你就把自己的这份给别人吃，不能饿着同学。你现在把多的这份退回到学校食堂去吧。"王少军的语速很慢，力求让大热合曼能够听懂。

4

很快就到了上课时间。第一节就是王少军的语文课，他并不准备上课，而是想和学生们交交心。他和其他老师的确很不一样，加上早上维护亚森江，学生们开始对这个老师有好感了，至少不是讨厌和抵触。在这堂交心课上，学生们踊跃发言。有的同学普通话不流利，说的是倒装句，有的只能说出几个关键字词，但这并不影响他的理解。说是交心课，其实是倾诉课。这堂课上他意外得知了很多真实的情况。比如贺茂所介绍的，班里的学生很听话，愿意听班主任的话，事实上是因为前任班主任的老公是这个学校为数不多的年轻体育老师，又是团委书记。有一次一个学生把顾老师气哭了，被她老公拽到办公室里狠狠教训了一顿。从此，那个学生老远看见他便绕着走。比如李莉莉老师是他们的英语老师，暴力倾向非常严重，她随手抄起什么就一个抛物线扔过去，还曾经拿起拖把上的木棍打人，她既打四班的学生，也打自己班上的学生。很多老师也打学生，楼道里有摄像头就和和气气的，叫到办公室就是一阵拳打脚踢。当然这里面学生也有过错，孩子们和老师之间形成了两个阵营，孩子们把老师的轮胎戳破，用502强力胶水往锁眼里面灌，打架，逃学，用石头砸老师宿舍的玻璃……只要你能想到的，他们都干过，想不到的他们正在做。这种教育方式是他所不能接受的。学生们确实调皮，他们班的学生就曾经把好几个老师从课堂上气走了，当时的班主任再领着学生去给老师道歉，彼此给一个台阶下。

好在这一天顺利地过去了，至少学生们没有给他这个新班主任惹事、上眼药。晚上学生们上完晚自习以后，他一个人悄悄地走进学生宿舍查寝。女生宿舍的卫生整体还说得过去，男生那边刚到一楼，一阵恶臭就熏得他差点吐出来。学生们见到老师都很亲切，因为这种地方一年到头也见不到几个老师。学生们潜意识认为老师不会来，而王少军是一个意外。也不能说见不到老师，每个宿舍都安排有生活老师专门负责管理学生的寝室，他们大多是塔吉克族老师，普通话水平跟不上，年龄较大，再进行培训学习也不大现实。全校实行普通话教学以后，他们只能从原来的教学岗转到后勤工作。这样的教师占到了学校教职工一半以上，导致学校的后勤人员比教学人员还要多的现象。而每年都有新的教师来，来了没多久又会走，他们的说辞基本一样：看不见希望。走的比来的多，所以青年教师比例特别低。县上针对这个情况也召开了几次专题会议，研究部署，最终决定扩招教师，只要到县上来就给解决住房、户口，还有发放津贴和科研经费等一系列举措，不过几年下来并没有什么突破性的转变。

他跟生活老师聊了几句，就回到了宿舍。这一夜他望着夜幕上零散的几颗星星，直到天亮也没有睡着。

他回想起自己的家庭，回想起自己的女儿也差不多是他们这么大。但是巨大的落差，让他在黑色中陷入了无尽的深渊。

学校男女生宿舍楼中间隔着几棵大树，两边的气流却充斥着不同的味道。已经做了父亲的王少军心思自然要比一般老师敏感一些。他发现男女生宿舍都没有热水，学校统一配发的暖瓶摆得整整齐齐，壶里却没有一滴水，壶塞上落下一层灰，很明显已经搁置了很久。下楼的时候他看见几个孩子用嘴直接对着生锈的水龙头喝水，很多学生都是直接饮用生水。

后来在班会中，他告诉学生们自己可以提供开水，让学生们一早就把暖瓶提到自己这里，晚上再提回宿舍。这对处于青春期的女生来说，热水或是最温暖的安慰。教室里由他自己出钱购买了三个暖瓶，并在超市买了五十四只水杯，每个水杯上都贴有他亲手写的名字。虽然有几个水杯一直没有启用，但是在他的心底，他早已把他们当作是自己的学生了。后来，他给班里的每一名同学都安排了职位，什么管暖瓶的，管财产的，管浇花的，管擦黑板的，管宿舍的，管蛋奶的……每个学生大小都是"官"。无事则生非，每个人都有事做了，身上有了担子，责任心立马就不一样了，整个班级的精神风貌焕然一新。

5

第一周很快结束了，虽然上课吃力，进度极其缓慢，其他各种条件确实艰苦，王少军咬咬牙都坚持了下来。他没法给学生按照教材规定的内容讲课，无法达到预期的教学目的，于是只能退而求其次。他想出了提高成绩的法子，把课内要背诵的内容全部挑出来并在学校教务处复印装订成册，人手一册，每天早读就背，上语文课就听写，再就是给学生改作文。让学生写，没有题目也没有具体的内容，想写什么就写什么。别说，后来他还真发现了几个孩子的作文写得不错。他把学生的作文尽可能以搭桥的方式给改好，再让他们誊抄，记忆，竟然能够记下来。这样下来，至少打破了作文空白的局面，即使基础最差的学生也会写上一两句话，哪怕不通顺，在他看来也是一个不小的进步。

这一天给学生上完晚自习，他拖着疲惫的身子回到宿舍，准备批改学生今天写的诗歌。作文对他们有点难，但是把想说的话排成一行行，看起来十分舒服。只见一张皱皱巴巴的纸上歪歪扭扭地写道：

欢喜

我不是一个坏孩子
我喜欢草，喜欢牦牛，羊
也喜欢王老师
我喜欢对着天空数星星
星星下面是肥沃的草原和洁白的冰川
那里有我的爹娘
和我们世世代代生活的家乡
……

"咚咚咚"，急切的敲门声打断了他的思绪。吾热木斯古丽脸涨得通红，从女生宿舍楼跑过来都快喘不上气了。

"王老师，老，师，索菲亚，索菲亚犯病了，你赶紧跟我去一趟宿舍看看吧。"

"走！"他连外套都没有穿，就跟着吾热木斯古丽一路小跑到女生宿舍。由于跑得比较快，他有些头晕目眩，但是瞬间一种本能的条件反射让他镇定下来。

宿舍外的楼道里，看热闹的人已经把门给堵住了。

"赶紧散了，别围在这里，有什么好看的。"王少军气愤地吼道，大部分人离开了，仍有几个女孩子在不远处不肯离开。无论何时，最不缺的就是看热闹的人了。眼下顾不了那么多，他不能把时间都浪费在她们身上。他瞪了她们一眼，眼里有一把凌厉的刀子在闪光。

这时，只见宿舍里两个女孩把索菲亚的手臂按在床头上铺的梯子一侧，另外两个女同学把她的头按在下铺的床上。索菲亚面目狰狞，嘴里念叨着一串塔吉克语。眼看几个女同学就要按不住她了。这时王少军和吾热木斯古丽一进门，大家都望向了王少军这边。索菲亚一下子就挣脱了束缚，她先是猛地一下子把头一偏，按头的两个女同学整个身子就倒向了床的另一边。然后，她整个身子挺直起来，一下子就把按住她手的同学吓住了，赶紧松手躲到了王少军的背后。王少军被眼前的这一幕给吓蒙了，当然也不能完全说是吓的，是真有点蒙，他从未见过这样的病人。

索菲亚怒气冲冲，眼中带有一抹血丝，眼神却十分凶恶，王少军看了一下都不由得心头一紧。这还是他平时见到的那个索菲亚吗？眼前的索菲亚与魔鬼无异，整个身体完全不受自己控制，她的眼神空洞、泛白、游离，像是中了邪一般，在宿舍里游荡。

"索菲亚，你怎么了？哪里不舒服吗？我是王老师呀。你看看我……"

索菲亚没有回答他的话，而是朝王少军扑了过来。眼尖的几个同学喊道："王老师，小心！"王少军侧身，索菲亚撞到了墙头，头发散下来，像是一条黑色的瀑布。

另一个孩子说道："老师，她以前也犯过这样的病。把她按住就好了。"

王少军一时也搞不清状况，就同意了。学生们都不敢动手，王少军就上前试探性地抓住索菲亚的双手。

"呀！"王少军大叫一声，其他同学更不敢向前了。

就在他抓住索菲亚的双手时，索菲亚为了挣开逃脱，竟然咬了他一口，好在没有出血，只是留下了一排半圆形的牙印。

他盯着索菲亚的眼睛看，一边是一团火苗在闪烁，另一边是一片冰同时在凝固。突然，那冰与火融成了眼泪挂在脸上。

在众人的努力下，索菲亚被按住了。她一会儿哭一会儿笑，一会儿大声尖叫，一会儿又低声细语，跟巫婆一样絮絮叨叨。过了好一阵子，索菲亚终于安静下来。大家正准备松手，索菲亚身体里的力量突然又开始复苏，如先前一般。只是这次索菲亚的挣扎力度，远远超出了他们的想象。索菲亚如一头被激怒的公牛，不断地尝试新的攻击。几次尝试都被孩子们艰难地顶了下去。索菲亚身体先是一软，眼神立马就黯淡了下去，像是一盏油灯忽闪忽闪地就灭了，嘴皮上翻起的肉皮被一层白沫覆盖着。

"索菲亚，索菲亚，索菲亚……"他急切地呼喊着，一边用手轻轻地拍打着她的脸部。

在救护车上，索菲亚突然又像是被魔鬼附体一般，好在有了刚刚的经验，她很快被制服了。护士打了一针镇静剂以后，也不知道是镇静剂的作用还是累了，她慢慢地睡着了。听着索菲亚均匀的呼吸，王少军内心感到不安，他开始自责，是不是自己的工作做得不够细致，是不是对每一个孩子都了解？他在心里暗暗下定决心，一定要抽时间到每个学生家里走访一下。

索菲亚被推进了急诊室，吾热木斯古丽和萨伊呆坐在走廊的铁椅上。王少军缴完费用以后就跟他们坐在一起。他的脑子一片空白，当老师这么多年，他从未遇到过这样的情况。"但是，我是老师，不能慌更不能乱。"他这样想着让自己镇定下来，他是这个班的班主任，是主心骨。

"索菲亚以前有没有犯过这样的病？"

"她以前也犯过，每学期都会有那么两三次。"

既然索菲亚从前也有过这类病史，为什么班主任的工作记录本没有相关记录呢？

"那以前索菲亚犯病了，你们顾老师是怎么处理的？"

"顾老师就给她爷爷打电话，让她回家休息一段时间再回来上学。"

"给爷爷打电话？那她爸爸妈妈呢？"

"嘎吱嘎吱"，索菲亚被从急诊室推了出来。看着索菲亚躺在病床上，他的心情格外复杂。他径直跟着医生到了办公室。

"医生，你好！孩子怎么样了？"

"你是她的什么人？"

"我是她的老师，也是她的班主任。"

"孩子以前有没有犯过病，都有哪些症状？"

"我是今年从深圳来援疆的老师，来的时间比较短，很多情况还没来得及了解。刚刚学生说她以前也犯过病，症状吗，我只知道这次的，在救护车上我已经说过了。这样吧，我把萨伊她们俩叫进来，您具体问问她们吧。"

医生跟两个女孩用塔吉克语说了一会儿才让她们回到病房。医生告诉王少军，初步判断孩子得的是癔症，高原上医疗条件有限，如果要想确诊的话建议去地区医院或者平原地区的医院做进一步的检查。医生说高原上的塔吉克人比较多，但是总的人口数量比较低。由于历史观念的原因，大部分塔吉克人还是比较传统，有些人是近亲结婚，这种病症也不算罕见。

医生办公室到索菲亚的病房不过十几米，王少军走起来却感觉比过了一个世纪还要漫长。高原上的条件他是看在眼里的，这些孩子的家他虽然没有去过，但是通过这一段时间的观察和他们平时的吃穿，他也能揣摩个八九不离十。这对于索菲亚家来说负担自是不轻，他觉得这担子不是落在索菲亚家而是落在了自己的身上。到了病房门口，他深吸一口气，轻轻推开门，走到索菲亚跟前。

索菲亚已经醒了："老师，这是哪里？我怎么会在这里呀？"

看来索菲亚对自己犯病的事不记得了，这样也好。

"索菲亚，没事的。你就是营养没有跟上，加上没有休息好，所以晕倒了。我跟吾热木斯古丽和萨伊把你送到医院检查了一下，医生说了没事，休息观察一段时间就好了。"

"王老师，老师，我……"索菲亚哽咽着，两行泪水漫过双颊。

"好了好了，索菲亚，不要想那么多，快好好休息吧。同学们都等着你呢！"

他打开手机一看，已经是凌晨两点多了，学校大门和宿舍楼应该都锁门了。他从护士那里借来两床被子，安排吾热木斯古丽和萨伊今晚就在病床上睡下，万一再有个什么状况也能帮衬一下。

他把吾热木斯古丽单独叫出来当翻译。开学伊始，王少军就把孩子们家长的电话存在了手机里，这会儿正派上用场了。他从通讯录里找到了索菲亚家长的电话拨了出去。连续拨了四五次才接通。接电话的是一个老人，应该就是索菲亚的爷爷。吾热木斯古丽按照王少军所说的，一一翻译传达。看着几个孩子都进入了梦乡，他才松了一口气，掏出手机翻到女儿的照片，轻轻抚摸了一下屏幕里稚嫩而又阳光的脸蛋。

一阵嘈杂的对话，吵醒了正在打盹的王少军。一位老人和护士一边说着话一边朝着他这边走来。他看见窗外的天色已经洗净了污泥，透着一层薄薄的蓝色。

"这是索菲亚的爷爷。"又是一阵塔吉克语对老者说着。

"热合曼特，热合曼特，热合曼特。"老人激动地握着王少军的手。这句"热合曼特"是维吾尔语感谢的意思。在漫长的历史和文化的演变过程中，这句话也用在了塔吉克语中，表达最真挚的谢意。

"他说接到您的电话，他就从村里找了辆车，走了三个多小时才赶到这里。谢谢老师，老师您辛苦了。"护士翻译道。

"麻烦您告诉老人家，没事，没事，应该的。索菲亚在里面呢，她现在病情已经稳定下来了，让老人家不要担心，一切都会好起来的。"

索菲亚看到爷爷就哭了起来。

王少军把两个孩子叫出来，递给吾热木斯古丽二十元钱。

"你们两个赶紧去街上买点吃的吧，然后再回班里，一会儿还有早读呢。辛苦你们两个了。"

两个孩子推诿了一番，在他严厉的目光下离开了。

过了一会儿，吾热木斯古丽提着一个小袋子，里面装着牛肉饼，递给王少军就羞羞答答地跑了。他知道这是孩子们惦念着自己还没有吃饭呢，眼巴前他并没有什么胃口，就把牛肉饼递给了索菲亚。

"索菲亚，你爷爷过来看你也没有吃东西吧，你们爷俩早上吃点饼子吧！"

王少军跟老人简单交代了几句就回学校了，那里还有更多的学生在等着他呢。口袋里的住院缴费黄色小票在他的手中已经揉成了一团，最终他决定不再提及此事。

在上语文课的时候，课堂纪律和氛围都比平时要好，这让他倍感欣慰。疲劳之余，这也算是一分收获。

他回到办公室，桌子上那首诗，还没有看完呢。

欢喜

我不是一个坏孩子

我喜欢草，喜欢牦牛，羊

也喜欢王老师

我喜欢对着星空数星星

星星下面是肥沃的草原和洁白的冰川

那里有我的爸爸妈妈

和我们世世代代生活的家乡

爷爷说

爸爸妈妈去了很远很远的地方

是在星星的背面吗

为什么我每次都看不见你们

2015年3月　索菲亚·巴里哈别克

看着索菲亚并不整齐的字迹，他陷入了思考。中午学生吃过午饭以后，他把跟索菲亚同村的几个孩子叫到办公室了解了一下索菲亚的情况。原来这孩子命挺苦的，七岁那年爸爸妈妈到山里放牛羊，结果碰上了泥石流，妈妈当场丧命，爸爸被同村放羊的人抬回村里，也没能熬过第二天，从此索菲亚就跟爷爷相依为命。

学生们走后，当他再拿起索菲亚的这首诗时，一种无法言说的滋味涌上心头。他望着远处的雪山，陷入沉思。无形的压力，像沙漠里的沙子一样堵在心头，黄沙掩埋了他整个身体，流入他的嘴里，很快堆满了整个咽喉，耳朵里、鼻子里、眼睛里、头发里都是沙子，胸腔里的热量要把自己风干为一座沙化的雕像。

第二天下午索菲亚就出院了，恢复了往常的活泼。至于那晚在宿舍的事情，她已经全然不记得了。遵医嘱，索菲亚没有什么问题，平时不要刺激她。

索菲亚和爷爷一起来到王少军办公室，他用纸杯给二人倒了茶水。

"老师，在医院花了多少钱？我想办法给你。"索菲亚翻译着爷爷的话。

他思索了一下说道："没有花几个钱，学校会报销的，你们就不用管了。"

"老师，不，不不不，这个钱应该我们出。您帮助我们的已经足够多了。我和索菲亚会一辈子感念您的恩情。您对孩子的爱就像是太阳散发出的光芒一样温暖。"

后来索菲亚爷爷送钱过来，他没有收，也没有找学校报销，当然学校也不会报销。他收下了索菲亚爷爷用青稞打的馕饼，并把索菲亚的这首诗推荐到一家报纸发表了。一个月后，县中学第一次有学生拿到了稿费。一张浅绿色的汇款单送到学校，还引起了不小的轰动。他知道自己要的效果已经达成。一块石子纵身投入水中，在它落水的那一刻必定会有波澜荡向远处。他知道"知识改变命运"这句话在孩子们的心里有了更深刻的理解。

6

　　时间过得真快，马上就到了肖贡巴哈尔节。按照规定学校放假三天，他借着节日的名义到学生家里走访。他提前向塔吉克族老师了解与节日相关的习俗和礼节，给每个孩子准备了一个小红包。到了孩子们的家里，长辈都表现出极大的热情，好酒好肉招待，吃完第一家他就已经走不动了。但是，还有很多家要走访。之后每家都表现出所有的热情来招待，他家访的事也很快传遍了整个村庄。往往他人还没有到家门，孩子和父母就已经站在院子里，远远地望着这位远道而来的特殊客人。这些家庭基本散落在草原或河谷边，他被这独特的自然风貌所吸引，也沉醉于塔吉克族家庭的热情和大方。这在深圳是看不到的，速度和效率是城市的标配，人们往往为了点蝇头小利而争得头破血流，更有甚者会铤而走险。而在这里，人们脸上只有天真的笑容，眼神澄澈，阳光灿烂。即使是上了年岁的老人，一眼看过去他的眼睛还如同小孩子一般，明亮干净，没有受到任何污染。这些是家访带来的意外收获。不在学校的孩子变身为主人，都热情地介绍着这位来自远方的老师，"深圳"也成了村庄上空飘着的高频词汇。

　　也是在这次家访中，他发现了自己的学生的另一面，个个身怀绝技，深藏不露。比如热合曼竟然能够驾驶汽车，开着他舅舅的汽车带着王少军兜风，并主动要求担任司机和向导。汽车在草原上肆意行驶，他在极速刺激之中也看到了孩子脸上的幸福与从容。刚开始王少军还有点担心，小心翼翼地用手扶着把手，生怕自己会被甩出去，但是又不好意思在学生面前露怯，只好硬着头皮表现出很享受的样子。但慢慢地，他发现自己低估了热合曼的能力，其驾驶技术远胜过自己，在机动驾驶方面有着独特的天赋，而眼前的这个孩子才十三岁呀。自己十三岁的时候哪有这样的勇气和胆量呢。比如吾热木斯古丽和萨伊天生就有一副金嗓子，哼着塔吉克族民歌一下子就能把人给震住，连天上的鸟儿都忘记了飞翔差点掉下来，草原上觅食停歇的候鸟也会全神贯注地聆听，更有甚者拍打着节拍用嗓音加入合唱中来，给人如沐春风的感觉。比如比拉力虽然个头小，但却是赛马的高手，村里举办的赛马和刁羊大赛，他已经拿了好几次冠军，过两天还要代表本乡去参加全县的比赛。比如亚森江一个人就可以管住一百头牦牛，别说他这个外行了，就是很多塔吉克族大人也很难做到。他吹着口哨，所有的羊就会静止下来听候他的命令，他像是拥有了一支会变戏法的队伍。

最后一站是到索菲亚家，她家离县城最远，车没有办法上去，只能到山脚。王少军和吾热木斯古丽、萨伊在半山腰绕了半天。

"吾热木斯古丽，索菲亚他们家还有多远？""王老师，我们沿着这条道上去，走近路的话差不多要两个小时。"

王少军没再说什么，在高原行走他还要继续保持体力。

"王老师，吾热木斯古丽，萨伊，你们怎么来了？"索菲亚激动地说着，朝里屋又是一阵塔吉克语。王少军知道这是告诉她爷爷呢。

索菲亚爷爷很快就出来招呼王少军和两个孩子进屋，给他们烧了奶茶喝，从锅里捞出一大盘的清炖羊肉。到了屋里，王少军才发现自己后背已经被汗水浸透，而这两个孩子倒像是没啥事似的，有说有笑。山上可以看见慕士塔格峰清晰的轮廓，河谷两旁青草和牛羊尽收眼底。

在两个小翻译的帮助下，他对索菲亚一家有了更全面的了解。下山的时候他几次回望，直到慢慢被暮色所覆盖。三天下来，只要能到的地方，他基本上都去了。他把每一家的具体情况都认真记录在脑海和班主任工作手册中。接下来的每一个周末他都在家访的路上，通过家访，迅速拉近了师生间的距离。

7

在王少军的努力下，四班的学生有了很大的改观，成绩也一路上升，一切都在有条不紊地进行着。很快，一个学期结束了，按照上级部门的安排，他将返回深圳度假。临行前他特意给组织部门打了申请报告，暑假将带索菲亚到深圳去做一个全面检查。事情进展得很顺利，深圳医院很快就确诊了病因，并对索菲亚进行了药物和心理治疗。一个假期下来，索菲亚的状态有了很大改善，医生说索菲亚的病已经痊愈了。

在从深圳回新疆的前一天晚上，索菲亚哭了。

"王老师，你为什么要对我这么好。除了爷爷，从来没有人对我这么好过。"

"傻孩子，你们的年龄和我女儿差不多。在我心里，是把你们都当作亲人，当作我的孩子的。"

"王老师，我能抱抱你吗？在我很小的时候，爸爸妈妈就去世了。爷爷告诉我，爸爸妈妈去了很远的地方。我知道爷爷是怕我伤心。"索菲亚边说边哭。

"傻孩子，当然可以。我不是说了吗，我是把你们当作我的孩子来看的。"王少军边说边张开了双臂。

就这样，王少军认了一个塔吉克族女儿。后来王少军支教结束以后，四班早已不是全年级最差的班了，而是成了与尖子班齐名的重点班。后来，大家都抢着要接手这个班。在贺茂的坚持下，这个班都由每次前来援疆支教的深圳老师担任班主任。王少军也因此和贺茂成了无话不谈的好哥们，他定期把资助费用转给贺茂，让贺茂再转给索菲亚。索菲亚也非常争气，多次蝉联全年级第一的好成绩。

一周以前，贺茂给王少军发了一条微信，内容很简短：

索菲亚爷爷已去世。

买买提的春天

1

雪花落在爷爷的胡子上化为水珠，夕阳的微光穿射过来，买买提看到一道彩虹正好落在爷爷的嘴边。不过现在的买买提并没有心情去观赏这道彩虹，他的双手被冻得通红。

买买提正跟着爷爷在高台民居外挖高台土。爷爷并不着急让买买提用坎土曼去挖土，而是从布袋子里取出了五份提前包好的土。爷爷说，这些土都是高台土，但是它们之间存在着微小的差别，也就是这小小的差别决定着土陶的品质。你要做的就是闻出这五份土的差别在哪里，并用手中的坎土曼挖出与这五份味道相同的土来。

小小的买买提闻来闻去始终毫无头绪，时间一分一秒溜走，买买提多想回到家里呀。往常这个时候，妈妈早就准备好拌面了。这不想还好，越想越饿，但是爷爷丝毫没有回去的意思。买买提只好把口水往肚子里咽。买买提一遍又一遍地向爷爷投递着哀求的目光，但爷爷坐在那里跟一尊雕像一样。

夜幕垂落，买买提还是没有闻出这五份土之间的区别。瘦小的买买提默默地跟在爷爷的身后，买买提知道爷爷伤心极了。爷爷平时是最爱买买提的，有什么好吃的第一个想到的就是买买提。但是现在爷爷一言不发，这种安静让人害怕。风呼啸呼啸地从耳边刮过，买买提似乎不觉得冷了。回到家爷爷没有吃饭，跟谁都没有说一句话，径直回到了自己的房间。

买买提吃完饭，只好又拿着那五份高台土慢慢闻起来。

不知道时间过去了多久，买买提隐约觉得有人在旁边，睁开眼正好看见爷爷在身后，爷爷的眼睛里布满了血丝。买买提以为爷爷应该会说点什么，但是爷爷还是从头到尾一句话都没有说。

第二天一早，买买提被爷爷叫到昨天的地方，继续闻土。

爷爷自己拿着坎土曼在河边的不同位置挖了五份新土，扔给买买提。不过这次爷爷并没有让买买提继续去闻，而是让买买提对照着五份土找到同类。刚挖出来的土潮湿，泥腥味十足。很快，买买提就把相同的土分类好了。原本买买提以为会赢得爷爷的夸赞，但是爷爷一改常态，脸色变得铁青、肃穆。

爷爷告诉买买提，从现在开始要记住这五份新土的味道、形态、色泽，每天都要闻一闻它们与前一天的微弱变化。

买买提按照爷爷的话，每天忙完手上的活儿就拿着这些土闻来闻去。对此，买买提的妈妈有很大的意见，眼看买买提就要长大成人了，妈妈想把买买提送到巴扎上去锻炼一下胆识和口才，跟着自己的哥哥和弟弟去做生意。但没办法，爷爷在家有着说一不二的地位，他想让买买提学做陶的手艺。

爷爷说，祖先留下来的东西必须传承下去，丢了就再也找不回来了。

　　妈妈执拗不过爷爷，只好先让买买提跟爷爷学做陶。在老城里，别人家的孩子也有跟着长辈学着做陶的，但是他们早就上手了，不像买买提一样，每天跟着爷爷早出晚归，弄得灰头土脸的，几个月过去了也没有做出一个陶器。

2

　　这天早上，买买提在一阵吵闹声中醒来。买买提揉了揉眼睛，听清了，是爷爷和妈妈吵架的声音。

　　"爸，你能不能让买买提白天去巴扎跟着我哥学做生意？"

　　"不行，绝对不行。买买提现在的主要精力还是要放在学陶上面。这是祖祖辈辈传下来的，不能在他这里断了。我看现在其他几家制陶的都没有传人了，再看看另外几家做的陶，真是让祖上蒙羞啊。我们不能把祖先留下来的本事给弄丢了。"

　　"爸，我也不是说不同意买买提去学陶，但是你看我们家的条件，那是村里面最差的了。再说，别人家的孩子学陶，早都上手了呀。你看买买提……"

　　妈妈的话还没有说完，就被爷爷打断了。

　　"你懂什么！买买提怎么了，你看他们做的那也能叫陶？这是个精细活儿，急不得。你以为我不着急吗，但是做陶最大的忌讳就是急。急是会出问题的。"

　　妈妈本来还想说些什么，话到嘴边又停下了。

　　爷爷带着买买提又去了高台民居。从爷爷挖土的地方朝高台民居望去，它像一艘大型的航母静静地停泊在吐曼河边。隆冬时节，爷爷望着这一片高台民居，又想起了往事。买买提的家族原本是做陶世家，不管权力和王朝怎样更迭，这些人总是需要做陶的，各种礼器、乐器、酒器，甚至是食器都离不开做陶的人。爷爷不知道家族是怎样没落的，他只记得父亲曾经在二十世纪给当地的贵族定制过一套极为精美的陶器，据说后来这套陶器还出口到英国了。看着高台民居，这里原本也有过自己的家，每次想到这里，老人总是会留下一声无奈的叹息。看着眼前的买买提，爷爷的眼角闪过一丝慰藉。"这门手艺可不能断送在自己的手里。"爷爷在心里说道。

"买买提呀，做陶和做人是一样的。千万不要着急，你要按照爷爷说的去做，也不要去羡慕你的那些玩伴。你看他们做的那是啥东西呀？简直没法看，把我们做陶人的脸都丢完了。"看着买买提迷惑的眼神，爷爷继续说道，"做陶做的是什么呀？做的就是耐心，你要耐心体悟泥土与清水的交融，从选泥、捣练、淘洗、沉淀、筛滤、陈腐、造型、晾晒、定型，每一步都要花费大量的时间去完成。它不光考验着一个人的耐心、细心，更是对一个人心性甚至是人性的考验。买买提，如果做陶的工艺你真正领会了，即使将来你不做陶做其他事也只会更好，不会更差。"

买买提半知半解地记着爷爷的话。

爷爷告诉买买提上次五种泥土的区分方法，这五种土的粘合性、气味、色泽，甚至是味道都有着微小的差别，但是对一个手工匠人来说，有时候恰恰是这最微小的差别决定了最终的结果。爷爷从五份土中随意抽取了一份，用手轻轻一撮就判断出这是熟土，也就是说曾经被人挖出来翻开过。这是由于过去这里曾经有人种过麦子，每年都会翻一次土。爷爷让买买提取出前几天新挖的土，买买提对比着看颜色、闻气味，确实属于同一类土。

爷爷说，能够依靠眼睛、鼻子、嘴巴和手去分辨这些土，最厉害的人至少也要一个月的时间才能熟练掌握。但是，爷爷恐怕没有这个时间了。我现在就把分辨这五类土的秘诀教给你，也许你现在还不能完全理解，以后要花更多的时间去钻研它，才能有更大的进步空间。

买买提看着爷爷仿佛又回到了从前，眼前的这个爷爷还是原来的爷爷，只是他讲的这番话好像哪里有些不对劲。想着爷爷的话，买买提心中涌起一阵莫名的难过。

学完辨土，买买提跟着爷爷学起和稀泥。只见爷爷把所有的土都汇集在一起，把葫芦瓢扔给了买买提。

"旁边的吐曼河虽然是泥巴灰色，但是对于初学者来说应该是够了。买买提，你要把所有的土揉成一个大泥团，面上要和婴儿的皮肤一样光滑才可以回家。这没有什么技巧，就是考验一个人的耐心，水多了加土，土多了加水，来回地搓揉，直到所有的土完全吸收了水分才能黏合成一个整体。"

不管买买提怎样去揉，这些泥土仿佛被施了魔法一样，就是不听他的话。买买提快要哭了，他强忍着泪水和寒冷，风似刀子一样，一刀一刀地刮过来，从脖子旁钻进去，再从裤脚溜走。加完水，再加土。加完土，又加水，来来回回地反复着。

可是这些该死的泥巴就是无法捏在一起，更别说揉成一个如婴儿般皮肤的泥团了。眼看着土就要加完了，买买提的双手已经麻木了，只是憋着一口气。

突然，买买提觉得自己快跌倒了，像是被人推搡了一下，这股力量出奇地大。

"地震了！是地震！买买提，快！快跟我回家！"

3

买买提跑在前面，爷爷跟在后面。一路走过来已经有不少的房屋倒塌了，原本就狭小的街道此时显得更加拥挤，不时有土块掉下来。

眼前的这一切让爷爷很难接受，靠近西侧的房屋已经坍塌，更要命的是买买提的妈妈在躲避地震时准备往外跑，但还是没来得及逃出去，她的一条腿被掉下来的土块和木头压在下面了。

买买提的话还没有说出口，眼睛就已经潮湿了。买买提在心里开始怪爷爷，要不是他每天都让我去弄泥巴，我要是一直和妈妈在一起，也许妈妈就不会被压倒在这里。

爷爷叫来了人，在邻居的帮忙下买买提妈妈腿上的土块和木头很快就清理完毕。一摊鲜血已经被地面吸收，看着像一条鲜红的地毯。村干部不一会儿也赶到了现场，并通知了医疗救援队立马进行紧急救援。地震造成了巷道阻塞，救护车没有办法进到巷子里。医护人员给买买提的妈妈做了简单包扎和固定之后，在众人的帮助下，将她抬到了停在巷子口的救护车上。

老城并非第一次遭遇这样的地震，土木结构的房屋根本无法抵抗来自地心深处的摇晃。以前也经历过一些小震，这可能是村民对地震忽视的一大原因。据统计，这次地震造成了近百人受伤，由于房屋倒塌，还有三名老人在这场地震中失去了宝贵的生命。因为地震导致救生通道和消防通道被堵塞，救援迟缓也一度成为此次地震之后领导们关心的焦点。地震让不少家庭破碎，对买买提家来说更是雪上加霜。买买提的妈妈受伤，其中一间房屋倒塌，更重要的是倒塌的这一间房子恰恰是门户所在，它直接牵动着另外两间房的安危。

买买提的母亲被诊断为小腿骨折，在维吾尔医院马上进行了手术，打上了石膏。

爷爷在家做好饭，买买提每天在医院和家之间来回奔波。晚上，在爷爷的坚持下，买买提在家里继续练习揉泥团。在妈妈住院的这段日子里，买买提像是提前长大了一样。或许是困境更能激发出人的潜力，在爷爷的精心指导下，买买提终于成功揉出了第一个泥团。虽然这个泥团还远没有达到爷爷的要求，但离成功又近了一步。

村里的党支部成立了灾后重建抢修小分队，白天他们和爷爷一起收拾坍塌的门房。小分队每天早上准时到岗，帮助受灾的村民进行抢修工作。爷爷每天嘴里说得最多的就是热合曼特（维吾尔语发音"谢谢"的意思）。爷爷说，过去巴依老爷在的时候，对他们不是打就是骂，枪杆子一背走到哪家哪户，哪家哪户就要把家里最好的粮食上交，没有粮食上交就要被拉去做奴隶。爷爷的初恋就是被这帮恶霸给强娶的，一想到这里，爷爷到现在仍然是气不打一处来。那时候前有巴依老爷，后有强盗和军阀，老百姓两面受气，里外不是人。自古以来，老百姓就怕当官的，而眼前的这一幕总是让他觉得有些不真实。爷爷扇了自己一巴掌，这让周围的救援队员都感到很诧异。

"没事，没事，我就想看看自己是不是在做梦？这一切来得太突然了。"

时间一天一天地往前赶，西侧的门户已经基本修缮好了。买买提揉泥团的技术也有了很大的进步，但还是没有达到爷爷所说的泥面如婴儿般的皮肤一样。

经过一个月的治疗，买买提的妈妈在医院恢复得很好，就是胃口不好，进食一天比一天少。这期间村支书带着干部来慰问过一次，还买了一些水果，并叮嘱她不要担心家里的事情，村里在上级的帮助下成立了灾后重建抢救小分队，会帮助买买提的爷爷对坍塌的房屋进行修缮。其实，这些买买提在每天送饭时都会讲给她听。

后来在村支书的陪同下，街道办主任也来过一次，买了鲜花，包了红包，告诉她这次因为地震受伤的群众可以享受免费治疗，政府埋单。其实买买提的妈妈这几天吃不下、喝不下的原因就是这一点儿，眼看身体好得差不多了，但是一出院就要给医院结算费用。听街道办主任这么一说，买买提妈妈一颗七上八下的心总算是落地了。

"感谢主任，感谢政府！"妈妈眼眶里的泪水奔涌而出。

"你还要好好休养。你们家的情况，街道和村委会都了解。

放宽心吧，我们的工作就是为大家服务。"主任说。

妈妈出院的时候，买买提和爷爷一起到医院办理了出院手续，果然同主任讲的那样，没有交一分钱。

出院前爷爷叮嘱买买提要把妈妈的床位收拾干净。买买提把被子床单叠得整整齐齐，又从护士那里借来拖把把地面拖得干干净净。

爷爷语重心长地说："买买提，这做人和做陶一样，要干净利落，不给别人留麻烦是一种功德。做陶也是一样，自己做出的陶就是自己的脸面，它代表的不仅仅是陶，更是一个人的气质呀！"

买买提心里想，爷爷最近是真的很奇怪，感觉什么都能和陶扯上关系。妈妈已经很不耐烦了，拄着拐棍要走了，买买提赶紧上前扶着。到巷口的时候看到很多生面孔，妈妈望向买买提。买买提说："这些就是我给你说的重建抢修小分队，来帮助村里坍塌了房屋的人家。"

只是，这往日充满了烟火气息和嘈杂声的巷道已经变得格外冷清。也是，村里走了三位老人，还有这么多的人受伤，大家都沉浸在一片悲伤之中，但欢乐的画面仿佛在昨日，这一切在灾难面前都显得那样脆弱和无奈。走到自己家了，买买提的妈妈有些诧异，虽然在医院自己曾经无数次想象过修复后的门庭，每次送饭来的买买提也会把村里的变化和家门前修缮的情况讲给她听，但是想象与现实终究是有差别的。眼前的门庭虽然谈不上奢华，但是与原来相比却要坚实不少，门还是原先的那扇木门，但底座坚固了不少，还添加了一些榫卯构件和合页，打开门或者合上门，"咯吱咯吱"的声音没有了。

4

菜巴扎里（指当地集市名）的公鸡叫第一遍的时候，买买提就猛地一下从被子里立起来，整个身体如同躺在一个巨大的咸水湖泊里。

买买提慌乱之中用衣服把汗水擦掉，惊慌和恐惧密布左右，一个巨大的气团正堵在胸口。

梦中的一切是那样可怕，但同时又显得那么真实，真实得差点让自己诧异这究竟是现实还是梦境。买买提一遍又一遍地在心里祈祷着，想着如果再回到梦中去，是不是会改变这个结果。有了这个想法的买买提又迅速躺下去，他双眼紧闭，一边回想着刚才的梦境，一边给自己心理暗示：快点睡吧！睡吧！进入梦乡了一切都会好的。

可就在这时，菜巴扎里的公鸡开始叫第二遍了。

买买提翻来覆去，再也无法入眠。他右眼皮跳得厉害，脸烧得通红，像冬日里树上挂的柿子。

这一天买买提都在想凌晨做的那个梦，做什么事情也打不起精神来。在家里一会儿被妈妈叫来，一会儿又被爷爷叫去。这原本是平常习惯之事，买买提心里有了烦恼，自然埋下怨言。从来不出错的买买提今天鬼使神差对不上号。前几日揉泥团原本有了很大起色，今日却始终和的是稀泥，松松垮垮的，气得爷爷直接一盆子扣在了买买提的脸上。

可是买买提能说些什么呢？心里的话既不能告诉妈妈，也不敢把梦境里的事讲给爷爷听。可怜的买买提只能把一切都放在自己的心里。他一遍又一遍地告诉自己，不会是真的，但他总是心神不宁，额头上的汗珠不要钱似的使劲往外冒。

午饭过后，买买提依然没有揉泥团的心思，或许是没有睡好的缘故，坐在床上竟打起盹来。

"买买提，买买提……"

5

是爸爸的声音。"爸爸，爸爸，是你吗？"

爷爷闻声赶到，爷孙俩都感到一阵眩晕，差点栽倒在地。爷爷以为是地震了，周围的盆盆罐罐却都没有动。买买提看到爷爷的眼睛里闪过一丝血丝，爷爷胸口仿佛被刀扎了一下。

买买提的爸爸是一家工艺厂的美术师。像买买提一样，他从小就跟随库尔班学习制陶工艺。可是新工艺时代下，原先的手工制陶手艺几乎没有了市场需求。市场经济下，从乌鲁木齐、从义乌批发过来的各种精美的商品琳琅满目，更重要的是价格便宜。不管库尔班如何鄙夷这些产品的艺术思想和价值，但是现实摆在眼前，要靠从父亲手里学来的手艺，实在是没法养家糊口。还好，上学时他的美术功底很好，很快就应聘上了一家工艺厂，但是这家工艺厂要求到和田上班。他放心不下媳妇和儿子，可是现实的压力逼迫得他没有选择。

跟招聘的人到了和田以后，他勤劳肯干，很快就得到了公司的认可。

下个月和田市要举行一场大型的文化产业招商活动。市里认为这是一次契机，给各个工艺厂都分配了名额，可以享受去和田师专接受相关专业技能培训，不仅培训免费，而且提供食宿和交通补助。培训结束的时候，学校组织了一次技能竞赛。毫无悬念，他获得了第一名，为公司赢得了荣誉。

因为家里穷，没能上成大学成为他最大的遗憾。校园里的一切都那么美好，他迷恋着校园的景色，也被这种氛围所陶醉，俊男美女，更是让人心花怒放。多好呀，花儿一样的年纪，花儿一样的日子。

"来人呀！快来人呀，救救我的孩子吧！"

一个女人的哭腔打断了眼前的美好。他闻声赶来，原来是一个小孩子刚刚在人工湖冰面上玩耍时，脚下的冰面突然开裂，刹那间孩子陷入了冰窟。孩子的母亲边喊边哭，而孩子的哭声正逐渐微弱。情况危急，来不及细想的他脱下衣服，一脚踏上冰面，小心翼翼地靠近冰窟。

他一边安慰着孩子，一边寻找最佳支撑点。终于，他拉住小孩的手了。他一点一点地往上拉，眼看着就要上岸了。或许是孩子本能的求生欲，抑或冰面无法撑住两个人的力量，就在一瞬间，他脚下的冰面开裂了，紧接着周围的冰面也坍塌了，寒冷的冰水浸透全身。就在这千钧一发之际，他将孩子举出水面。有那么一刻，他感觉自己举起的仿佛不是别人家的孩子，而是买买提。

他举着孩子拼命往前游，三十米，二十米，十米……

"买买提，买买提，买买提……"

他一遍一遍地在心里叫着儿子的名字，他仿佛已经看见了买买提，他正感到好奇怪，自己怎么会看见买买提呢。

"买买提，买买提，买买提。"他一遍一遍地叫着，却怎么也听不见自己的声音。他准备伸手去摸买买提，可是自己的手里还托着孩子呢。不能松手，不能松手。他看见老父亲比自己离开家的时候更老了一些，皱纹已经攀上头顶，眉毛上又多出几点白来。他看见妻子在做饭。他看见……

6

似乎过去了很长很长时间，买买提在爷爷的指导下已经能够完全揉出一个如婴儿般皮肤的泥团。

现在买买提将在爷爷的指导下进行造型。造型是整个制陶工序里最复杂的，爷爷这次没有像以前一样，而是一边亲自示范动作的要领，一边耐心细致地给买买提讲解。一连五六天，爷爷都没有让买买提上手。爷爷一方面是要磨一磨孩子的耐心，另一方面也是想培养孩子眼里的工夫。之所以不让买买提上手，其实也是对买买提的另一种要求，要么不上手，要上手就必须出精品，哪怕是平时练习的作品也不能马虎。

爷爷带着买买提来到高台民居，说："买买提，今天开始你要做属于自己的第一个作品了，爷爷心里很开心。但是，你知道作为一个匠人，最重要的是什么吗？"

买买提说："不是说是耐心吗？"

爷爷说："还有一条是守心。孩子，就是守住自己的心，守住属于我们自己的标准。我们的这门手艺是祖先传下来的。过去他们曾为王朝贵族服务，也曾沦落到社会的最底层，但是我们的家族从来都没有出现过向邪恶力量屈服的情况。我的父亲曾经给当时的一位马姓军阀做了一套精美的陶器，但是后来他知道军阀在草湖镇那边做了很多坏事，就气愤地将做好的陶器损坏了。但负责监督父亲的士兵还是将剩下的陶器带走了，为此他们将父亲下了大狱，严刑拷打，希望他能将损坏的陶器再做一遍。父亲说，你们干了那么多的坏事，从我答应给你做陶器开始就已经是一件错误的事情，怎么还能错上加错呢。后来解放军来了，赶走了军阀，我和父亲才被放出来。虽然被放出来了，但是父亲说他已经为坏人做了事情，不管别人怎么看，他自己必须惩罚自己，于是父亲从对面搬到了我们现在住的地方。被解放军赶走的军阀到处逃窜，后来把父亲制作的陶卖给了英国人，逃到别的地方去了。孩子，你记住了，守住自己的心，不仅是一笔看不见的财富，更是我们内心世界取之不尽的矿藏。"

买买提没有想到，自己家原来还有这么一段历史。

爷爷接着说："孩子，不管什么时候都要守住自己的心，守住做人的底线。做陶和做人都是一样，不能粗制滥造。今天开始你就要自己用泥做造型了，这第一件作品必须成功，后面的几步程序都要在造型的基础上完成。孩子，记住，一定要守住自己的心。"

回到家的买买提，照着爷爷的话开始认真练习起来。

就在买买提完成第一个造型作品，他非常兴奋地跑下楼时，却看见了两个陌生人。爷爷的脸上愁云密布，母亲含泪告诉孩子，父亲在参加培训时为救落水儿童下水之后再也没有上来。买买提呆立在原地，如闷雷滚过头顶，仿佛别人抽走了骨血一般。他把绝望的眼神转向爷爷，爷爷沉重地点了点头。

来人是落水儿童的父母和工艺厂的厂长。

"是你的儿子救了我们的孩子，是你的儿子用他自己的生命换来了我们孩子的生命……"

他们说的话买买提一句也没有记住。

整所房子都被哭泣声充满，但买买提的眼中没有一滴泪水，爷爷的话一遍又一遍地在大脑里回响。

7

这一年对于买买提家来说绝对是刻骨铭心的一年。小小的买买提自然不会知道这一年我们国家也发生了两件大事，一件是发生在四川的汶川大地震，另一件是北京成功举办奥运盛会。

汶川地震以后，政府为了避免再次地震造成新的悲剧，开始大力宣传老城区改造的必要性和紧迫性，大力宣传老城区改造的方针、政策和规划方案。

喀什老城区的建筑从来没有统一规划过，而是在一代代老城居民繁衍生息的过程中自然发展起来的，房子的形状有三角形、五角形、刀把形……各种不规则形状，千姿百态，就像一团"乱麻"。而且老城多为生土老屋，基础设施落后，防火防灾能力薄弱，一旦再次发生地震或其他灾祸，后果不堪设想。

老城的改造势在必行。

到这一年年底，《喀什老城区危旧房改造综合治理项目方案》最终确定，国家补助20亿元，自治区筹资10亿元，加上喀什地市两级政府的配套资金和老百姓的自筹资金，项目总投资70.49亿元。

第二年年初，喀什老城区改造全面拉开序幕。

摆在买买提家面前的方案有两个，一是自己建房，政府埋单。二是就近租房，政府埋单，对现有房屋进行升级改造。无论选择哪一个方案，市政府都会派遣专门的设计师上门一对一服务。这可让买买提家犯了难，这根本无前例可循，无论选择哪个方案都是第一个吃螃蟹的人。买买提心想，要是父亲在就好了，他一定能拿个主意。可是现在妈妈和爷爷却有些拿不准。按理说，这么好的政策是从未有过的。但是，谁又敢保证这政策能够落到实处呢？况且无论是建房还是租房，这都不是一朝一夕能够完成的事情。时间的长度增加了事情的不确定性，如果事情做到一半，最后变成了烂尾工程，岂不是更糟心。买买提家再也经受不起任何风波了。保险起见，买买提家和所有人保持了一致态度，既不说选方案一，也不说选方案二，只是说再看看。

干部再三上门，并带上了两套方案的设计图，买买提一家看不懂设计图。没过几天，他们又拿出了效果图。工作做到这步，买买提家能想到的所有搪塞的理由都被干部一一解答。买买提家终于要作出决策了，妈妈特意问了买买提和爷爷的意见，爷爷提出不管选哪个方案都要留出一间房子用来让买买提学陶，工作人员连忙应允。最后买买提的妈妈成为第一个在老城区改造居民意见书上签字的人。为此，工作组特意给买买提家送来米、面、油表示慰问。由于思维固化，很多维吾尔族家庭都不愿意搬迁，成功说服买买提家无疑是工作组当前工作的一个重大突破。

与此同时，爷爷妥协了，买买提也要替这个家庭分担责任，他白天要去东巴扎跟舅舅学做生意了。初入生意场的买买提还有些羞涩，他性格内向，不愿意与人打交道，他曾经想着自己要是一辈子只做陶就好了，但是生活把他家逼到了悬崖边上，买买提跟爸爸一样没有选择。接连好几天，买买提一件货也没有卖出去，舅舅虽然嘴上没有说什么，但是脸上却布满了"雷霆闪电"。

买买提是喜欢做陶的，跟人打交道真是太累了。在巴扎一站就是一整天，不仅腿疼，接二连三地吆喝，他嗓子已经发炎，发不出声来。

到了晚上，买买提一个人在房子里继续闻土、捣泥、揉泥团。几个晚上过去了，买买提完成了属于自己的第二件造型作品。这是一只杯子，质地光滑，色泽亮丽，甚是好看。买买提兴奋得一个晚上都没有睡着。同样和买买提一起高兴的还有爷爷，买买提的一举一动爷爷都看在眼里，他仿佛看到了一束寒光正在风中闪耀。

或许是做陶的喜悦给生活带来了好运，买买提在巴扎上货卖得越来越好，买买提也终于靠着自己的努力给家里贡献上了第一个月的工资。

8

春天来临，蛰伏于地下的万物开始破土而出。喀什的春色来得稍晚一些，这注定最美的风景往往需要经历更多的风霜。

买买提还是像往常一样在巴扎上帮舅舅卖货，这天来了一个巴基斯坦的商人，要买一车货拉回巴基斯坦。客商说："我已经在这个巴扎观察了很长一段时间，我发现你卖货很讲信用，没有因为多卖一件商品而夸大其词。别人都争相告诉我商品的优点，可是你首先要给我说缺点，再讲优点。就凭这点，我就在你这里先拉一车货回巴基斯坦。"

当天舅舅就给买买提发了两千元的奖金，并第一次给买买提放了一天半的假。买买提高兴坏了，没想到爷爷说的话还真能带来好运呢。

买买提确实太高兴了，他跑到餐馆要了几串羊肉串，这绝对是他这一年多来最开心的一天。在商业街买买提给妈妈买了一条艾德莱丝绸的围巾，给爷爷买了一顶偏欧式风的鸭舌帽。

这是过去一个月以来买买提回家最早的一天，刚进院子就听见两声羸弱的咳嗽，好像是从爷爷的房间里传来的。买买提加快了步伐，那声音却又消失了。买买提放轻脚步上楼，看见爷爷正在房间里对手中的泥团进行最后的修饰。买买提有些傻眼了，爷爷手中捧着的竟然是父亲的泥像，那姿态、眼神和轮廓简直惟妙惟肖。这般泣血的创作让人泪目，买买提看着爷爷头顶豆大的汗珠，正准备上前给爷爷擦汗，却被喝住。爷爷说，一点儿汗水算什么，就是血水也要忍住，做陶做的就是一种精气神，要全身心地投入创作之中去，不能丝毫受到外界的干扰和影响。说完，爷爷又语重心长地看了看买买提，才说道，我说的话你记住了吗？买买提似懂非懂地点了点头，接着又摇了摇头。爷爷的脸上露出久违的笑容，慈祥般的温暖瞬间照亮了整间屋子。爷爷让买买提出去，他要静心完成这件作品。买买提离去，爷爷才将右手从泥像背后抽出来，手心中间是乌黑的一团淤血。

一年多前爷爷就察觉出自己身体出问题了，他时常在半夜感到一阵扎心的疼，每天醒来也是上气不接下气的，咳嗽更是越来越严重。也就是在这个当口，他害怕自己时日无多，祖先传下来的技艺即将走到尽头，才执意要将这制陶的技艺传给买买提。

晚餐前，买买提将买来的礼物交给妈妈和爷爷。这顿晚餐和平时相比只是多了几串烤肉而已，一家人却吃得格外香。

9

买买提家选择的是就近租房，工作组在菜巴扎附近给买买提家选了一间三居室。买买提早上特意跑到店里跟舅舅请了两天的假，准备回家帮忙搬家。

买买提刚回到巷子里就被眼前的人群挡住了视线，老人、孩子和女人挤在一起，不时发出一阵酸臭味。买买提好不容易才从人群中挣扎出来，两辆货车已经装车完毕。工作组的成员和村委会的人正在帮忙从自己家那所土房子里往外搬东西呢！

大家在爷爷的房子里静坐下来，谁能想到这位年逾古稀的老人竟然藏了一屋子的陶器，其中最让人动容的无疑是买买提父亲的雕像。这位年轻的工艺美术师为了救落水儿童，献上了自己宝贵的生命。爷爷做的陶器一看就是精品，陶器上的每一个细节都如同是机器铭刻的一般，却又远比机器制作的更具灵气。剔透的光泽让人血液沸腾，岁月的包浆让人爱不释手。就在众人赞叹之余，墙角的一个大纸箱子却让人更为惊讶。

那里面全是破碎的陶片，买买提被眼前的这一幕惊呆了。他想过爷爷可能会做陶，但是从未想过爷爷对陶的痴迷竟到了这种程度，特别是爷爷对自己的严格要求和对匠艺的精益求精更是让自己汗颜。当自己还在为眼前这一点儿小突破而沾沾自喜的时候，爷爷却毫不犹疑地将旁人认为的精品摔碎了。

爷爷什么话也没有对买买提说，只是轻轻地拍了拍买买提的肩膀。

买买提如愿搬迁到了政府为他们租住的出租房内。新居内光线明亮，生活起居、用水做饭都很方便。特别是对买买提来说，早上到舅舅店里上班更便捷了；对做陶的爷爷来说，取高台土也是极为便利。

一个月以后，工作组在市里为买买提的爷爷举办了"库尔班手工土陶展"，联系了非物质文化遗产保护工作小组，并很快就通过相关评审，库尔班正式成为喀什土陶非遗传承人。

10

买买提在半夜被爷爷的咳嗽声惊醒，那软绵无力的呻吟让买买提内心感到一阵酥麻。他多想走到爷爷的房间去看看，爷爷房里的灯又灭了。

貌似生活又回到了从前，一切都有条不紊地进行着。但是，买买提的内心总是感到隐隐的不安，他说不上这是一种什么样的感觉，总是觉得某个地方有些不对劲。

工作组为爷爷举办的"库尔班手工土陶展"取得了良好反响，文化部门领导在看了土陶的展览以后非常重视，并上门拜访爷爷，他们准备将老人的土陶作品寄送到自治区非物质文化遗产陶艺大赛参赛。随之而来的是各种媒体记者的蜂拥而至，对此爷爷一概拒绝。这反而引起了媒体对老头子的兴趣，大众也觉得这是一个颇有个性的匠人。其实，爷爷并没有想那么多，他对自己的身体情况是最清楚的，他现在所能发挥的最大作用就是让买买提的陶艺技术再上一个台阶。爷爷说，不要在乎那些虚的，那些都没有什么用，只有做好你的人，做好你的陶，才是最重要的。

库尔班的陶艺折服了所有评委，为此主办方特别破例为本届非物质文化遗产创作大赛增加了一个特别荣誉奖授予了他。

当评委们正在为库尔班的手艺而啧啧称奇的时候，买买提也完成了一件真正意义上的土陶作品。那是一个喇叭口有嘴把壶，通体光亮，肩部有两道凹弦纹丰肩，鼓腹，圈足微撇，绶带形柄，壶身弧形流线，整个制作工艺一气呵成，如行云流水。买买提这次的作品让库尔班很是满意，他全身的细胞仿佛又重新被激活了一次，所有的荣光再次重现。

"买买提，你已经把我所有的本领都学去了。从现在开始你已经出师了，从今天开始你就是一个独立的土陶人了。但是孩子，你要记住我说的话，任何时候都不要粗制滥造，那是搬起石头砸自己的脚呀！现在时代不一样了，土陶除了传承祖先留下的技艺外，更要学会吸收一些外来的文化，但不管怎么样都不能忘记做陶人的初衷。所有的创新都是在一定范围之内的，万万不可丢掉我们的'本'呀。"

爷爷仿佛还有很多话要说，却猛然间心头一阵疼痛，一口鲜血吐在刚刚完成的壶上。

买买提将爷爷扶回卧室，惊讶地发现爷爷已经将屋内所有的东西都收拾得井井有条。他将自己制陶的心得和一些特别精美的图案都画在买买提父亲留下的画册上，将画册又压在枕头下面。买买提能够想象到爷爷每晚是怀着怎样的心情入眠的，他能体会爷爷的丧子之痛，也能够明白爷爷对自己所寄予的厚望和对陶艺的痴迷。这时，买买提想起妈妈出院前爷爷曾叮嘱自己要把妈妈的床位收拾干净。而现在爷爷应该是已经提前预料到自己的身体状况了，他把一切都归置妥当，平静地等待着死亡的到来。

爷爷的眼神逐渐变得黯淡。

11

买买提成为新一代最年轻的国家级非遗传承人。时间过得很快，买买提的制陶技艺也在不断精进。

喀什老城改造也如火如荼地进行着。

买买提和母亲搬进了改造后的新房，新房内政府还给配备了各式家具。买买提的母亲一进新房就喜极而泣，她不由自主地想到了自己的丈夫和公公，命运的打击曾经让她丧失了生活的勇气和信心，原本的四口之家变成孤儿寡母，她很难想象自己还能坚强地走下去，而眼前的一切都显得梦幻而真实。这样的房子在过去只有那些有钱的商人才能住得起，没想到自己也会住上这样华丽的新房。她把自己反锁在卫生间里号啕大哭。

买买提辞去了巴扎上的工作，和妈妈利用家里的空房经营起维吾尔民族特色民宿来。在文旅部门的扶持下，买买提还在老城的核心区开了一家土陶工艺店。

买买提把视线投向了更远的地方，没人知道买买提看见了什么，但是有一点儿可以确认，买买提的眼神坚定且充满了力量，因为他看到了时间深处最美的风景。

玛 卡

1

我第一次见到多伦的时候，他正在地里种玛卡。不过那已经是好几天之前的事情了。

玛卡是一个神奇的东西，据说在秘鲁这东西能延年益寿，当然夸大的成分也是存在的。没有人能够说得清楚，玛卡是什么时候进入边疆小城，并被众人传得神乎其神的。也没有人能够预料到，这小小的玛卡竟然会牵扯出那么多的风波。

原本是开学的季节，多伦却偷偷地跑出学校回家种玛卡了。多伦不知道的是，他原来的班主任已经辞职了，而新来的那个老师就是我，所以，当他看见我的时候并没有表现出一丝的惊慌和诧异。

三月的小城前川县依旧笼罩在一片冬日的萧瑟之中。我进班之后却发现多伦不在，当然，我是不认识多伦的。学生名单手册点完名之后，发现唯独少了多伦。我喊第一声多伦的时候下面还是静悄悄的，我能听见自己的回声。当我喊第二声多伦时，下面杂乱的小声唏嘘着。是的，多伦逃学了。班里的孩子说多伦回家种玛卡了，种玛卡就可以换很多很多的东西。

这是我初到前川县的第二天，也是我第一天当班主任。学生的面儿我都还没有见到，人就已经跑了？这算怎么回事儿，算是对我这个新来的老师的挑衅吗？这要是放在其他地方简直不敢想象，但是在这边疆小县却是司空见惯。

"我决定去乡里找多伦。"

教导处主任仿佛觉得是自己听错了。愣了一会儿，然后习惯性地用手抚了抚鼻梁上的眼镜框。

"你再说一遍。"

"我决定去乡里找多伦。"

我相信这次他一定听清楚了。我不仅放慢了语速，还提高了音量。

"去乡里路很远，还有很多地方路都没有修好。现在是三月份刚开春，正赶上山上的冰雪融化，说不好还会遇上泥石流什么的。"

他见我不为所动，转而一脸严肃地说道："去乡里真的是太危险了。你还不知道这里的具体情况，这种逃学事件是常有的，我会把情况告诉校长，校长会把情况反映给县上，他们总会有办法解决的。"

我初来乍到，无论从什么角度说我都没有反驳的理由。我心想，既然如此，还是听领导的吧！

整个晚上我始终无法入眠，满脑子都是玛卡。

到最后我还是没有弄明白，现在这个社会，无论是种什么东西，孩子上学才是最重要的，难道还有什么比上学更重要吗？就是种金子，那也得学知识学文化呀！

2

第二天上课时，我发现在多伦的座位后又空出了两个位置。这回是两个女孩吉尔和库勒不在，情况和多伦基本上一样。我赶紧跑到校门口的监控室去查看监控。原来，课间操结束后，她们两人和其他同学到校门口打扫卫生，因为是打扫卫生，校门口值班的两个保安也就没有留意，这两个家伙走在最后面，趁机将扫把放在大门口的石柱下，趁势就一溜烟跑了。

吉尔和库勒都是破崖乡的孩子。

多伦也是。

她们两人出了校园后，从校门侧面花园里的小路走到了大桥那边的客运站，其实这也不能叫作客运站，只是一时之间也没有更为恰当的名字来叙述。我们暂且就叫它客运站吧！县中学的主街对面也有一个客运站，那里发的都是固定的线路车，是通往地区和外县邻市的枢纽。而吉尔和库勒走到桥头的地方停的都是"摩托车"的士，当然也有一些发黄了的面包车。这些人以每天拉零活儿为业，农忙之时又会回家种地。她们两人就是在这里坐车回村里种玛卡了。不过在这之前，她们两人会在校门口的花园里换下校服，要不然走在路上指不定碰到哪个干部就会被劝回。

这时我才隐约觉得这不是一次简单的逃学事件。有了第一个就会有第二个、第三个、第十个、第二十个……果然，午饭过后我的班里算上多伦、吉尔、库勒，已经有七个学生逃学了，其他班级也差不多。

下午第一节课，学校就紧急召开了班主任会议。统计上来的数字让我吓了一跳。全校累计有二十三名学生逃学，而且基本上都在同一天。第一天的数字只有一个，那就是多伦。就是我连面儿也没有见上，已经逃学了的多伦。我连面儿也没见上，更别说他的情况了。教导主任说话了："这个多伦是个好苗子，成绩也还可以，将来考区内初中班是种子选手。情况我们都已经知道了，你刚来这不怪你。眼下，我将情况给县上教育局和主要领导汇报以后，他们预判，这种逃学的情况可能还会持续。县上作了相关批示：一是要确保入学率，现在要给在校学生做思想工作。二是要加强进出校门的管理，原则上不让学生出校门。如果遇到紧急或其他特殊情况要请假，由学生书面申请班主任签意见后再拿到我这里把关。"

这个会开得很长，其实重点内容无非就是开头那几句，可是教导主任硬是讲了一个半小时，以示重要。上到国家政策、政治形势，下到师德师风等等。我实在是听不了那么多的废话，因为我还是没有搞清楚学生为什么要逃学回去种玛卡。我几次准备发言，校领导根本就没有让大家插话的意思，也就作罢。不过我还是决定要亲自去一趟破崖乡，去会一会多伦，顺便再把吉尔、库勒等都给带回来。但是这事儿还要给校领导汇报才行，而且教导处主任说得也对，我刚来，很大程度上对情况确实是不了解，也不能硬来，要不然有可能会带来不必要的麻烦。

我私下跟几个老师和学生了解了情况以后，决定还是应该去一趟破崖乡。我总觉得光听别人说不如我自己去看更为真实、清楚。我跟校长谈了我的想法，校长鼓励了我并表示支持，帮我联系了县上的工作队，顺便和县里的几位干部一起去破崖乡。

　　前往破崖乡的路程比较远，车子在戈壁上来回盘旋，翻过一道道岭，越过一座座山，走了八九个小时，才能看到破崖乡的基本样子，站在山顶看有一个湖，在一片碧绿的湖水映衬下，像是一张巨大的荷叶盖在人间。到破崖乡阿勒村驻村的三位干部年龄都在四十左右，黝黑的皮肤在阳光下显得特别柔和。一路上除了一位同志和司机用他们本民族语言交流着，其他两人靠在后座上竟睡着了，其中一人不一会儿就开始打呼，那声音如同春天里的一声惊雷，把另一个人都震醒了，不过他却没有表现出丝毫的烦躁，而是换了个姿势把帽子盖在头上继续睡觉。

　　坐在前排的是工作队长何大光，他那秃顶的脑袋显得很是灵活，转过来跟我说："老师同志，别见怪啊！基层工作很辛苦，他们俩都已经好几天没有合眼了，这坐车的时间可不能浪费。到了村上还有一场苦战等着我们呢。"我以微笑回应，虽然事先也做了充足的心理准备，但是无形之中又多了一层压力。沿途都是几近相同的风光，我也不自觉地打起盹来，车子开始螺旋式地下降，每次转弯时都与云雾紧贴而过。我从窗户向下看了一眼，云雾中露出几个模糊的圆圈，心里一惊，手心冒汗，我一把扶在椅子边上。那两人还是睡得很沉，不过呼噜声比先前小了些，司机也明显紧张起来，从表情看，他注意力更集中了。

终于，我吊到嗓子眼的心平缓下来，车子停了。不过我们并没有到达终点，不远处停着几辆摩托车，我的骨头一路上都要快被摇散架了，这时换上了摩托车，心情明显好了很多，不过很快我就有一种坐过山车的感觉了。没有水泥的公路铺得并不平坦，我不时地被颠起来，有一种脱离重力被腾空的感觉。一个小时后，摩托车停了。在一条河前，悬置着一座钢丝桥，这里摩托车肯定过不去了，我们四个人只能走过去。由于距离过长，走在上面，每动一下桥就会受到作用力在山涧之上摇曳。这桥有多少年的历史似乎没有人能说清楚，脚下就是奔涌的河水，不时在风中发出咆哮的声音。那声音似乎在空中遛了个弯，再回到河水之中，重合的声音把人的后背喊出几行冷汗来还不罢休。发黄的锈迹在雨水下流出了几条弯弯的线条，似乎是铁在流泪。这铁承受着巨大的痛苦，那泪如泉涌过后又留下倔强的印记。天地间的事物大多如此，依靠自身微弱的力量在这世界留下一抹浅浅的印记，只为证明它们曾经存在过。

一路无语。

不过，我明显感觉自己要比他们三个人更紧张。过完桥，走了一段土路，柳暗花明，杏花香味扑鼻而来，房屋、田舍都出现在我们眼前，我们都不自觉地叹了口气。何大光扔给我一支烟，我本不抽烟的，不过走了一天肚子都快瘪了，我接过来顺畅地抽起来，甚至感到一丝香甜，不知是幻觉还是太疲倦的原因。

到了村委会，村主任很热情地让人把提前做好的饭菜端上来，四人顿时狼吞虎咽。我想这里这么远，平时孩子上个学该多么辛苦呀！真是不容易，虽然已经进入了新世纪，但是这种问题，仍是摆在眼前的一大难题。

　　吃饭后，整个村庄沉浸在暮色之中。我们走出院子，头顶却是星辰灿烂，北斗七星清晰可见。正当我沉浸在欣赏夜色时，工作组却跟随村干部立马投入了工作之中，今后三年这里将是他们奋斗的地方。按理我也应该住在村委会，但我想早点见到多伦，就跟村主任说明了来意。

　　村主任说："多伦逃学回来，我们也是刚刚知道的。今天太晚了，老师你就安心在村委会休息吧。因为农户家的生活水平和习惯还满足不了接待外来客人的条件，明天一早我给你找个向导去多伦家。再说，咱们也不急在这一会儿工夫。"

　　休息室很简陋，刚上床时我还冻得瑟瑟发抖。我不知道自己是何时睡着的，我本想等着几位驻村干部回来聊聊天，跟他们了解一些村里的状况，却不想自己早早沉睡过去了，以致他们是何时进来又是何时起来的，我竟一无所知。

3

　　清晨，在鸟鸣中醒来，我竟然贪恋起睡眠来。起身，小腿已经发出警告，微微一阵疼痛，下床走路差点没有站稳。我推开门，这山里的景色果然十分诱人，空气中散发着丝丝香甜的味道。这晚上和白天竟然是两幅截然不同的画面。

很快村委会招呼大家吃早饭，我和村主任谈到多伦、吉尔和库勒。村主任说他们三个人都是同一年出生的，但是村主任说得最多的还是多伦，仿佛多伦是他的儿子一般，一提到多伦就面露喜色、拍案叫绝。我想村主任一定忽略了我此行是来干吗的了。就在村主任和我侃侃而谈的时候，一场意外让我们不得不就此中止了这个话题。

我们是被一阵女人的啜泣声打断的，紧接着就是一阵塔吉克语的吵闹。跟世界上所有民族吵架一样，一句顶一句，一句接着一句的，虽然我一句话也听不懂，但是我依然能够感觉到浓烈的火药味和爆炸前夕的激烈。

通过旁边村干部的翻译，大致是夫妻两人因为男人要卖掉家里的牛羊去换更多的玛卡种子而起了争执。男人认为现在玛卡的市场价很高，种玛卡的话住在自己家就行，不用进山。玛卡的活儿比起放牧更轻松，赚钱更多。女人认为这玛卡虽然现在价格高，但是谁能保证它一直都能卖到这个价钱呢。放牧牛羊虽然是个苦差事，但是祖祖辈辈不都是这样过来的吗？玛卡虽好，但是你也不能天天都吃呀！

俗话说，清官难断家务事，至于最后是怎么调解的，调解的结果如何，我就不得而知了。当我再次见到夫妻两人的时候，他们却又是另一番光景了，让人唏嘘的同时，又不禁感慨造化弄人。

4

村主任给我安排了一个向导，向导是塔吉克族人，操着一口当地特色的普通话，居然说出了一种国际留学生的感觉。

"老师，你从哪里来？""我从陕西过来，现在在你们县上当老师呢！你们这里环境真不错！天蓝蓝的，空气很干净，呼吸着很舒服。"

向导说："前几年，从北京来了一个领导，走的时候说，用瓶子装一罐前川县的空气回到北京就能卖不少钱呢！"

我被向导的话逗乐了，没忍住笑出声来。

"我说的是真的，只是我还是没有想明白这空气怎么运到北京，它们在瓶子里会不会半路就溜了呀！这毕竟是前川县的空气，我想它们肯定舍不得离开这里。"

其实向导并没有走出过镇子，去过的最远的地方就是和村主任一起到镇子上，还是帮村主任提东西，连镇子也没能多看几眼。不过这些我并不知道，我以为陕西在国内知名度很高，每个人都应该了解。

过了约半根烟的工夫，向导说："我们这里很少有人能走出这片土地，外面的世界我们都是从电视里面看到的。喀什就很好，有很多楼；乌鲁木齐更好，楼更多更高，人也很多。我想只有县长他们去过外面的世界。"向导说得不错，别看是一个小小的县长，但是这里是自治县，县长是塔吉克族，铁杆的人大代表呀，每年春天都会到北京参加会议。当然了，这地区的、自治区的各种会议也是少不了的。

5

我终于见到了多伦。

我没有让向导过去打断多伦。我想先在路边观察一下这个孩子。炽热的太阳下，多伦的脖子被晒黑了，一眼望去就像是非洲过来的孩子。他正匍匐在地上挖土，再将一个类似土豆样子的东西放进土里，在它的上面铺了几根杂草，然后再把土慢慢盖上，最后用薄膜纸把刚才的这一片蒙上。多伦的动作很慢，他小心翼翼地捧着土，再将下一粒种子放进去之前，都会把种子举过头顶，然后用嘴轻轻吻一下。多伦在坡地上一脚没有站稳，一个后翻落地，他双手捧着种子并没有撒手，而是就势用手护住了种子，自己摔了个跟头。这孩子有点意思。

这时我想起村主任的话来：多伦出生的那天村里闷雷滚动，都快把天打出个窟窿来！把他娘折腾了一晚上，接生婆抱起多伦一看，吓了一大跳，好久才从恍惚中回过神来。别的孩子刚出生的时候都是哇哇大哭，你猜那多伦怎么着？他竟然睡着了。或许是出生的特殊，多伦从小就备受关注。上学一个星期老师就发现这孩子特别有天赋，有着过目不忘的本领。书本上的文字他看过一遍就能记下来，连图案的位置、页码、行数他都能准确地复述下来。学东西也很快，看过一遍就能学会。

那时候，村主任给儿子买了一辆自行车，村主任教儿子学车，儿子还没有学会，在一旁看的多伦却学会了，关键这是多伦第一次跟自行车接触。村主任说："多伦这个孩子得到过神的眷顾。"

多伦摔倒以后应该是看到了我，他向路这边望过来，用手挡着眼前刺眼的太阳光。多伦朝我这边喊了一句什么，我没有听懂，向导接了一阵话，我们走到多伦跟前，向导向多伦说了几句，应该是说明了我的来意。渐渐地，多伦的脸由喜变闷，头也慢慢地矮了下去。

"多伦，你好！我是你们班的王老师。"

"王老师？"多伦狐疑地看着我。

"那杨老师呢？"

"哦，你还不知道吧！杨老师已经辞职离开前川县了，以后我就是你们的新班主任了。"

"王老师好！"

我从多伦的眼中看到一丝火焰，不过瞬间又熄灭了。

"王老师，我错了，我知道我不应该逃学的。"多伦并不觉得逃学不对，只是低着头像那些普通犯了错的孩子一样，低头假装很害怕，甚至身体还轻微地颤抖了一下，表现得十分怯弱。不过我一眼就看出多伦是嘴上说错，其实在内心肯定不认为自己错了。这时我看见他用左脚的鞋跟去蹭右脚的鞋面，嘴里还是重复着这几个字。

不过我并没有拆穿他。因为我知道拆穿了也没有什么实质性的作用，反而倍增尴尬。很多事情都是这样，与其撕破脸皮，不如给对方一个台阶下，这不仅仅是一个面子的问题，况且教化于心比教化于形更重要。

"你种的这东西是什么？"

"玛卡呀！种玛卡可以用来换钱，换钱以后就可以给爷爷治病，给爷爷买那种很软很软的蛋糕吃。"

终于见到这魂牵梦绕的玛卡了。我从多伦的手中接过玛卡，实在无法将这玛卡和众人为之疯狂的举动联想在一起。

多伦的普通话十分流利，如果你不仔细去听，单从音色上其实很难听出这是一个塔吉克族孩子。我想这孩子普通话都这么流畅了，交流起来应该没有什么问题，况且他知道的恐怕要比向导多，我就找个理由把向导打发走了，说完事以后我自己会去村委会的。让我没想到的是，向导也没有推辞一下径直就走了。没错，这就是典型的塔吉克人的性格，说一就是一，非常实在。我有一次和几个塔吉克朋友到饭店里吃饭，吃完以后，其中一位说他付钱，我说，我付，他只说了两个字，好吧！如果你按照汉族人的那套客气的推辞来行事，他们是不会买账的。刚开始我以为是偶然现象，直到我埋单了十余次后，才明白，这就是实在！

送走向导以后，我示意孩子不要紧张，我并不是来兴师问罪的。说出这句话时，我自己都觉得很违心。但我知道我一来就摆个居高临下的态度，是很不明智的行为，第一次见面要留下一个平等相处的印象才好。

"你刚刚为什么要把玛卡的种子举过头顶，还亲吻呢？"
"爷爷说能够给我们带来好运的，我们也应该好好对待它。就像是在山里爷爷放羊放牦牛一样，他总是让羊和牛吃饱了，自己再去搭个帐篷，找来柴火做抓饭。所以羊和牛都喜欢爷爷，跟朋友一样。玛卡能换来钱，换来钱就可以换其他东西。"

话匣子打开以后，我发现多伦确实非常活跃。直觉告诉我，这孩子将来会大有出息。

6

三天前，多伦从县城坐上了回破崖乡的线路车，到乡上以后又沿着山路走了十多公里，终于在天黑不久后到家了。

这是一个新建的村庄，村上所有人都搬离了深山，集中在这片土地居住。村里过去因为孩子上学要走很远的路，还曾上过电视台的一档访谈节目，不过节目播出那天，村里还没能通上电视，那时全村只有村主任家有一部固定电话。节目播出以后，村子里出现了很多陌生的面孔。各种自称是什么老总的、什么负责人的都跑到村里来，有给钱的、给衣服的、给零食的，不过有些衣服是穿过的。不管多大的负责人过来，必不可少的一件事就是拍照，走在桥上要拍照，还拉横幅，上面的字多伦只认识一半。"横幅"这个词是学校塔里克老师教的。塔里克是二十世纪前川县的第一个塔吉克族中专生，毕业以后就留在前川县小学教书。这些年随着普通话教育的不断推进，教材的不断改编、升级更新，他已经很难再去教高年级了。不过塔里克老师一直在学习，她的孙女学习成绩就很好，去年考到了上海市区内初中班。如果不出意外的话，她在上海上完区内初中班还会上区内高中班，然后再上大学。如果是这样的话，塔里克所有的心愿就算达成了。因为条件原因，塔里克到过最远的地方就是喀什，不过那还是上中专的时候了。喀什以外还有更宽阔的世界，那边是什么样子？唉，想想自己的孙女正在上海学习，塔里克就很开心，元气满满的，一天又一天。

塔里克老师告诉多伦，横幅其实就是"红色的黑板"，可以在那上面写字。上面的领导来了，或是遇到什么重要的事情就会剪出一条横幅，在上面写字，不是手写，是电脑写。这时多伦就会问"上面"是什么？塔里克老师会告诉他，上面就是上一级，比如你们村的上面就是镇。多伦又问上面的上面还有上面吗？最上面是什么？多伦的话把塔利克老师问蒙了。塔里克老师亲吻着多伦的鼻梁，说多伦真是一个聪明的娃娃，好好学习吧，等着吧，用不了多久，我就教不了你了。就这样，多伦算是接触了一个新的词汇——横幅，他很得意，甚至略带兴奋地将这两个字写进他的牛皮笔记本，再在横幅两字的后面用铅笔画出一个横幅的样子。这些动作都完成以后，他会亲吻着笔记本的内页，就像他亲吻玛卡一样，然后合上再念一声横幅，之后露出十分满足的笑容。靠着这样的习惯，他已经积累了不少新词语了。外面的人来村子里，很多孩子都很开心。他们会把各种零食，糖果啊什么的送给孩子们，再问几句"你叫什么名字啊？""上几年级了？"之类的话。不过多伦却很排斥他们，多伦认为自己什么都没有做就拿别人的食物，这样很不好。他的内心不时冒出一阵厌恶之感。这些人来村子里是来可怜我们的吗？书上有一个什么词语来着，哦，想起来了，乞丐！是把我们都当作乞丐了吗？哼！等着吧！要不了多久，我长大以后……

后来政府在村子里的一块平地上修建了集中安置点，把破崖乡的高山塔吉克族牧民统一安置在此。

　　刚从山上搬来的时候，多伦的爷爷感到很不适应，特别是房子里有厕所这件事，他表现出了极大的情绪。老人认为厕所是污秽之所，放进这么漂亮的房子里，这简直就是一种亵渎。再有就是他实在是用不习惯坐便器，非要蹲下来才能大便。牧民们过去在山里放牧的生活习惯到了楼房里处处不一样，这就造成了很长一段时间牧民们还是跑到很远的空旷处方便，这让何大光他们几个人十分头疼，那段时间，他们天天登门造访牧民们。但是，等何大光他们一走，牧民们又跑到远处方便了。这腿脚长在别人的身上，你还真没办法。曾经有一段时间，牧民们还闹着要在村子里自建一个旱厕，何大光差点没气晕。

　　多伦刚搬到新房时也感到很不适应，新建的安置房虽然漂亮，但是却听不见虫子的叫声，院子里连只蚂蚁都看不见，就更别提花花草草了。没有虫子的夜晚，多伦失眠了。不过在多伦的努力下，爷爷还是接受了室内如厕这一事实。人对于陌生的事物内心总是排斥的，但是一旦接受之后却又离不开了。

　　新房虽然是由钢筋水泥浇筑而成，多了几分冷漠，但同时也集中了许多优点。比如网络信号的覆盖就是旧房子所不能比拟的。这些年，村里修了路，拉了线，每家每户还配备了电视机，电视机里有很多可以调的频道，不仅可以看到北京，还可以看到更多的大城市，那些景象是多伦从未见过的。对于多伦来说，这无异于发现了一块新大陆。他时常等爷爷的鼾声响起以后，自己再悄悄地回到放有电视的屋子里，轻声轻脚地把门关上。多伦真的很聪明，他会先用遥控把卫星接收器上的声音减到零，再打开电视，这样就没有声音了，不会吵到正在睡觉的爷爷。电视里经常播放一些古装剧，他搞不清楚这些人怎么就能飞来飞去，自己学的普通话也只能看懂一小半字幕。他只觉得这些人很可笑，像傻子一样，一会儿在笑，一会儿就哭了，一会儿又一刀把别人杀死了。多伦曾经问过塔里克老师，塔里克老师说这叫轻功，其他的，塔里克老师也不知道，他就把"轻功"两字写在了笔记本的最后一页，再用红色的笔在后面画了大大的一个问号。不过，并不是所有的节目他都不喜欢，比如每天的《新闻联播》会说到北京，还会一直提到一个人名，他就在他的小脑袋里想，这会不会是塔里克老师说的那个最上面了？要说多伦最喜欢的节目还是《动物世界》，浩瀚的大海、葱郁的森林和群鸟飞过的天空，无不囊括着宽广的世界。如果说电视机的画面是一根风筝线，那多伦就是一只风筝。

望着外面的世界，多伦的眼神像极了高原上的鹰。多伦的愿望就是到外面的世界，去更大的地方，去更远的地方。不过每次想到这里的时候，他总会担心自己是否有这个能力。虽然他是学校最优秀的学生，但是有了电视，他也从里面看到了许多和他一样优秀的孩子，还有很多看上去年龄比自己还小却能参加各种节目甚至演电视剧的孩子。虽然有些电视剧看着就太假，但这并不能否认别人比自己厉害的事实。在《中国诗词大会》中，一个小孩子差点成为全国决赛的冠军。不过多伦一会儿就想明白了，因为塔里克老师说过，只要想去做用心去做，就一定会完成的。这时，他想起自己刚上学时老师说的那句话：人外有人，天外有天，有志者事竟成。

多伦看着电视里一望无际的平原和各种雄伟高大的建筑，他默默地在心里对自己说，就让自己在电视屏幕里流浪吧。

这时多伦总会感觉到自己轻飘飘的，他感觉到自己无比舒畅，振臂一飞就看到了那柔弱的光盘旋交缠而上，紧接着是云层，是太阳，是万千的色彩在大地上交织、流动。他继续在上升，地面上的事物开始逐渐变得瘦小，直到变成了一个墨点，后来他什么也看不见了。像是穿越了一条长长的黑暗隧道，他的肌肤开始变冷，不久之后开始结霜了，然后被冰雪覆盖。他全身都不能动弹了，他感觉到自己呼出的气又从鼻孔中给挡回来了，呼入的气体像鱼群一样抵达在鼻孔，却怎么都无法进来。他想张嘴，使尽了全身的力气只能听见两颗牙齿的震动，慢慢地，他连声音也听不见了，他的眼睛开始落满雪。他依然能够看见远处有更多的气体涌过来。忽然，他好像看见爸爸妈妈朝他走过来，他在内心一遍又一遍地呼喊："爸爸、妈妈，爸爸、妈妈……"

他们的声音逐渐远去，多伦哭了，他却听不见自己的哭声，多伦的肚子里装满了无尽的悲伤。紧接着他听见有人在叫他："多伦，多伦。"他感觉到这个声音很熟悉，却怎么也想不起是谁的声音。猛然间，一阵抽搐，他微弱地睁开双眼，他看到了，是爷爷。原来是自己看着电视节目梦魇了。

爷爷用额头抵着多伦的额头，用手轻轻地拍打着多伦的肩膀说道："快睡吧！孩子。"

爷爷并没有怪多伦逃学，但是爷爷也并不支持多伦逃学。

多伦看着爷爷苍老的面颊，看着爷爷欲言又止的样子，多伦什么都明白了。

爷爷走后，隔壁房间隐隐约约传来咳嗽声。这一晚，直到后半夜多伦才睡着。

7

多伦，给我说说玛卡吧！老师，玛卡从哪儿来的？我并不清楚。前些年从内地来了一个老板，让我们种玛卡，说是我们村的土质好，又是高原，长出来的玛卡品质好，就跟虫草一样，越是海拔高，营养价值越高。我们这里种的是黑玛卡和紫玛卡，他们会专门派人来村里收玛卡。刚开始，村里只有我爷爷种，其他人还是喜欢放牛放羊，觉得牛羊是祖祖辈辈的营生，比较放心。可是后来他们看见种玛卡可以挣钱，大家也都种了。不过我家的黑玛卡和紫玛卡那个什么，品，品，品相，对，乡长秘书说过品相好，每年我们家的玛卡都是卖给了他。

多伦不知道的是，乡长秘书收购了他们家的玛卡以后，乡长会亲自到县上的一家广告公司做一只精美的盒子，镶上闪着金光的珠子，当然是一般装饰用的珠子，再用红布把黑玛卡和紫玛卡摆放得整整齐齐，其阵势真不亚于古代地方官给皇帝的朝贡。乡长会提前打电话给书记的老婆约好时间，等书记刚离开家门，乡长就会捧着装玛卡的盒子造访书记家。乡长气定神闲地敲门。书记老婆开门以后，乡长一步迈进，顺势就把盒子放在鞋柜上。

"嫂子好，我来找书记汇报一下近期的工作。"

"你来得不是时候，他刚走，应该是去县里开会了，你要早来五分钟，估计就能碰到。要不然，你给他打个电话……"没等书记老婆把话说完，乡长已退到门口。

"这样呀，真是不巧，那我就不打扰了。等书记开完会了，等有恰当时间了，我再约吧！"

乡长说完就下楼了，装有玛卡的盒子就放在书记家的鞋柜上了，书记老婆既没有推辞也没有接纳，乡长压根也没有提"玛卡"两字，他们两人却心知肚明。

下楼时，乡长颇为得意地哼着小曲，正深为自己的送礼之道得意之时，却看见邻镇的书记迎面上楼来，手中拿着同一家广告公司所做的礼盒。两人碰面只好尴尬地笑了笑，两张脸像是两口被火炉熏了很多年的铁锅。不过，书记老婆还是把乡长送的玛卡特意放了起来，因为破崖乡的海拔最高，据说玛卡质量很高。

由于前川县在高海拔地区，所以很多人要么早早就在平原地区生了孩子，要么就是因为自然条件或其他原因很难怀上孩子。书记老婆就属于后者。书记老婆把乡长秘书从多伦家收到的紫玛卡分成三部分：一部分打成粉，一早一晚给书记的茶杯里续上，再给秘书用真空包装袋装上一份以备出差时能够及时续上；第二部分放在药酒里；第三部分留在厨房，不时和各种野味炖在一起，熬个汤给书记补补。

说来也巧，在乡长送过玛卡后半年，书记老婆竟神奇地怀孕了。书记中年得子，别提多高兴了，专门请乡长到家就餐以示感谢。而邻镇的书记送来的玛卡盒子，又被书记的秘书重新换上包装盒以后，源源不断地流进了书记以前的老领导手中。

没过多久，县上专门从北京请到一位权威专家过来做实验，将前川县八个乡镇送上来的玛卡分别打乱顺序再重新编号送检，以确保数据的真实性。实验数据表明，前川县的玛卡确实要比平原地区的玛卡更有药用价值和功效。这就为前川县发展玛卡产业提供了事实依据。实验结果特别指出，破崖乡的玛卡是精品中的精品，各项营养指标都比其他乡镇的玛卡要高。从此破崖乡的玛卡名声大噪，一度成为当地的重要特产和产业支柱。一时间，千金难求一块破崖乡的玛卡。

发掘出玛卡产业的破崖乡乡长，后来大受上级领导的赏识，第二年就进了县城，成为县委某某部门的副部长了。

没人知道的是，乡长所送的礼盒里还镶嵌了一个小盒子。这个小盒子是乡长特意到广告公司定制的，从图案设计到用材都是在他的眼皮下完成的，几乎没有丝毫瑕疵，堪称完美。

小盒子里面装了一个玛卡，其形状如同一只小狗卧在地面。当时秘书把玛卡送来的时候，他第一眼就看到了这个玛卡。秘书准备把它从中拿走，不想却被乡长制止了。

秘书一脸迷惑地问乡长："这个玛卡长得像一条狗匍匐卧地，您送给书记不是骂书记是狗吗，怎么还专门用一个精致的盒子供奉起来呢？"

乡长说："你有所不知，你仔细想想，这狗除了叫狗，还叫什么？"

秘书挠头，回答道："犬！"

"对！犬！这是一只卧在地面的犬，又叫作'卧犬'，'卧犬'就是'握拳'，就是'握权'啊。这样的玛卡可遇不可求，这样的礼物送一次就能让领导记住一辈子。要送就要送这样的礼物，也只有这样的天成偶得之物，才能算得上是真正的'礼'。"乡长边说边比画着，像是一位资深的讲解员。

8

"那你爷爷呢？"

"爷爷这两天身体不大好，我让他在家好好休息一下。王老师，我种完玛卡就立马回学校去。爷爷现在老了，腿脚不好，种这种玛卡挺费事的，活儿倒是不重，也不需要什么力气，但是却需要反反复复下腰、屈膝，爷爷受不了，所以我就逃学回来种玛卡了。种这种玛卡只有十天左右是最佳种植时间，种早的话很容易被冻死，再晚一些就可能烂在土里了。至于是什么原因，我现在还没有搞清楚，不过我以后一定会弄明白的。"多伦边说边用手挠挠他的头顶，完了还发出"嘿嘿"的笑声。我被他灿烂的笑声打动了，也不自觉地笑了。多伦是个天生乐观的孩子，看一下他，感觉心里就能够很舒服。这或许真的就是村主任所说的，他得到了神的眷顾吧！"那你的爸爸妈妈呢？"多伦的眼神呆滞了一会儿，说："他们没了。"

"没了？"

我马上意识到不对劲，也为自己功课做得不足而后悔，就赶紧补了一句："对不起啊，提到了你的伤心事。"

多伦却继续说道："他们在我五岁那年到山上放羊，回家的时候刚好碰上了泥石流。吉尔的爸爸看见以后就回来喊人去挖，天黑的时候清理出来，他们就已经没有了呼吸。我记得那晚的月亮很大，大得像太阳一般，血红血红的，整个世界都好像被巨大的红色包围起来了。是的，就是在那晚，我失去了我最亲爱的爸爸和妈妈。"后来，我们又聊回了玛卡，别看多伦还是个孩子，他了解得还真不少呢！

"玛卡外形长得像我们这里的土萝卜，很多人都分不清楚哪个是真玛卡，哪个是假玛卡。不过我可以分清，从气味上就能闻出这两者的区别。玛卡据说只生长在高海拔地区，最佳的海拔是三千米，在云南有个地方跟我们这里很像，一个叫玉龙雪山的地方，好像丽江也能种玛卡。"

我跟多伦回家了，多伦的爷爷正忙着给牦牛准备草料呢！老人一脸慈祥，岁月的褶皱在阳光下焕发出久违的光芒，幽蓝的眼睛里写满了他对这个世界的兴味与妥协。他正痛饮着生命的露水，却又在尘埃一现的探察之中解锁了人世间最大的困惑，经验与苦厄淬炼了他现在的生活，而这一切的一切都写在了老人的面颊之间。

老人把手放在心口上后，又双手和我握手，然后引导我进屋。多伦解释说这样的手势一般都是用于迎接最尊贵的客人，表明客人在我们的心里，握手表明客人带着和平而来。过去双方见面时还会双手摊开，表示没有隐藏或携带武器。我们坐在地板上，多伦铺好桌布。老人亲自泡茶，只见他将泡好的茶水先倒入一个琉璃色的碗中，再将碗中的茶水倒入茶壶之中，如此重复三次，再将茶水先给自己面前的茶碗倒了半碗，轻轻一吹，喝一口，然后再将茶水倒入我面前的茶碗，并且只倒了半碗。后来多伦告诉我，这是他们民族传下来的规矩，这样做的目的是向客人证明我们的茶水是洁净的，没有被下毒。多伦说，不过现在很多人，都忘记了祖宗留下来的规矩，但是爷爷一直教导我，祖祖辈辈传下来的东西要一直传下去，不能被眼前那些花里胡哨的东西所迷惑。

喝完茶，我被留下吃午饭。

远处的雪山上浮着几朵洁白的云朵，这云朵和冰封的雪花已经融为一体，很难分辨出彼此了。临走时，多伦的爷爷当着我的面训斥了多伦，并向我保证以后多伦再也不会逃学了，还说早上村干部已经来过一次了。我说，我过来没有兴师问罪的意思，说完又觉得这个四字成语爷爷或许听不懂，我让多伦翻译，我就是顺路过来看看多伦而已。天知道，这路我走得有多么曲折。

多伦非要把我送到村委会才放心。在路上，他嘟嘟囔囔地对我说："老师，你别担心，我就是不去上学，成绩也不会差到哪里去。我回家虽然是为了种玛卡，但是我还是会看书呢！"看着多伦通透的眼神，我一时之间不知道说些什么好，只好轻轻抚摸了一下他的额头。

吉尔和库勒都是跟多伦从小玩到大的朋友。当天多伦提议他们一起逃学回家种玛卡，但是吉尔和库勒胆子小，就让多伦先逃，如果学校没有追究的话他们再悄悄回来。

吉尔和库勒的家中间隔着一棵沙枣树，此时正是沙枣花飘香的时刻，我站在树下目测这树怎么也得有五六十年的树龄。后来库勒说，这树在他爷爷小的时候就已经有了。

　　吉尔和库勒没有想到我会跑到他们家里去，这可把两家人吓了一跳，因为上一次有老师到访，就是两个孩子闯了祸。

　　我也是从上任班主任记录的工作簿中发现这两人是班里的刺头，但凡骂人、打架之类的总是少不了这一对"魔王"。不管他们在文字中被描述得如何跋扈，但是在家中都跟泄了气的皮球一样。大人们也都训斥了两个孩子，他们站在墙角一言不发，两眼都快掉在地面上了。

　　临走的时候我问两个孩子，沙枣花这么香，怎么没有人折上几支放在家里呢？他们说，沙枣花不能摘，它已经贡献了气味，怎么还能把它据为己有呢。家人从小就告诫我们不许去折沙枣枝。听爷爷说，过去饥荒年这沙枣树还救过村里人的命呢，大家都称它为神树。我们又怎么能去伤害它呢？

　　我开始为自己的想法感到愧疚，脸上一阵莫名的燥热。

9

　　第二天一大早，我带着多伦、吉尔和库勒回到了学校。

　　回到学校的这天，多伦却和同学们打架了。

　　起因很简单，多伦逃学回家种玛卡没有告诉他们，他们也想逃学回去帮助父母干一些地里的活儿。再说这地里的活儿要比关在学校里学知识有趣多了，而此时学校又加强了管理，要想再回去几乎是不可能了。多伦、吉尔、库勒三人家里的玛卡本来就种得多，这样就可以赚取更多的钱。更让我想不到的是，钱对山里的孩子是这么敏感，这数字的背后藏着多少辛酸和无奈。后来，我知道还有另一个原因，多伦的学习成绩很好，学校里的其他老师都很喜欢这个学生，几乎所有的老师都会把多伦当成自己最满意的学生。更让人生气的是，多伦这家伙旷课一星期，学习成绩丝毫没有受到影响，上午塔里克老师竟然说多伦又进步了。几个小孩子之间慢慢产生了嫉妒之心，不再和多伦在一起玩耍，再加上课间的时候，话赶着话，互相说了些过激的言语，就动起手来了。

　　这种事情没有什么好法子，我的原则是谁先动手，不管是对还是错都要被批评。因为对和错的标准太多了，很多事情纠缠在一起，你根本没有办法理清谁对谁错。情和理自古就是相互间的悖论，就像是手的正面和背面。

　　是多伦先动的手，我严厉批评多伦的同时也捎带上了几个参与进来的学生。

　　你别说，多伦这孩子还真是一块读书的料，什么知识点只要你稍加点拨，他都能理解得透彻。不过在多伦心里，他所挂念的始终是他家的玛卡。今年种了两亩地的玛卡，他早就在心里换算着收成，这些玛卡在多伦的眼中貌似都不是玛卡了，是田野上奔跑的希望，是无数甜蜜汇聚而成的想象。

　　第二天晨读时多伦在一张草稿纸上画了一个大方块，我认出这就是我第一次和多伦见面的那块地，一眼望去像一个梯形的样子。多伦用笔划分出五大块区域来，再用铅笔笨拙地将还钱、今年、明年和存钱四个词写进前四个区域里，最后一个区域他迟迟没有动笔。其实，这时候的多伦人还在教室里，脑子早就飞到外面的世界去了，飞回破崖乡了。多伦抠了抠脑袋，应该是有几天没有洗头了，再加上回家他也一直在种玛卡，他挠过的地方红了一块，还起了几个红疹子和小疙瘩。多伦此时并没有注意到我在他身边，这时他开始列算式了，写数字之前还用尺子画了几条波浪线：三公斤乘以六百元等于一千八百元，三公斤乘以八百元等于两千四百元。多伦写的是去年玛卡的价钱，六百元一公斤的是紫玛卡，八百元一公斤的是黑玛卡。

去年从深圳来了一个什么老总，在多伦家挑了一公斤的黑玛卡，给了他爷爷一千元。那个人对村里的工作队长何大光说，他找了一家红酒厂专门给他自己做红酒。先要把从破崖乡收购的玛卡清洗、消毒、晾干，然后再磨成粉，最后再经过什么发酵酿造出十瓶红酒来。多伦清楚地记得他还说酿出来的红酒就是一万元钱一瓶他也不卖。一万元钱，多伦想，那十瓶的话就是十万元钱。多伦从来没有见过这么多的钱。只有在村主任家，村主任每年和镇里来的干部一起发各种补助的时候，才有一块砖那么大的一沓子钱，不过也只有语文书那么厚，想想一块砖那么厚应该有多少钱呢？多伦知道用纸条绑住的那一沓红票子就是一万元钱，每次发钱的时候，多伦的眼睛都瞪得老大，不过一小会儿一沓子钱就发光了。多伦又感觉一万元钱实在是有点太少了，一会儿就没了。

多伦知道自己没法和深圳来的老总相比，但是他也明白了一个道理，这玛卡好像越往外面走价值越大，在前川县城摆个地摊也就三四百元一公斤，镇里的干部派人来挑，会给到五百元一公斤。不过镇里的干部精明得很，他们今年又给别的人家打了招呼，要货比三家。这个消息是多伦回到学校以后和库勒聊天时谈起的，或许这才是多伦和这几个孩子打起来的根本原因。如果镇上的干部今年不来多伦家收玛卡，他和爷爷就只能把玛卡卖给收购站，或者在县城的街上摆摊卖出去。到时候外地来旅游的人多了，也许会卖出去几公斤，偶尔运气好可以多卖点，但是这种事情总是没有准头的，和看天吃饭差不多，多伦总觉得不靠谱，心里不踏实。而且卖给收购站价格会打折扣。不管那么多了，多伦再次用铅笔圈了圈一千八百元和两千四百元，然后在他们中间写了两千元，在两千元的后面打了一个大括号。接着，他开始用小写的数字列举自己的心愿：

1. 给爷爷买一个生日蛋糕。

2. 给塔里克老师买一条围巾。

3. 给自己买一套《十万个为什么》。

4. 给爷爷买一套衣服，再买双耐穿的鞋子。

5. 给王老师买支钢笔。

6. 给表哥买一条烟。

......

多伦列举到第13项的时候，或许是觉得钱不够用了，又用笔划掉了几个数字和后面的汉字。多伦在心里想着，无论如何都应该给塔里克老师买点礼物，塔里克老师除了教给他课本上的内容，还教会了他很多没有听过的词语，牛皮笔记本上记录的词语几乎全都出自塔里克老师。不过，多伦也感觉到塔里克老师肚子里的"墨水"快用完了。准确地说，这句话是塔里克老师说给多伦听的，多伦想着想着就涌出两行泪水来。多伦在心里想，这并不是塔里克老师的错，她没有错。多伦收起了那张草稿纸，把它夹在了他那个专门记词语的牛皮笔记本中。

多伦点了点头，拿出书来用食指指着汉字一句一句地读起来。我悄悄地从多伦的座位旁走开，当作什么事也没有发生，什么也没有看见，继续在琅琅书声中巡视着课堂。不过，我知道此刻多伦的心底肯定正在经历着一场风暴。

10

这天，多伦给我讲了一件事。

放学后，多伦走在县城街道的主干路上。风一股一股地从对面的山口灌进来，三分萧瑟，七分凉爽，空中飞舞着各种颜色的垃圾袋。再有几天就是四月份了，这对远在高原之上的前川县来说，初春才算真正开始。枝条吐出一点点墨绿，被风推来推去似乎一直在渲染着些什么。而地上的小草也才探出一些微弱的绿来。

多伦走在街道上，用他的话来说是去考察的。他人虽然在路上，那眼珠子却早伸进了各家商铺，大脑像一台全自动的机器般高速计算着、运转着。多伦是想着把要买的各种物品都能精确地定下价格来。迎着风，多伦加快了步伐，这该死的天气，实在太冷了。远远望去，多伦如同一位成年的塔吉克族男人在风中追赶着鹰。

快到力合拉斯超市的时候，路旁围满了人。多伦发现，好像不管是哪个民族的人都喜欢热闹，喜欢人多的地方，他们总是喜欢围着圈。多伦想不明白，就像多伦不理解电视屏幕中那些年轻男女在一起蹦蹦跳跳的，一会儿又无缘无故地笑起来。多伦觉得这些人跟傻子是一个样子。多伦是看过舞蹈表演的，妈妈在的时候那鹰舞跳得最好看。每次村里有啥活动，妈妈都会被邀请去跳鹰舞。每次跳鹰舞的时候，多伦的双眼就像高空飞翔的鹰一样，炯炯有神地盯着妈妈看。曾经的多伦以为妈妈的鹰舞就是这个世界上最好看的舞蹈，当然，现在的多伦也是这么认为的。小小的多伦多想跟着妈妈学鹰舞呀，不过多伦却没有等来这一天。想着想着，多伦的眼睛就不自觉地湿了，风一扫而过，他的两个眼角留下了一对单引号。吆喝声越来越近，这是汉族人的声音。慢慢地他听明白了，是在卖玛卡。一个头发发黄并带点卷毛穿着红衣服的男人在不断地吆喝着，准确地来说是他录的声音在喇叭中不断地吆喝着。"卖玛卡喽！货真价实，买到就是赚到。你们看，这玛卡是正宗的紫玛卡、黑玛卡，前川县高原上生长的啦！营养价值极高，数量有限，先到先得，卖完为止。四百块钱一公斤喽。"

这个胖胖的男人坐在三轮车上，招呼着从路口、酒店和民宿围过来的外地旅客。一名男子刚拿上玛卡在鼻子前闻了一闻，人群中就有一个响亮的声音叫道："给我来两公斤紫玛卡，你们不知道，这玛卡可是好东西，网上都可以查到的。再说了，前川县这样的环境，那价值比虫草还要高呢！"

说话间，红衣男子已经将两公斤的紫玛卡称好包装完毕，递给来人。只见来人亮出钱包，从里面抽出崭新的八张百元大钞递给红衣男子。

　　红衣男子说："这价格绝对是良心价，你们看这玛卡长相多好呀。前面的力合拉斯超市看到了吧？那都是按克卖的，我这是自家屯的，因为有事要回老家，所以便宜处理了。买到就是赚到呀，绝对划算。"

　　游人三三两两在一起低语着什么，多伦没有听见。不一会儿，多伦却看见外围挤进去一个穿黄色衣服的年轻女子，在三轮车盒子上翻了翻玛卡："你这真是紫玛卡？"

　　"货真价实，你看这个头，这可都是塔吉克族老乡在高山种出来的，那价值比秘鲁那边的更好呢。泡酒、磨粉冲水喝，再不行了炖汤也不错呢。你看见没有？刚刚有一个大哥二话没说，就拿了两公斤呢。"

　　"大哥，听您口音是东北那地方的呀！"

　　"妹子，你也是咱大东北的呀！"

　　"我老家是吉林的，去年过来的。妹子你是过来旅游的吧？咋就你一个呢？"

　　"那老远的也不容易，给我来一公斤的紫玛卡。"

　　"得嘞，这是您的玛卡。您拿好。我跟您说，这真是个好东西，我自己都留了好儿公斤，自己吃，寄回家给咱爹咱妈泡药泡酒喝也是上好的珍品，其效果一点儿不比人参虫草差。"

　　红衣男子一边说一边上称，指针刚好指向一公斤的位置，他又顺手抓了一大把紫玛卡放进去，那指针又向前弹了一小格。东北女孩连忙谢过大哥，然后急匆匆地消失在街道的拐角，似一阵风把人给吹没了。

风呼呼的，仿佛诉说着什么，树上的枝条也乱舞成一团。

红衣男子说："这天太冷了，今儿就不卖了，赶紧回家喝点玛卡酒，暖暖身子。对不住各位了，收摊了。"

红衣男子刚掏出钥匙来，正准备启动三轮车，几个老大爷终于发声了："小伙子，这玛卡真有你说的这么好？"

"大爷，瞧您说的，这玛卡的功效那可是大家认同的专家总结出来的，那话可不是我说的。前川县的玛卡，连北京的专家都说好着哩！"

"小伙子，给我来两公斤。"

人群中又是一阵吵闹。

不一会儿，红衣男子的玛卡就卖完了。人群纷纷往街上的那几家高档酒店走去，还有几位年轻小伙子往刚刚那东北女子离开的方向走去。多伦没有想到红衣男子的玛卡这么快就卖完了，他更想不通的是，现在这个季节，玛卡并未成熟，而去年，即便收购站的收购价格也明显高于这红衣男子的玛卡的价格呀！不过也没有什么奇怪的，刚刚那红衣男子说是因为他有事要回老家。但是，多伦说一个星期后，他又在县城的客运站门口碰见了红衣男子。他还是在卖玛卡，是和上次一模一样的三轮车里装着紫玛卡和黑玛卡，用白色大喇叭提前录好声音，围着的人群，除了外地的游客，就只有一名年轻的女子在拍照。其他几个人多伦总是感觉很熟悉，总感觉在哪里见过一样。多伦是个聪明的孩子，他陷入了记忆搜索模式。终于想起来了，上次在超市外面也是这哥们用三轮车在卖玛卡，还有那女子和几名小伙子也都买了玛卡，虽然他们换了衣服，换了发型，但是多伦认出就是那几个人，绝不会出错！当多伦给我讲到这里的时候，我就明白了大概。多伦满脑子都是问题："他不是说他要回老家吗？怎么又跑到客运站门口去卖玛卡了？那几个人吃玛卡也太快了吧？怎么刚买完儿公斤，现在又过来买？现在这个季节，玛卡并没有成熟，他们是从哪里弄来的玛卡呢？"

多伦用那深邃而透彻的眼神望着我，我真不知道该怎样给他讲，但我还是决定要告诉他。

我说："这个男子家里并没有什么事情。不出意外的话，下次他还会出来卖的。你所说的那几个熟悉的面孔，应该是他的托儿，托儿的意思就是和他是一伙的，一起帮他卖货。"

多伦心里应该在想："这帮人太坏了，竟然说假话。"

"至于你其他的疑问，等过几天周六周日的时候，我跟你一起去看看，或许你会看明白事情的缘由。"

一周后，我和多伦到街上去为班级采购饮水机，在一个十字路口，果然看见多伦口中的男子在三轮车上售卖紫玛卡。我上前查看了一会儿，情况和多伦说的差不多。

为了有更进一步的了解，我买了一些玛卡，拿回中学和多伦研究起来。我不懂玛卡，只好上网去查阅相关资料。一输入玛卡两字，网页上就弹出各种介绍玛卡功效的窗口，其来源不仅有各大权威媒体，就连论坛上也出现了介绍玛卡神奇作用的帖子。一位发帖人说自己多年的眼疾，寻访各大医院和民间良医，用了很多土方子都不曾见效，最后吃了一个月的玛卡，眼疾竟然完全好了，就连之前的耳鸣现象也不见了。我觉得不可思议，这大有炒作和故弄玄虚之意。还有几条说是在云南上当受骗的帖子，只能看到几个关键词，鼠标点进去，原来的页面就显示无法加载，换了几个浏览器，都是相同的结果。我估摸着应该是被删帖了。就在我为网上各种鱼龙混杂的报道所烦恼时，多伦却发现了问题："老师，这个玛卡有问题。"

"什么问题？"

"我觉得这不像是玛卡，应该是蔓菁或者是小萝卜之类。还有，这个玛卡的味道太怪了，冲鼻子得很。我种的那些玛卡都略带一些臭味，跟马粪有一些相似。这种味道，我从来没有闻到过。"

多伦认真起来的样子，着实有几分可爱。

多伦摸了一遍又一遍，又拿起来在鼻子跟前嗅了嗅，他再用手掌把一个螺丝似的小玛卡抛在空中，接住，接二连三地掂了又掂。

"我感觉这比我平常见到的玛卡要重一些，不过，玛卡的重量还真是不好说。我总觉得哪里有些不对劲？"多伦一边说一边挠头的动作，总让我想起一个月前在破崖乡的地头上我们初次见面的情景。

我一直插不上话，因为我确实对玛卡不了解。

"老师，我知道了，我知道了，这是假的，不是玛卡。"

我被多伦的话惊到了，难道这人卖的是假货？

"老师，你看，这个玛卡的表面是不是很光滑？"

我摸了摸，确实很光滑，像人的皮肤一样。

"玛卡其实长得很丑，表面也是非常粗糙，不可能这么光滑的。"

"你能确定这是假的吗？"

"我确定。"

"多伦真不错，发现了假玛卡，后面的事情交给老师来处理吧！"

"老师，他们都是坏人，你一定要让警察把他们抓起来。"

"我知道了，多伦很勇敢，我一定会让他们受到相应惩罚的，你放心吧！"

多伦走出我的办公室，嘴里哼着小调，听脚步声，应该是跑着下楼了。多伦的心思，我大概是知道的。当他大步走出我的办公室，天空已被风打扫得干干净净，连一抹白丝都看不见了。多伦看着天空，他觉得十分舒坦。

我拿起手机给消费者热线打电话，电话总是忙线中，我又查了一下前川县工商管理局的电话，那边一直嘟嘟地响两声，然后就是一阵忙音。我明白过来，这不是周末吗？单位估计没有人，想必应该有人值班，兴许不在同一个办公室吧？我又拨起了电话，过了一小会儿，那边接通了，应该是个塔吉克族女人，说了几句类似维吾尔语，还是塔吉克语的话。那时的我只会简单的几句问候，其他的当地话我是完全听不懂。我一声您好还没有说完，那边早已挂断了电话，自此再也拨不进电话，直到第二天上班也是如此。

第二天上完课，我决定带着我买的玛卡到工商管理局去投诉，我想我还是带着多伦吧，这孩子对玛卡比我精通多了。

前川县城的各个职能部门都散落在县城各处，我打开百度地图，穿过两个十字路口，就来到了工商管理局。说明来意后，领导表示我们说的情况，他们也很重视。县里最近也接到很多外地游客的投诉电话，所以我们暂时关闭了热线电话，你们反映的问题很及时啊！这样，你们到王主任那边将详细的情况说明一下。我和多伦见到了王主任，眼前的人可不像是一个主任，而是一个十足的美女，眼神有力，全身上下透露出一股干练的气质。多伦吃了一惊，这不就是上周在那男子卖玛卡时拍照的那位女子吗。她怎么在这里呢？王主任将我们的情况登记在案后，让我签了字。

多伦说："我那天看见你了。"

我转过头来看多伦，多伦点了点头，将眼神落到她的脸上。我疑惑地说："你们见过？"

她走过来轻轻搓了搓多伦的脸蛋："小鬼，你记忆力还不错，对玛卡的知识也很到位，算得上是一个小专家了。最近我们市工商管理局接到了很多外地游客打来的投诉电话，怀疑我们前川县的玛卡为假玛卡。很多人回家煮着吃了，不仅没有出现他们说的效果，反而拉肚子，有的还出现了轻微中毒。这些游客都不是本地人，贪点小便宜，估计是买了假货。局里对前川县这伙卖假货的人很重视，决定派我前来调查。那天我一下车就在客运站门口碰见了一个东北男子在卖玛卡，我就用手机拍了照片和视频做了证据，再加上你们今天提供的证言和物证，很快我们就会联络当地的警方，做进一步的部署。我以为这个小鬼是看热闹的，没想到他脑子还挺灵活，将来肯定是一个有出息的孩子。"

被王主任一夸，多伦涨红了脸，有些不好意思了。

出门告别，我和王主任握了手，感到她的手有些冰凉。

很快，县上就侦破了东北男子售卖假玛卡事件，这对在山里种玛卡的人影响并不大，倒是那些镇上的干部对村里的玛卡盯得更紧了，生怕给上面领导送了假货，那可就惹大祸了。由于这也不是什么好事，所以当地也就没将此事公布于众。

不过前川县的人们并没有注意到，国内种植玛卡的地方正在迅速扩张，由于玛卡的价格一路水涨船高，所以很多地方都跟风种玛卡，一时之间，种植玛卡蔚然成风。自从假玛卡的事情结束后，我仔细查阅了关于玛卡的相关资料。按理说，我一个教书匠应该把所有的心思放在教书育人上，不应该再关注其他事情。这不，网上有一名老师课余兼职送外卖，正遭到网友们的咒骂呢。其实我们才是天下最可怜的人，说起来社会很重视我们教师，但在更多的时候，我们才是弱势群体，教师的地位，明显比我们想象中要低。当然了，我并不是想种玛卡，也不是为了送礼而升官发财才关注此事的。我大学是学经济管理的，我总感觉什么东西被追捧的时候，有可能就是它毁灭的时候。怎么说呢？就像是气球被吹得鼓鼓的就是快炸了，肥皂泡泡过大的同时也是破灭之时。

网上新闻显示，目前整个云南都在种植玛卡，而且我们所有人都明白的是，它们将在不久后和我们见面。云南丽江、香格里拉等地都开始大量种植玛卡，紧随其后的是北疆阿勒泰、西藏昌都、贵州毕节、四川阿坝等地也开始种植玛卡。国内玛卡的价格一路上升，有专家预测，今年国内玛卡的价格将会上涨到一千元一公斤的平均水平。而另一条信息让我在心里着实为多伦捏了一把汗，一家权威统计部门发布的数字显示，中国国内玛卡的年生产量、总销量和出口量已经超过秘鲁，跃升为全球第一。

11

这年五月底，多伦以全县第一名、全市第八名的成绩被上海市奉贤中学录取，成为前川县历史上第二名进入上海学习的小学毕业生。

多伦知道这个消息的时候已经是一个月后的事情了。

与塔里克的女儿不同的是，多伦一直在本县学习，而塔里克老师在女儿很小的时候就把她送到了地区的重点小学，为此塔里克老师还为校方捐了三十台电脑算作是赞助费。所以，从某种意义上说，多伦是我们前川县本土培养的第一个区内初中班学生。

按理说，这一切似乎都可以结束了。但是后来又有一些事情的发生，让我不得不再说到多伦，说到玛卡。

七月九号这一天，我接到了两个特殊的电话。

第一个是驻村干部何大光的电话。说实话，刚接通电话的时候，何大光这个名字我愣是没有想起来。直到那边传来多伦的声音，我才想起第一次去破崖乡的情形。当时破崖乡的信号极差，为此县里和镇里每次通知事情都要靠人传达，把县镇两位当家人头疼得不行。不过，今年在政府扶贫工作的支持下，破崖乡在居民安置点重新建造了一座信号塔，所以我才能接到何大光的电话。当然最开心的还是多伦，信号基站建好以后，电信公司又免费给安置点的每位农户（牧民）升级了卫星电视，这样多伦就可以更便捷地了解到外面的世界，他可以看到更多更专业的电视频道，譬如专门介绍书画的、探索历史的节目等等。虽然很多内容他还不能完全看明白，但是，所有人都必须承认的是，多伦是一个聪明的孩子。

基站建成的那天，多伦刚参加完学校的毕业典礼。第二天回到家中，他便碰上何大光带着电信公司的工人在家升级卫星电视。当然，那时的何大光还不认识多伦，他只知道多伦是这学期本村第一个逃学的人，差点还引起了一股逃学的浪潮。不过多伦能够考入上海上中学这件事，他似乎一点儿也不意外。驻村工作组的任务就是扶贫扶弱，加强基层组织的堡垒作用，提高村干部的工作能力。扶贫先扶志，但是地处西北偏僻县城，由于各种原因，别说大学生，就是能高中毕业的学生也寥寥无几。大多数人上到初中，要不就是回家放牛放羊，要不就是回家帮助父母干农活儿，子承父业。特别像是破崖乡这样的偏僻村镇，村民思想普遍封闭，教化落后，教育这一块一直是县里重点批评的对象。何大光来此的目的，一是代表驻村成员对多伦考入上海奉贤中学表示祝贺，既然是祝贺当然不能空手而来，驻村的几个干部凑了一千五百元给多伦包了一个大红包。二是介绍一下区内初中班的政策。这政策主要是介绍给多伦爷爷听，说是去上海上学不用家里掏一分钱，全是政府兜底，来去的车费，入学的体检费、学费和食宿费等全都可以报销。从长远来看，在上海上学就更容易考上大学，考上了大学就更好找工作……

何大光说的这些，两个月前多伦早就在我这里打听得一清二楚了。何大光的顾虑是多伦的爷爷就只有这么一个孙子，应该不会让孩子去上海上中学。何大光才说到一半，多伦的爷爷就明白了他的来意。老人的眼神中闪烁着不舍，似乎多伦马上就要离开自己一样。但很快，老人就表示全力支持。多伦告诉我，他过几天会来学校，还问我暑假什么时候离开，他想见见我，向我表示感谢。

第二个电话，是工商管理局的王主任打来的。这位年轻的美女告诉我，上次被处罚的东北男子再次回到前川县低价销售玛卡，不过人家这次并没有售卖假玛卡，而是从云南以白菜价收购的正宗玛卡。

我所担忧的事情，终于还是发生了。我马上上网查询。一段文字映入眼帘：二〇一一年《某某财经日报》记者以"失控的玛卡，下一个螺旋藻"为题，曝光了玛卡产业的现状。有些媒体转载时更是把标题换成了"玛卡壮阳骗局"，把本已火热的玛卡推到了风口浪尖！从那一刻开始，玛卡辉煌不再，惊天大逆转，玛卡种植农户的冬天也来了。大量玛卡价格暴跌，无人问津。公开信息显示，二〇〇八年，云南黄玛卡批发价约为二百二十元一公斤，二〇〇九年上涨至三百元一公斤。二〇一〇年，玛卡批发价的最高位甚至达千元一公斤。二〇一一年每公斤玛卡鲜果的收购价，从最高的一百二十元一路跌落到一元钱，玛卡售价成了名副其实的白菜价。

三天后，我见到了多伦，他送给我一支英雄牌钢笔。

三个月以后，我收到了多伦从上海奉贤中学发来的一封电子邮件。

一年后的一天，当我再次回到村里的时候，何大光看上去又老了几岁，皱纹深处泛着岁月的磨痕，天灵盖上的冬雪早已提前到来。

那晚我们喝了很多酒，他告诉我，原来种玛卡是他的主意，之所以消息密不透风的另一个原因就是主管农业和经济的副县长是他的舅舅。而所谓的专家不过是他舅舅从外省的一所高校请来的化学教师，所有的数据也都是他们提前设计好的。只不过好景不长，他没想到一切来得那么突然。他也确确实实想帮村里人脱贫致富，没有想到如今的玛卡变得一文不值。何大光始终没有想明白，自己究竟是始作俑者还是受害者。

醉酒之后的何大光泪流满面，他拉着我到了村东头。

一块墓碑上贴着一名男子的照片，我一眼就认出：那正是当日在村里为要种玛卡卖掉了所有的牛羊，还跟自己妻子吵架的男子。

12

多年以后我才知道，当时的玛卡已经无人问津，但是何大光还是按照玛卡曾经的最高价格收购了多伦家的玛卡。

何大光再没有回过城，主动请缨留在了村里，退休以后就在村里办起了爱心讲堂。

阳光穿透云层照射在我的书桌上，冬日的暖阳告别了萧瑟的光芒，给人心中注入了一股暖流。我从笔筒里拿出那支英雄牌钢笔，往事历历在目，仿佛一切都是昨天的事情，仿佛一切都是梦中的事情。那些高原上的人或事就在我的眼前漂浮着，定睛一看却只剩下这温煦的阳光，似乎在诉说着些什么，又似乎什么都没有说。看着桌上的日历，忽然觉得自己已经慢慢变老，原来日子过得是那么快。这支钢笔虽然从未吸过一滴墨水，却写尽了我和多伦之间的千言万语。

走出书房，电视屏幕上正播放着多伦为自己公司代言的玛卡红酒广告。

亲子鉴定师

1

现在回想起来，在医学院的五年是李梅最快乐的时光。青春的年华如同校园广播里播放的歌曲一般，阳光而又温暖。

大学毕业前夕，李梅和谈了五年的男朋友分手了。真应了那句话，毕业季就是分手季。为此李梅哭得死去活来，好在她还有一份不错的工作，顺利进入了市区的三甲医院。

李梅想着，终于能够从事一份高尚的职业了，救死扶伤、医者仁心，似乎每一分每一秒都闪烁着耀眼的光芒。报到的前一天，她兴奋得一夜没有睡着，从一只羊数到一千只羊，非但没有一丁点儿要睡去的意思，那颗破碎的心又恢复了疼痛。可后来阴差阳错，李梅成了一名法医。如果一直从事这份职业，李梅相信自己会是一名非常优秀的法医。她已经见过了太多的死亡和各种离奇的事情，她慢慢感觉到自己正在被一种无形的力量所包裹。死亡和真理哪个更重要？每当李梅想起这些的时候，爱情、婚姻，甚至是亲情，都像是浴缸里漂浮着的泡泡，一触就破。李梅会不自觉地发出一声冷笑，想到当年的自己，真是又气又笑。

随着工作类型的转变，李梅成了一名亲子鉴定师，那些烦恼和痛苦也就如影随形，过电影一般伴随着她度过漫漫长夜。

今天，是李梅到新岗位的第一天。

早晨，李梅从司法所的大门进来就看见两个男子，一个中年男人带着一个二十出头的男孩子。中年男人眼里充满了光，李梅的到来让他似乎看到了阳光和雨露。这中年男人的头发，多半都白了，像是冬天里雪地上冒出来的枯树枝，一脚踩上去就能听到"咯吱咯吱"的响声。男孩子一脸茫然，眼睛都快要掉到双手捧的手机里了，头越埋越低，并不时冒出脏话和责备之音。看样子，他们是父子。中年男人扯了扯男孩的衣角，男孩子撇着嘴，手迅速推开了男人的臂膀，说道："好了，好了，马上就好了。"

男人便不再说什么，把背包挪到了另一侧，立在墙角，一脸幸福地看着孩子。他想用手摸摸男孩子的头，可能看到了李梅在望着他们，悬在男孩子头上的那双黢黑的手又收了回来。男人为了掩饰尴尬，挠了挠自己稀疏的头发，落在衣领上的头皮屑像是突降的一场大雪，银白色迅速淹没了深灰色。

听早来的保安介绍，在她上班前一个半小时他们就到了。风不把人刮走似乎没有要停下来的意思，响笛般的呼啸声从门缝里钻进来，像是花腔高音的颤音，天昏沉着一张让人捉摸不透的脸孔。刚开始两人在门口等，保安看爷俩像是在海浪中漂浮的一叶孤舟，就打开了门让他们在大厅里等着。

男人嘴里不停地对保安说着谢谢，方言中混杂着并不标准的普通话。保安看到男孩似乎想起了什么，对了，是一个女人的影子在他的眼前浮现。可是，她早已经死了呀，保安在心里说道。他仔细地打量着男人，终究还是想起了什么，再一次望向男人，眼神之中竟有了一丝惶恐与不安。他的目光慢慢地移到男孩子的身上，一件有点脏的牛仔外衣，褶皱处有几缕发白的水渍，离远看像是一幅山水画，近到眼前却又似一团雾。外衣里面套着一件暗红色的毛衣，有的地方还冒出了凸起的线头，如果有人顺着男孩毛衣上的线头往外一拉，整个毛衣将就此散架。目光上移，男孩子那张硬朗宽阔的脸透露着一丝倔强的气息，口轮匝肌和降下唇肌一上一下、一前一后咬合着。看着男孩，保安的手不由得抽搐了一下，脑子里冒出一个大胆的念头，但很快又被掐灭了。

男孩子性子急，站不住，说了没两句，从男人的手中夺来了手机。刚开始靠在墙边，后来又蹲下来。手机让男孩子像是变了一个人一样，猩红的眼眶中藏着天蓝色的瞳孔，迅又变黑，成为一个深不可测的黑洞。

已经到了上班时间，李梅一抬眼，男人带着男孩规规矩矩地站在了李梅的门前。男人上衣口袋里的手机还在闪烁，像是黑夜里的鬼火。

李梅招呼他们进来坐下。

"你好。我孩子刚从'里面'出来，派出所说还需要做一个亲子鉴定，才能把他的户口落到我的名下。麻烦你了。"

李梅一边接过男人手中的证件登记，一边提取了他们俩的唾液和毛发，送到实验室去做检测。为了数据更精准，还抽了两管血化验。男人说话的时候喉结微微颤动，能听出来他很亢奋，周围的一切都使他感到特别亲切，他对这里好像跟回自己家一样熟悉。

"你的年纪跟我女儿差不多，如果她还活着的话，一定也像你一样是个漂亮的大姑娘了。"男人紧接着从土黄色的双肩背包里掏出提前买好的糖果，分发给旁边的实验员、保安和其他工作人员。

他的脸上写满了欢喜，就连那些盘在皮肤深处的皱纹，也都焕发着一种奇异的光芒。说实话，看着男人自信满满，李梅心里感到有一股发烫的东西流过，她不自觉地想起父亲来。早上这个时间点，一般来做亲子鉴定的人比较少。李梅起身走到窗前，看了一眼外面的天气，风把马路旁边那棵柳树吹得枝条横飞，像是一个得了癔症的巫师在招魂。李梅从饮水机的下面取出一袋还没有拆封的纸杯子，包装袋上的颜色红红火火的。李梅突然想到，去领结婚证的人一般都会随身带着沾着喜气的糖果。如果当初她与男朋友不分手的话，估计现在自己的孩子应该都会满大街跑了。李梅掏出蓝色的纸杯子，接了两杯温水递到男人跟前。男人猛地一下子站起来，皲裂的双手上缠满了布胶带，掌纹像是从土里裸露出来的老树根，他一边点着头一边连声说着感谢的话。

男孩子鄙夷地看着男人，又或许是觉得太无聊了，他拿着手机，跑到门外去了。

男人尴尬地笑了笑："孩子大了，他妈走得早，我又没啥文化，管不住他。让你见笑了哈，你吃点糖果，你吃……"

李梅不知道样本在机器中比对的时间在男人的世界中究竟是漫长还是短暂，他越是这样信心满满，李梅越是隐隐感觉到背后有一股凉风在奔袭，在那风的背后似乎还有另外一双眼睛在盯着李梅。

　　男人开始跟李梅诉说："我儿子因为犯了罪被判了刑。那个时候他那么小，你根本无法想象监狱里会是一种什么样的景象。我不能眼睁睁地看着儿子将来在监狱中遭罪，我的心在滴血呀，可是我又没有办法去照顾儿子。那阵子我着急上火，嘴巴皮跟铁皮一样硬，睁着眼睛一晚一晚地睡不着。他还没有完全长大，社会于他而言是另一所未知的学校。尽管那个时候他已经辍学，但社会这所学校让我们每个人都没有办法逃学。他还没有完全接触人世间的丑陋和邪恶，怎么能受得了监狱的生活呢？你要知道监狱里的人眼神都是虚的，没有光。当然这些也都是我当时的一些想法，后来我才发现并不是这样。"

　　"我想自己必须到那个地方去照顾儿子去。"男人端起纸杯子，但他并没有喝水，而是继续说道，"那个时候，我特别担心儿子在里面受欺负。于是我跑到监狱去，乞求他们让我在监狱里干一些杂活儿，我一分钱都不要，只要能远远地看我儿子一眼，我就心满意足了。为了这个我真是求爷爷、告奶奶，有人竟然利用这件事来骗我这个糟老头子的钱，这是要遭报应的。那是我和儿子的养命钱呀。"男人边说边抹泪，"其实，钱吗，没了，我可以挣呀，你别说可以把我安排进监狱干活儿呀。我还一天傻乎乎地等消息呢。姑娘，我跟你说，骗人的心真是不能被原谅！"

"骗人的心真是不能被原谅！"这句话在李梅的心底不断重复，像被击中的钟一样，声波在墙壁上反复碰撞。李梅能感觉到自己的嘴角在轻微蠕动，尽管幅度很小，但她确定存在，而且还是无意识的。

李梅一句话也插不进去，男人也并没有要停止讲述的意思，或许是很久没有找到适合倾诉的对象了。趁着男人喝水的间隙，李梅看了一眼窗外，云层在不断地积聚，定睛能看见云在运动，旋涡中似有一双狰狞的眼睛凝视着大地，乌云从四面八方聚集而来，大有黑云压城城欲摧的气势。

男人说，最后他终于想到一个办法，只要自己犯罪了，就可以进去陪儿子了。这个想法灵光一现，有点近似疯狂，他却没完全放在心上。

"那天我从饭馆里出来，喝了一点儿酒，碰到一个熟人，见面打招呼，聊了一会儿后，他竟然跟我说我儿子不是亲生的。顿时，我感觉到五脏六腑都被雷给劈到了，脖子一梗，青筋就冒出来了。说实话，当时我连杀他的心都有了。你说什么都可以，你可以嘲笑我，甚至咒骂我，我都可以不计较，就是不能说我儿子不是亲生的。儿子亲生的是我老婆临死前告诉我的，不会也不可能有错。那应该是个冬天，走在路上耳朵感觉都要冻掉了。我们俩扭打在一起，拼了命地打了一架，那么多年的憋屈和苦闷都给打出去了。打红了眼，就跟着了魔一样，他倒在雪地里，厚厚的积雪，白白的，像是刚纺过的棉花。我感觉我的拳头打在他的身上也跟打在棉花上没啥区别。"

在那场"战斗"中，男人虽然胜利了，可是左腿还是落下了残疾。男人得偿所愿进到了监狱里。至于他是否在监狱里见到了他的儿子，男人没有说，李梅也没有问。前段时间他和孩子双双出狱，这才有了前面这一出。

李梅终于找到了说话的机会，其实她原本可以直接打断男人的话，可是不知怎的，看见男人她总是会想起自己的父亲。

李梅说："大叔，您好！这个是您的票据，您拿好。我们从取样到拿到亲子鉴定报告需要两周的时间，十五天以后。这个上面有日期。"李梅用手指了指日期的位置，并用碳素笔在下面画了一条横线，"到时候，凭您的身份证和票据在上班时间来找我领取鉴定结果就好了。"

男人接过票据，叹了口气说："唉！要这么长的时间呀……好吧，其实，我知道这就是走个流程，好给娃娃上个户口。"

十五天后，男人带着孩子如期而至。李梅发现，男人给孩子浑身上下换了一套新装，衣服上的折痕还在。

就在这时，实验员出来了，在李梅身旁耳语了一番。

"你们确定没有搞错吗？"李梅赶紧往实验室那边快速走去，高跟鞋踏在地砖上发出清脆的响声。

"姐，怎么可能呢？三份样本的数据都是一致的。再说了，那天早上他们是第一对过来做鉴定的，我做这一行这么久了，不可能搞错。"

想着还在外面眼巴巴等着结果的男人，李梅真不知道该怎么跟他说。但是，本着职业的忠诚度和道德感，李梅似乎没有别的选择，李梅唯一能做的就是：实事求是。这时李梅才真正理解了这四个字，字字都有千钧万担的力量。十五天前的那句

"骗人的心真是不能被原谅"再次回荡在她的耳旁。

从实验室出来，李梅把报告压在键盘下，有意避开男人的眼神，起身给男人接了一杯水。李梅朝门外看了一眼，男孩仍旧在外面打着游戏，隔着玻璃，一些脏字像一排排炸弹一样灌进了李梅的耳朵。

"姑娘，是结果还没出来吗？"男人站起来，语气中带着一丝恳切，这语气似乎不再允许结果出现一丁点儿偏差。

"大叔，您坐。"李梅说这句话的时候，感觉吐出的字音都在颤抖。李梅如同吞了刀片似的说道："大叔，鉴定结果出来了，我知道这个结果您可能一时半会接受不了，但是我们要相信科学。经过血液、唾液、毛发三组样本对比，您与这个男孩子的生物学父子的可能性为0%，即不存在亲生血缘关系。"

男人听了，一下子瘫坐在椅子上，气若游丝，李梅犹豫要不要打急救电话。男人额头上的汗珠一点儿一点儿往外渗，李梅把桌子上的抽纸递了过去。男人的眼眶里包着泪水，差一点儿就要落下来了，李梅看见他硬是把一串泪给憋了回去。但李梅知道，他的心在滴血。

男人在嘴里念叨着："怎么可能呢？临了临了，到最后她还是骗了我。"

男人说："姑娘，这个会不会是弄错了呀？"

"不会的，您放心，我们是专业的，给您出结果之前都要仔细核对很多遍的。"

男人转身，有气无力地走到门口，那双粗糙的双手搭在门框上，缓了一会儿，又转过头来跟李梅说："姑娘，我想求您一件事，您看可以吗？"

李梅几乎能猜到男人所求之事，心里面想的是一口拒绝，嘴上却说的是："大叔，您说，只要我能帮忙的一定帮您。"

男人虚浮的眼眶中，仿佛注入了一丝光亮的东西。男人说："姑娘呀。孩子他妈生下他就走了，要不是孩子刑满释放，谁会无缘无故地来做亲子鉴定呀，为的就是能把孩子的户口上到我的名下，这也不是伤天害理的事。姑娘，你看能不能用你那个电脑把这个证明给改一下，这样他就有户口了。我和我孩儿一定感激你一辈子，会一辈子不忘你的恩情。"男人说着说着就要给李梅鞠躬。

李梅挠挠头，这确实让人头疼。心理上，李梅很是同情男人，他的年龄，还有他身上那股乡土气息，李梅看着便感到亲切。他为孩子付出的这一切让李梅着实感动。但是法理上，李梅只能对男人说无能为力。

李梅已经忘记了自己是以怎样的语气拒绝了男人，李梅只感觉到自己喉咙沙哑，一股热乎乎的东西从心头往上翻，眼眶被一股烈焰灼烧成焦灼状，一时睁不开眼睛。

李梅把亲子鉴定结果递给男人，男人的动作极其缓慢，像是一把铁锯把时间给锯成一节一节再拼装起来一般。男人的手颤颤巍巍，如同一个老人走在陡峭的悬崖上。他的呼吸变得微弱，慢慢地将那份鉴定报告对折了两次，放进上衣口袋里，一瘸一拐地朝门外走去。

李梅想说点什么安慰一下男人，可是她又能说什么呢？男人迈步出去的那一刻，李梅浑身跟冻住了一样，她第一次感觉到自己的心肠是这么坚硬、冰冷。那一刻，李梅非常厌恶自己，甚至感到了一阵恶心。李梅想把男人叫回来，想重新给他出一份鉴定报告。终了，嘴巴里的牙齿却像牢门一样把那些话锁得死死的。李梅不知道自己这么做究竟是对还是错。

男孩依旧沉迷在游戏世界中，男人走出去，那身影大有"风萧萧兮易水寒，壮士一去兮不复还"的悲怆。一道闪电划过天空，紧接着就是一阵闷雷从头顶响过。男人没走几步路，狂风暴雨一起砸下来，看着都让人心疼。

男人在雨中停下了，李梅只能看见他的后背，如雕塑一般立在雨中。过了五六分钟的样子，男人身上貌似有了一股力量，他折返了回来。李梅从办公室里出来，看见男人拉起男孩，说道："儿子，走，我们回家。"

两人在密密匝匝的雨丝中，隐身而入。地面散落着一张纸，从远处看，那张纸像是一只受惊的小白兔，正在慌张地踅摸着，似乎是在寻找回家的路，很快便被冲进了下水道。

2

男人刚走没多久，一辆白色SUV（运动型多用途汽车）压着水花停在院子里。一个女人从车里下来，地面上的积水快要漫过她的高跟鞋了，接着后座的两个小男孩也从车里连蹦带跳地钻出来。女人撑开一把橘红色的伞，老母鸡护着小鸡一样。车上的男人对着女人说了些什么，女人就领着两个孩子朝着门前的阶梯走过来。

女人走后，男人并没有立刻熄火。从来不抽烟的男人，从口袋里摸出一只黑色的打火机，掏出一根烟夹在左手中指上。他学着那些抽烟的人，把烟蒂放入嘴中，打火机吐出一条火舌，他猛地一吸，一股子烟从喉咙往下窜，继而是阵阵地咳嗽，眼眶里又多了几条血丝。男人似乎听见了指针划过钟表的声音，他并没有把剩下的烟吸掉，事实证明，他的确不是吸烟的料。时间像切蛋糕一样，一点儿一点儿地消逝。烟燃透了，成型的灰烬失去纸张的包裹，如大楼一般轰然倒塌。最后，烟烧到了手指，男人才从恍惚中醒来。他掐灭了烟头，从前窗上的纸巾盒里抽出一张纸巾包裹好，握在手心里，熄火，往女人那边走去。

夫妇二人的脸上写满了疲惫，李梅大致能猜测到他们可能为了某件事争吵了一晚，李梅看见女人的眼角还残留着泪痕，男人的嘴角虽然在极力控制，但抖动中仍有怒气往外横冲直撞。两个男孩子畏缩在女人的身后，像是刚刚外出练习飞翔的鸟儿受到了雷鸣闪电的惊吓，而当它们回到自己巢穴的时候却发现安居已变成了一种虚幻。

李梅按照既定的程序提取了男人和两个小孩的生物样本，没有一句多余的话，他们也都静悄悄地坐在一旁，这时仿佛谁要是先开口谁就失去了理一般。

寂静。持久的寂静还在蔓延。

李梅告诉他们，要下班了，他们的鉴定结果最快也要等到两个星期以后才能出来。男人礼貌地回答："好的，谢谢。"说完，从口袋里掏出打火机准备点烟，却被李梅制止了。男人瞥了一眼墙壁上的禁烟标志，顺手把烟和打火机丢进了垃圾桶，把女人和两个小孩丢在身后，扬长而去。

李梅看了一眼两个小孩，他们眼里似乎少了一些同龄人本该有的东西。是什么呢？李梅竟一时想不起来。吃午饭的时候，李梅在餐桌上走神了，婚姻究竟是什么？爱和欲望到底哪个重要？这个世界到底有没有最纯粹的爱？如果当初和前男友没有分手，也步入了婚姻，有一天是不是也会走到这一步？李梅被一股莫名的恐惧包围，她有点透不过气来，她不敢再往自己身上想了。李梅明白，眼前这个家庭已经走到了十字路口，不管结果怎么样，裂痕就此埋在了两人心底。

李梅没有像往常一样，吃完饭再走回宿舍眯一会儿。雨停了，潮湿的洼地上出现一个又一个小水滩，远处的山体和丛林被洗净了，被浇透的黄土上浮着一层缭绕的岚气。可惜了，再美好的景色终究是昙花一现，无法避免消逝的结局。

当他们再次出现在李梅眼前的时候，男人和女人脸上显得更加疲惫了，两个星期的拉锯战已经让他们从熟悉变得陌生，仿佛变成了仇人，眼眶里布满火焰般的利剑，那究竟是怎样的一种血海深仇？李梅心想，何以至此。不知当初热恋时的两个人可有想到今天这个局面。李梅看见女人眼神中闪过一丝惊慌。他们一遍又一遍地催问着李梅要结果，那两个小男孩被他们远远甩在身后，像是刚从树上滚落下来的两个松塔。

李梅告诉他们再有十分钟结果就可以出来，他们似乎一秒钟也等不了，吵着闹着要守在出结果的机器旁，因为此刻，整个世界除了他们自己，他们不再相信任何一个人，尤其是眼前之人。两人在李梅跟前你一句我一句地说着，摩擦的力度也越来越大，有立马就要起火干架的趋势。

李梅实在禁不住他们两人的软磨硬泡，便答应他们可以前往实验室门口透过玻璃窗看着那台冰冷的仪器，以确保鉴定结果能在第一时间送到他们的手中。两人目不转睛地盯着仪器，那似乎是另一个宇宙的存在。一个声音让他们的苹果肌和眼轮匝肌立马停滞，兴奋中的微笑透着久违的松弛感，只是笑得那般难看，甚至有点变形了，让人感到可怖。这时机器吐出几张白色的纸，他们急不可待，夺到自己的手中，像争夺地球上最后一份食物一样。抢夺的结果是一人拿到一份。

结果会怎样？

李梅看到两个人脸上都有一抹喜悦的红色在闪耀。他们最终还会回到从前吗？

女人开始说话了："看到了吧，鉴定结果已经出来了，上面写得清清楚楚，你就是孩子的亲生父亲，你还有什么话要说？"每一个字都透着力量，如高空坠落的石子，每一个字撞到地面上都迸发出清晰的回音在头顶盘旋。

李梅绷紧的心，终于可以放松下来了。心里想着这真是个美好的结局呀，这对双胞胎小男孩终于可以享用美食，不用挨饿了。一家人围坐在一起，他们会讨论些什么呢？面包、奶茶，还是一个念叨了很久都没去成的城市呢？

男人的声音彻底击碎了李梅内心平静的镜面。这时，男人手里拿着鉴定报告，抖动着，那姿势跟小时候学生们站在前排摇旗呐喊一模一样。他愤愤地喊道："好呀！臭娘们儿，你可真是够厉害的。你竟然骗了我这么多年，让我给哪个野男人养了这么多年的孩子！"

"什么意思？"

"你说什么意思？"

"你还要不要点脸……"

随后就是双方彼此对骂，什么难听就骂什么。高亢的声音此起彼伏，一曲混乱、嘈杂的"乐曲"很快就让现场失去了控制。两个男孩的哭声被遮盖住，李梅愣在原地，这究竟是怎么回事？

直到大厅的工作人员全部出动，他们的"乐曲"才开始慢慢往下滑落。女人拿着手中的鉴定结果来到男人的身旁，说道："看！结果证明孩子就是你的。你在那里胡说啥，你是不是在外面有相好的了，想丢掉我们娘仨。"

男人疑惑地接过女人手里的单子，同时把自己手中的单子递给女人。这回，两个人都沉默了，脸上布满了凝重的疑云。

很快，女人把两份鉴定结果扔在李梅的跟前，要李梅给她一个说法，否则饶不了李梅。但她不知道的是，就在他们激昂对骂的过程中，李梅已经明白了怎么回事。女人虽然言辞激烈，但底气不足。

李梅有意让男人先离开一会儿，李梅带着女人到了另一个房间，李梅问女人有没有在婚后和其他的男人发生过关系？

"什么关系？"

"我们都是成年人了，没必要拐弯抹角，还能是什么关系。"

"没有，绝对没有。"

女人的回答很干脆，几乎就是在李梅问完的那一瞬间，答案就已经脱口而出，无须任何思索。

女人说："你什么意思？明明你们的鉴定结果有问题，你还跑过来问我这种问题。你知不知道他们两个是双胞胎，双胞胎怎么可能会有两个父亲？你们要不要重新再检验一次。"

李梅告诉女人，机器没有问题，检验结果也没有问题。

既然女人拒不承认，李梅只好单独跟男人解释。李梅告诉女人，您可以出去了，我要跟您的丈夫单独聊一聊。

"有什么好聊的，明明就是你们的问题。我告诉你，这个结果对我真的很重要，你要知道你的一句话既可以让我们走向幸福，也可以让我们走向毁灭。"女人看着李梅笃定的眼神，有些慌乱。李梅开始往门外走，女人却"扑通"一声跪在李梅的脚前，用带着哭腔的声音说道："那年夏天，他要出远门之前，我们在卧室里缠绵了一个下午。火车是傍晚时分开往另一个城市的，我们那会才结婚三个月。我把他送走之后，从月台往外走的时候，天就陷进了黑色的深渊。快走到家的时候，有一段连续拐弯的上坡路，路灯莫名其妙坏了，我一步一步地朝里面走去。我能听见背后有一阵脚步声，突然间，一只巨大的手掌捂住了我的嘴，那个人的力气很大，浑身散发着一股汽车修理厂的机油味。我的双手被人从背后用布绳捆住，这一切来得太快了，我还没有来得及反应就已经被惶恐、惊吓、无助所包围。我仿佛失去了意识，嘴里一个字都吐不出来。我被抵到一棵树的跟前，猛烈的摇晃让树上的鸟儿迅速逃离，我只听见一片叶子缓缓落在草丛上。"

在女人平静地讲完这一切之后，李梅多么希望两份结果是一致的。李梅甚至闪过了这样一个念头，就破例一次为他们修改一下结果吧，这或许就能挽救一个家庭。可是，一个家庭的走向真的靠一纸证明就能维系好吗？李梅的意识里冒出两个李梅来，一个李梅说："同为女人何必为难女人！"另一个李梅说："是李梅在为难她吗？"一个李梅说："就为她破例修改一次吧，你看看那两个小男孩多乖呀！"另一个李梅说："你修改了第一次就会有第二次、第三次，第一次与第一百次并没有什么本质上的区别。你想想前面的那位父亲，你这么做对得起自己的心吗？""骗人的心真是不能被原谅"，这或许是一个很好的借口。意识里的两个李梅仍然在相互指责、争吵。李梅心一横，找来了男人，直截了当地跟他说："双胞胎男孩中只有一个和您有亲子关系。医学上存在着一种可能，两位男士在极短的时间内和一位育龄女士发生了关系，两位男士的生殖细胞同时存活于该女士体内，而这个时候女性必须同时产出两枚成熟的卵子，然后两位男子的精子同时分别找到这两枚卵子，而且过程基本上还要同时完成，才能形成两颗同母异父的受精卵，然后分别着床孕育，出生为同母异父的两个婴儿……"

　　当李梅说完这些的时候竟然感到一阵从未有过的轻松。

3

　　李梅正在整理最近几天的材料，工作人员引着五个人走了进来，这浩浩荡荡的队伍让李梅的办公室瞬间变得拥挤起来。

一个女人，四个男人。

女人挺着大肚子，应该是怀有身孕。这四名男子一起跟着过来，莫非是亲戚？

女人扶着肚子，两名男子在身后轻轻地扶着女人坐下来。

女人是来鉴定腹中的胎儿是否属于这四个人中的某一个人。

女人表达完她的意思之后，李梅有些恍惚，眼前仿佛有一片黑色的幕布袭来，李梅顿时感觉自己的眼睛、耳朵、鼻子和嘴巴都被泥土给堵住了。这或许就是传言中的不看、不听、不说、不闻吧。李梅大脑快速地运转着，那里面一定装置着一台巨大的仪器，这突然而至的信息，让她的外壳逐渐升温。男人们的嘈杂声在房间内的墙壁上蹦来蹦去，李梅总能感觉到那四张嘴巴、八只眼睛、八只耳朵和四个鼻子在屋子里横冲直撞，这些变了形的嘴巴不断地往外喷涌着废气，嘴巴被撕扯成两条平行的线条，如拉紧了的弹弓，只要一松手就立马会投射出去，那四张嘴巴相互咬扯，彼此追赶着，李梅看见其中的三张嘴把另一张嘴按在墙壁上又是啃又是亲，突然间那三张嘴就肿得跟猪嘴一般。八只眼睛、八只耳朵、四个鼻子胡乱地悬停着，怎么也配不上对儿，他们的眼神中都有一个共同的人影，不过虚晃得太快，李梅伸手捉住了其中一双眼睛，才发现里面住着的正是这个怀孕的女子。那些鼻孔、耳朵像是感知到了潜在的危险，纷纷往窗户那一侧逃去，用力过猛撞在窗帘的栏杆上，纷纷落到地面上，消失了。

女人的手机铃声把李梅从黑幕中拽了出来，李梅发现，四个男子此时立马就不再言语了，连呼吸声都能听得一清二楚。依据从电话里传出的声音，李梅能大致推测出电话那头的男子年纪应该不满三十，谈吐不凡，大有翩翩君子的风度。对方嘘寒问暖，从饮食禁忌、情绪管理等方面，嘱咐女人要时刻保持放松，有一个愉快的心情。最后，男人说，他已经说服了他的母亲，虽然父亲不太同意他们的事，但是母亲已经答应帮忙吹吹枕边风，说好了这个周末他来接女人去家里。李梅知道男人所说的那个地名，本市几个被特别关照的纳税大户都住在那边，那里以前是一片臭味弥漫的沼泽地，也不知道是谁听信了风水大师的话，现在是成片的独栋别墅区，住在那儿的人非富即贵。

女人说："后面有空的时候再说吧，我这里还有事呢！"

她接完电话以后，李梅开始按照流程给他们采取生物样本。男人们在采完样本后坐到一起说说笑笑，听他们交谈才知道，他们还是同一家公司的。

李梅一时之间不知道说些什么好，这已经超出了她的认知范围。

女人来领取鉴定结果的时候，还是那四个男子陪同着，不过奇怪的是，他们今天的着装都极为正式：黑色西装，白色衬衫，锃亮的皮鞋，像是要结婚的新郎官。李梅看着他们差点笑得喷出来，她假借着一个打哈欠的动作掩盖住了这极为尴尬的一笑。真的是太滑稽了，一种荒诞的喜感在她的脑海中一闪而过。

夕阳的光从窗台上的玻璃折射到白色的墙壁上，形成两大两小四个长方形。看着墙面，李梅总是不由自主地想到那些分离了肉体腾空而飞的嘴巴、鼻子、眼睛和耳朵。

鉴定结果出来了，他们仍然在一旁聊着他们共同的话题。女人从李梅的手中接过鉴定报告，李梅原以为她会感到沮丧，没有想到女人却比刚进门时更高兴了，她笑盈盈地朝四个男子走过去，跟他们一一握手、拥抱、亲吻、致谢。她掏出口红抹在嘴上。四个唇印歪歪扭扭盖在四份报告单上，然后像发成绩单一样发到男人们的手中。她甚至拿起手机来拍照，以此来纪念这段特殊的关系。

四位男子也都礼貌地回应："不客气，后面如有需要，欢迎致电，随时为你服务。"

"不需要了，我们结束了。以后还请诸位能离我远点。出来玩，大家都懂的，结束了，一切都将重新开始。"

女人滑开手机屏幕，顺着通话记录拨了过去。李梅听见她说："这周末我有空，你过来接我吧，到时候给你一个惊喜。"

看着女人离去，李梅在心里暗自庆幸：万幸，怀的不是双胞胎！可是李梅一点儿也高兴不起来，李梅脑海中闪现出来的仍是消失在雨中的那对父子。

夕阳的光从墙上爬到李梅的脚跟前，地砖上有一种明亮的东西在跃动。李梅不知道自己心中的那束光还能坚持多久，或许只有时间知晓其中的答案。

新梅之恋

她又一次把被子踢开，被子重新盖上后，她的额头上多了一个透明的吻痕。床头灯熄灭了，他起身来到客厅继续工作。

下个月新梅花就开了，李疆正在筹备一场"踏青赏新梅花"文化节。策划方案敲定后，李疆又重新检查了一遍标点、措辞、句式，再三确认无误之后，这才用微信传给了胡杨。

李疆的原名叫李江。因出生在汉江边，父亲就给他起名李汉江，可总被人念成"李汉奸"。后来，他才明白当地人方言重，前后鼻音总是搞混，念着念着，"李汉江"就变成了"李汉奸"。父亲只好把中间的汉字去掉，从此再也没人喊成"汉奸"了。李江的前半生还正应了父亲给他起的名字，生在江边，长在江边，发家也在江边。李江从大学就开始创业，短短数年就在黄浦江畔站稳了脚跟。

至于为什么说"李江"变成了"李疆"，这话还得从三年前说起。

1

那晚，李江终于作出决定，宣布公司破产。这位曾经身价过亿的新锐商人瞬间变成了"负翁"。月光贴在他的颧骨上，从皮肤里渗出一条小溪，水花闪动像是淬火的雪银在肌肉上一次次颤抖。月辉如缟素，他陷入孤独的深处，生活的光在那一刻彻底暗淡下来。

这一晚李江喝得酩酊大醉，他想起以前自己事业最辉煌的时候总是前呼后拥，身边人的大话说得一个比一个漂亮。他沉浸在一种帝王般的陶醉之中，可他终究是涉世未深或是低估了人心的险恶。"兄弟，在上海遇到啥事情了，给我说一声，只要是能用钱解决的问题那还叫问题吗？""我的好弟弟，姐能吃肉，绝不让你啃骨头。"可转眼现实就一巴掌打在脸上。那些话就是迷魂汤，可他却当真了。他现在明白网上为什么有人说：谁当真，谁就输了。他一次次在心底骂自己：蠢呀，李江你怎么能这么蠢，鬼都不会相信他们的话，你却信了。他是喝着汉江水长大的，此刻在黄浦江他第一次感受到了水的冰冷刺骨，第一次清醒地认识到自己只是那个汉江边长大的乡下孩子而已。无论身在何处，乡土烙下的印记都不会改变。他躺在沙发上，似乎听见了汉江水声的召唤，他感觉自己从身体里钻出来了，从未有过的轻盈，他一步一步朝着空中的水声走去，越走越远，直至和整个夜空融为一体。

天是什么时候亮的呢？李江没有感觉，阳光穿透三十五楼的窗户，一阵眩晕。这时手机铃声响了，他从沙发上找到手机，通话已经挂断，屏幕显示有八个未接来电。李江顺着最后一个号码拨过去，那头是一个熟悉的声音。

"听声音，这是还睡着呢？是不是打搅了你的春梦？"

他实在忍受不了对方的含蓄，此刻他感觉自己的脖子上架设了一口鼎，脑袋又痛又重，几乎抬不起来了，而阳光打在脸上，火辣辣的灼烧感就一寸一寸地往肉里钻。

"说事！"他虚弱地打断对方。

"实在不好意思给你打这个电话，但是这个问题只有你能解决。你给我们村上农户投资的西梅树，今年花期开得很好，授粉也不错，但是最近不知道咋回事，很多西梅树都病殃殃的，请了农业专家过来看过，打了几次药，情况反而越来越糟了……我看本地这些专家就是火候不到，还得你出马呀！"

李江正准备说一句，少来，别拍了，都拍到马蹄子上了。刚要张口，半个字还没冒出来，一股浑浊的呕吐物从嘴里喷出。

他下意识地把电话挂断了，关机。按照以前的做事风格，他是不达目的誓不罢休。但现在的他早已不同往日，哪还有资金往里砸，一阵钻心的疼从脑门往外跳，他蜷缩成一团跪在沙发上。

要不是老同学胡杨打电话过来，李江几乎快要忘记自己在团结新村还有这么个西梅种植基地了。公司的事已经让他身疲力竭，他又哪来的心思去想千里之外的西梅呢。但是这并不等于他不想与西梅有关的人联系，那张熟悉的面孔就挂在眼帘跟前呢。

大学毕业前夕，胡杨一心要回到团结新村，李江还竭力劝他跟自己一起留在上海创业。但他也理解胡杨，金榜题名，学成归来建设家乡是中国人的传统，况且胡杨身上有一种天然的亲和力，发自肺腑的那种感染力，这对本就有点组织能力的胡杨来说无疑是锦上添花。那是他们在学校的最后一晚，所有人聚在一起。"放开了喝！"李江觉得这是班主任四年以来说得最豪迈的一句话。酒水和泪水交织在一起，这注定是一个悲伤的夜晚，多少兄弟和恋人就此分道扬镳，对很多人来说，这或许就是人生中彼此见的最后一面了。李江和胡杨一人拿着一瓶红乌苏在同学们的掌声中一饮而尽。那叫一个欢快，那叫一个酣畅淋漓。想着胡杨，李江竟然有点怀念校园时光了，那段无忧无虑的日子是多么的火热呀。

后来胡杨成了村里的大学生村官，想为乡亲们做点事情。他在这片土地上先后种过棉花、红枣、大豆、啤酒花和甜菜，一次次的失望，让乡亲们逐渐对种植和村干部失去了信心。村里无大事，都是些鸡毛蒜皮的小事，但就是这些鸡毛蒜皮的小事构成了村庄的生活。他还记得有一年安排村民们栽核桃树，头一天栽好的，到了第二天一早树苗全部被拔了出来，于是又重新组织村民们继续栽，村民们便开始抱怨。等第三天早上起来的时候，胡杨彻底傻眼了，这次树苗都在坑里呢，但全都被开水淋了一遍。这个村究竟该怎么致富成了胡杨的一块心病，思来想去，胡杨觉得还是应该依靠当地光热充足、日照时间长的特点来发展瓜果事业，但是一个小小的团结新村要想有所突破，就要避开锋芒，不与新疆常见的瓜果抢夺市场。胡杨就想到了李江，当时李江的事业正是风生水起之时，他马上就答应帮忙了。当然也不仅仅是看在同学的面子上，李江更看重这个项目背后有更多的上升空间，而且专业对口。或许李江自己都不会想到，从此自己将会与这片土地结下不解之缘。

李江仔细看了胡杨传来的资料，又实地考察了之后，提出种植西梅。刚好自己嫁接了一批新的西梅苗。当时国内几乎没有人种植西梅，大多靠进口。在李江看来，团结新村无论是土壤、水质、气温、光照都非常符合西梅的种植条件。

让胡杨和李江都没有想到的是，他们各自正走向一场风波的中心。

李江在公司董事会上提出投资团结新村的方案时，反对的声音一浪高过一浪。

董事们的担忧也不是没有道理，农林类公司发展的一个短板就是过于依赖自然条件，稍有个旱涝灾害就会翻大跟头。况且上海距离新疆太远了，这个方案被当场否决。

就在他不知道怎么跟胡杨说这件事的时候，胡杨却打来了电话，说村子里对这件事情抵触很大，愿意种植西梅的就那么一两户，更多的人还在观望。还有另一个原因，胡杨并没有告诉李江。前些年不断有干部下村，来一任干部就拉一些果苗让村民种上，刚开始是苹果苗，后来是枣树苗，干部来一茬，树苗就要换一茬。折腾来折腾去，村民们不但没有致富反而觉得自己被戏要了。

胡杨接着说，现在工作很难做，但是我还是坚信西梅是有前景的。你说得对，新疆比较出名的有吐鲁番的葡萄、哈密瓜，阿图什的无花果，喀什的石榴等等，相信未来一定有团结新村的西梅。李江抬了抬鼻梁上的镜框，思虑着该怎样跟胡杨回复。胡杨又先开口了，老同学呀，我也不能光给村民们画饼，你看我有个想法，贵公司能不能考虑一下。咱们这样，先给带头种植西梅的家庭一些奖励，一家三千元，让他们安心把西梅树种植起来，这个钱呢，分三次发放到位，西梅树苗种植到位，定期养护，再到挂果的时候付清。西梅第一年到底怎么样，大家心里都没有底，不是吗？这个三千元就当作是贵公司提前预订的西梅，到时候按照市场价兑付相应的新鲜西梅。

"你小子咋不去抢呢，一家三千，你当我是开银行的呀？再说了，我要那么多的西梅干吗呢？你给我运到上海来？拉倒吧！我还不如自己在超市里买，新疆到上海的距离你又不是不知道。你还是要考虑一下销路的问题，不一定非要舍近求远，本地的市场才是你最好的选择。你再好好想想。"

胡杨在村里开会号召村民们种植西梅，嗓子都讲哑了，到底还是没有第一个人愿意"吃螃蟹"。胡杨不甘心呀，到几个村干部家里去动员，要么是避而不见，要么就是东拉西扯，反正谁也没个准信儿。

这天，胡杨从老乡家里出来，脸上湿漉漉的。他隐约看见前面闪过一个人影，到了村委会发现古丽一个人坐在门前的台阶上。见胡杨进了院子，古丽吞吞吐吐地说道："杨书记，我们家想试一试种植西梅，可以吗？"

"你想好了吗？"胡杨没有明确答应。

古丽大专毕业后在城里找了一份体面工作，薪水也高，这两年古丽的父亲和爷爷相继因病去世，只剩下她们母女俩。母亲上了年纪，脑子一阵清醒一阵糊涂的，古丽只好又回到了村里。胡杨是有顾虑的，他本想让几个条件好一点儿的家庭先试点一下，再全面铺开。说白了他并不想让古丽种植西梅：一来古丽家没有男人，劳动力不足，虽说西梅不需要天天下地，但是真要忙起来古丽不一定能应付过来；二来古丽家接二连三的变故，万一失败该如何收场呢。

2

李江到团结新村时已经暮色沉沉了。

此刻，他心心念念的也只有这些果树了。当时公司否决了团结新村西梅种植这个项目，李江也准备放弃。就在李江准备通知胡杨的时候，胡杨却亲自飞到上海来跟他谈这个项目。听胡杨说了团结新村的事情后，李江当场就答应了胡杨之前提出的方案，但是他提出两个要求：第一，要给所有的果树安上摄像头，以保证能够随时观察到果树的状况，也防止其他人为破坏；第二，所有的果树，绝对不允许打农药，要和公司的理念一致。

那晚李江从胡杨口中听说了很多事情，有些他知道，有些他还是第一次听说。前些年，村民为了抵制频繁地种植果树和更换品种，种上树苗后，到了半夜村民就悄悄跑出来用开水往树苗上浇。等到干部发现时，树苗全都枯死了，愣是把上面派来的干部气得再也不来团结新村了。

这些年，因为疾病，古丽家能刮的油水都刮干净了，古丽再也不想过这样的日子，西梅让她看到了一丝光，仿佛是最后一根救命稻草。其他几家，也是胡杨三番五次地去做工作，才勉强同意种植西梅。

　　李江从没想过胡杨的处境会这么艰难，同时吸引他的还有古丽那种不屈服于命运和现状的精神，尤其是一个女孩，更是不易。李江决定自己投资西梅，这或许也是国内第一次尝试种植西梅，如果成功，在董事会面前更能展现他的英明决断。

　　有了李江的承诺和资金，胡杨回到村里再次动员，听说可以先发钱，一下子又增加了十多户愿意种植西梅的。这一下胡杨心里有底了，很快项目落地，安装摄像头一事村民有很大意见，但是不安装摄像头就不能领钱，村民们也没有办法，只好照做了。

　　清明过后，西梅盛开。李江看见团结新村里一片花海，蜂蝶飞舞，春意盎然。在大城市里待得久了，车水马龙，很少能看到如此风景。况且他知道团结新村靠近沙漠，大漠与绿色共存，如果不是事务繁忙，他恨不能马上飞到团结新村去。就在这时，画面中一个女孩在跳舞，只是这个角度只能看见其背面。他被曼妙的舞姿所吸引，更被女孩的气质所折服。他看见女孩跳完舞后，推着一旁轮椅上的中年女人离开了果园。他还沉浸在女孩刚才的舞蹈之中，又把女孩跳舞的画面调出来看了好几遍。

　　第一批西梅挂果差点把树都给压弯了。硕大的西梅，那是肉质饱满、色泽亮丽、味道鲜美，还没有流入市场，胡杨自己就先品尝了一番，他的直觉是对的，团结新村的西梅果将会一炮而响。胡杨亲自给李江空运了一箱古丽家的西梅，光运费就够买好几箱西梅的了。当地人看到西梅乌黑发亮，又给起了土名字——恐龙蛋。

胡杨还没有联系好销路，眼尖的水果商贩就开始登门采购了。不到一周的时间，商贩们就到团结新村跑了好几趟，收购的价格也是一次比一次高。最开心的当然是胡杨了，他看见大伙赚了钱，这才松了一口气。

说到团结新村的西梅，李江嘴都笑得合不拢了，因为这西梅果树的果苗是他精心嫁接过后的成果，这果子要比进口的西梅大得多，更重要的是口感好、纯天然、原生态，绝对的有机水果。这西梅自己没吃两个，同事们都喜欢得不得了，纷纷要求订购。等到李江的电话打过来的时候，团结新村的西梅已经被抢购一空了。

第二年，胡杨还没有开始宣传西梅的种植计划呢，就有不少家庭主动报名，请求种植西梅。胡杨有些得意地说："怎么样，没有骗你们吧！你们看去年古丽家，光一棵树就收入近千元。当时有补助让你们种植，你们不种，后悔了吧。现在可没有补助了哦！"

老乡们说，胡书记你说得对着呢。我们是真后悔没有听你的话，主要也是害怕了，这些年我们种植过的果树双手都数不过来了。我们现在知道了，你是我们的好干部，村里的好干部，你是一心一意为我们着想呀。

"乡亲们，今年种植西梅，还是会请专家来指导，请大家放心。有一点儿请大家一定要记住，千万不能打农药。我们西梅的口碑可不能给砸了，只要有了口碑，我估计这个西梅的价格可能还要涨一涨，到时候大家的腰包还要鼓一些。"

胡杨下到田地间和村民一同劳动，他的双手充满了干劲，一想到在不久的将来团结新村将处在一片西梅花之中，他就不自觉地笑出声来。

　　旁边的老乡就问他，胡书记，有啥好事？看把你高兴的。

　　胡杨说，看到这些果树，我就能想到清明过后，西梅花盛开，花香将飘散到我们团结新村的角角落落，你说我能不开心吗？再过不了多久，西梅树上挂满了果，你们保准比我现在还高兴。等西梅丰收，卖出了好价钱，你们就等着数钱吧！到时候你们恐怕会笑得睡不着觉！胡杨看了看一旁的古丽，就调侃道，你们不信，你们问问古丽就知道。古丽涨红了脸，不好意思起来。经过一年的实践，古丽已经成了名副其实的"西梅护士"了，果树有点疑难杂症啥的不仅能够自己解决还能帮助别人。

3

　　到了第二年清明，李江从视频里看见西梅长势喜人，特别是前几天下了一场春雨，先打苞后抽芽的西梅，没几天工夫就变得郁郁葱葱了。李江决定放松一下，去看看西梅花。在他的心里，还有一个更重要的想法。李江并没有告诉胡杨他要去团结新村的事。下了飞机，他从机场租了一辆山地越野车，就朝团结新村开了过去。

　　西梅园在村路旁边，李江把车停稳，空地上一群小孩正在"撒野"，相比上次过来，这里多了一些健身器材。很快，这群小孩子就发现了他这个陌生人，纷纷围上来看他。李江拿出手机说要给孩子们照相，孩子们争先恐后地展示出自己最美的一面。这也就是在团结新村能看到这样的景象，就算自己回到家乡，回到汉江边，那些幼小的孩童必定会和自己保持距离和戒心。如此，少了多少乐趣呢。

给孩子们拍完照片，李江径直朝西梅园走去。西梅园旁边是一条渠，渠里的水很少，能看见水底细沙的纹路和走向。风吹在脸上，花香四溢，西梅树整齐排列着，仿若整训的士兵等待检阅。李江高兴得不得了，西梅树下是绿茵茵的麦苗，一眼望不到头，可谓碧波荡漾。其实李江这次来到西梅园，更想去看一看那位神秘的舞者。但是西梅园却显得很冷清，或许是自己没有走对地方，李江在心里这样想。

隐约有歌舞和乐器的声音传过来。李江飞奔过去，只见十来个维吾尔族老汉和几个中年妇女正席地而坐，乐器停下，歌声响起。李江自然听不懂他们在唱什么，他在人群中寻觅着那个身影，很遗憾她并不在这里。他本想离开，但是却被那引吭高歌的激情所震撼，他不自觉地想起那位女子在草坪上引来蝴蝶共舞的画面……李江录下了村民们演唱的整个过程，他第一次见到这种形式的演唱，心中有一种亢奋在涌动。

随后，李江找到胡杨。李江感叹道，这才短短一年的时间，没有想到村子里已经发生了这么大的变化。文化墙、柏油路、新房建设等，生活一下子就跨上了一个新台阶。李江有些羡慕地说道："兄弟，真好，你是一个好干部呀。我还记得第一次到村里，一下车就是一身的土呀。现在村里环境建设得这么好，你所有的付出和努力都得到了回报，这才是生活的意义所在呀。"

"我怎么听你这话有些不对劲呀，是不是遇到啥困难了？你在上海待得好好的，怎么想着跑到我这里来了，你可别告诉我你是专程过来赏花的，来了怎么也不提前给我打个电话，准备微服私访呀！"

"什么微服私访，我还没有你这个村支书官大，访个啥，就是专程来村里看西梅花的。你知道的，我们这个西梅的品种，我是在传统西梅树上基因提取、嫁接、综合培育，实验出的成果，可花了不少心血……"

"去年西梅供不应求呀，今年有些地方也开始跟风种植西梅。你别说我这心里还真有些担心呀，弄好了大家丰收皆大欢喜，要是市场饱和的话，倒霉的就是这些老百姓。"

"这个你放心好了，我们的这个品种市场上不可能出现第二家的，除非你把树苗拱手送给别人了。"李江看着胡杨若有所思，就岔开话题道，"给你看个视频，这是我刚刚在西梅园录的。"

"这个我知道，他们是在进行木卡姆演唱，这是维吾尔族音乐的瑰宝呀。你小子运气不错呀，一进村就欣赏到了，在上海可是要卖门票的呢。"

"对了，上次你给我说的那个古丽现在怎么样了？种植了西梅对她的生活有没有啥改变？"

"嗯，说起这个来，她真的要好好感谢你，去年古丽光西梅就收入了一大笔钱，现在至少压力没有那么大了，生活条件变得好一些了。每年上面派人到村里慰问，我第一个想到的就是古丽，但是人家古丽特别要强，说什么也不让我报她们家。古丽说，我有手有脚的不需要别人的慰问。古丽的母亲，现在身体是一天不如一天了。好在古丽有孝心，经常带着她散步，勉强维持着吧！"

李江见到了那名舞者，她推着中年女人在散心。起初，他并不确定，但是看见她一身的艾德莱丝绸就肯定了。

李江上前，说道："你好！"

"你是？我们好像并不认识吧！"

"我们认识。"李江觉得自己说错了话，又补充道，"你们村的西梅就是我提供的树苗，我在手机里还经常看到你呢。有一次，你推着你母亲在西梅树下，你还给她跳舞呢。当时只拍下了你的背影，我一看你穿的这件艾德莱丝绸衣服就更加确定，那次跳舞的人是你了。"

古丽脸颊生起一阵绯红，有些不好意思地说道："让你见笑了，我纯粹是跳着玩的，没想到还有一个观众。真的感谢你，这些西梅树可算是帮了我的大忙了，如果没有种植西梅，我真不知道生活会是什么样子。"

李江原计划第二日就要动身回上海，当他知道那名舞者就是古丽的时候，他又多待了一天。这是最近几年里李江最为舒坦的日子。古丽一边给他讲着十二木卡姆，一边带着李江到村子里转悠，李江第一次体验到了时间加速的感觉。他们一起在田园里散步聊天，李江记得他们去看古丽家的西梅树时他给古丽拍了很多照片，那一刻李江才发现自己心跳得厉害，连说话都带着喘。

古丽和李江断断续续地联系着，虽然两地有时差，但李江总能在镜头前看见古丽的舞蹈。李江发现古丽跳舞的频次变多了，李江不知道古丽是因为知道自己在这头能看见她才多跳几次舞蹈的，还是只是单纯地跳舞给她的母亲看。爱情是个很奇妙的东西，尤其是局中人时常会因为对方一句话、一个表情，甚至是一个动作而反复琢磨，揣测。

4

这晚，李江和胡杨躺在果园地上说了一晚上的话。李江向胡杨诉说着这一年以来的遭遇，在上海从云端坠落，如今负债累累，每天接到最多的电话是催债的，说得最多的词就是对不起。也是在这个晚上，胡杨才知道李江背后所承受的压力。

这一夜，他们没有聊西梅。胡杨像一位长者一样安抚着李江。最后胡杨提议道："李江你别回上海了吧，留在团结新村吧。"李江没有正面回答他，因为他不是没有过这种想法，但他还不能完全确定自己和古丽的关系，或者说还缺少一个足够说服自己的理由。

李江轻轻地说道："我这次来是干啥来着，怎么尽向你吐苦水了。明天我去西梅园看看。"

"对，这才是正事，你可别因为公司的事，影响判断哦，老乡们就指望着那些西梅过日子呢。"

"唉，我就知道，在你心里村民都比我重要，你就知道压榨我。"

"哈哈，你能这么说，看来你还清醒着呢，这我就放心了。哈哈哈。"

胡杨醒来看见对面行军床上的被子已经折叠整齐。李江一大早就跑到西梅园去查看果树了。西梅园旁边的那条水渠，已经干涸。西梅园在柏油路下面的田地里，远处斜坡上搭了几个棚架，青葱葳蕤，走近一看正是葡萄架。李江心想这是谁家呀，简直太会利用土地了，不过这个斜坡搭上葡萄架之后，确实为西梅园增添了不少乐趣。到了夏天，一边摘西梅，一边摘葡萄，还能躲在葡萄架下避暑，光想一下心情都会放松。不过眼下李江是没时间去遐想了，整个园子里西梅树一片暮气沉沉。

李江深吸了一口气，脑海中一个声音说道，一定要找到原因。这里的每一棵西梅树都倾注了自己的心血，公司已经倒闭了，可千万不能再让这片西梅林倒下。李江戴上胶皮手套，用剪刀截取了几枝枯萎比较严重的树枝放进密封袋里。他继续朝前走去，有一点儿可以确定，所有西梅树的病症都是大同小异，但靠近渠这一侧的症状要更严重一些。

就在这时，李江看见了古丽。不过此刻的李江就像是泄了气的皮球一样，瘫在了那里。古丽看样子也是满脸愁容，不过看了一眼李江，她就气冲冲地朝他走来。李江能感觉到古丽的步子里带着愤怒。

果然，古丽上来就说："我们是不是朋友？"

朋友还是女朋友？不过女朋友的前提一定是朋友。李江这样想着，却不敢对古丽说。

"既然是朋友，你到团结新村了怎么不跟我说一声。我要是今天不遇见你，你打算什么时候跟我说呢？"古丽说完，又气冲冲地离开了。

李江本来不想瞒着古丽的，他并不确定该不该和古丽继续交往。眼下找出西梅树生病的原因才是最重要的，个人感情的事先放一边。古丽走出一百多米了，见李江没有追上来，回头一看，他像木头一样伫立在原地，又气又笑的古丽加速离开了。

古丽知道李江正在为西梅园果树生病的事发愁呢？其实何止李江一个人呢，整个团结新村都在为果树发愁。前几天就有好几拨村民跑到村委会闹呢，扬言果树都病成那个样子了，怎么能结出果子呢，结出来的果子谁敢吃呢，这不是害人吗？更有老乡要砍掉果树。胡杨费了九牛二虎之力才把一拨一拨的村民劝走，现在他全部的希望都寄托在李江身上了。

时间一天一天地过去了，李江急，但是胡杨心里更急。胡杨说，我们要是再找不到解决办法，今年的西梅怕是要凉了呀。再过两天，估计就会有村民砍树了。李江整个人钻进被子里，他没有接胡杨的话。结果胡杨都已经开始打鼾了，他却翻来覆去地睡不着。

李江穿上衣服，到房子外边透透气。有几只萤火虫扑腾着翅膀，北斗七星正好挂在头顶。团结新村的晚上安静极了，月光均匀地洒在大地上，像是一抹高级灰的颜料均匀地涂在大地上。他不自觉地想起，无数个夜晚，自己在上海总是在半夜醒来，车水马龙好像永不停歇，他时常感觉处在巨大的轰鸣之中，貌似自己就是那巨大机器中的某一个零件。难道西梅树也会和自己的公司一样吗？

5

这天中午，李江一边沉思，一边走在西梅园路上。

突然一声哎哟，把他从沉思中惊醒了。李江闻声而动，只见古丽瘫坐在地上，脚背已经鼓起了一个乒乓球大小的硬包。古丽说，没事，就是被一只蚂蚁咬了一下。李江一看伤口通红，红肿的范围还在扩大。古丽感到一阵瘙痒，准备用手去挠，却被李江阻止了。没等古丽反应过来，李江抱起古丽就往村委会跑。胡杨吓了一大跳，还没有搞清楚状况。李江大声喊道："快去拿急救药箱。"李江给古丽简单处理了伤口，才说道："是红色的吗？"古丽和胡杨完全跟不上李江的思维。

"错不了，和我之前的伤口一模一样。"李江叮嘱胡杨看着古丽，别让她乱跑，说着就从胡杨的皮带上薅下皮卡车的钥匙就往门口走去，只听见油门声响，李江已经呼啸而去。一个小时后，李江从县城返回给古丽买了药。

李江说："我或许找到西梅果树病害的原因了。"他一边说着一边拉着胡杨就往田地里赶。李江在草丛中寻找着，胡杨一头雾水地看着李江。

"你们村可能进来红蚂蚁了，古丽的伤口看见了吗？普通的蚂蚁叮咬一下人的皮肤，不可能有那么大的反应。"

"你能确定吗？"

"应该不会错，以前我去野外考察，也曾被红蚂蚁叮过。当时，我的症状和古丽一模一样，而且我也没有在意，导师却把我大骂了一顿，说这个红蚂蚁危害性和破坏性极强，如果被叮咬过后不及时医治，很有可能会危及性命。所以我才马不停蹄地跑到县城给古丽买药。"

李江这一说还真把胡杨吓了一大跳。

"没你说得这么邪乎吧！"

就在这时，李江有了新的发现，他指着草丛旁的一堆土说："你看，这就是红蚂蚁的蚁丘，它要比普通的蚁丘高很多。我想起来了，它的学名叫红火蚁。普通的蚂蚁根本造不出这样的蚁丘来，而且它的内部结构是蜂巢状的。"

"胡杨，你得赶紧上报给农林检疫部门，还要给村民说一下，万一被红火蚁叮咬了必须第一时间就医，耽误不得，发热、头晕、昏厥甚至休克都是有可能的。"

"这外来物种是咋进来的？"

"现在还说不清楚，这种红火蚁的危害太大了，它的入侵将是其他种类蚂蚁的灭顶之灾，生物结构和农林作物都会受到影响。现在我基本能断定西梅树是受到了红火蚁的祸害……"

胡杨意识到事情的严重性，说道："西梅园的事情就交给你了，我得给村民说清楚，再去汇报。"

"你这样去，村民是不会相信你的。"李江用一根枯树枝撬开一窝红火蚁，这红火蚁确实厉害，个头就比普通的蚂蚁大出许多。李江顺手就将一只红火蚁赶进了提前备好的塑料瓶里，"你拿着这个，把古丽也带上，给村民们讲，他们才会有所警觉。然后，你再拿着这个去汇报。"

"李江，这次真亏你了，要不然后果不堪设想。"

给村民讲完后，胡杨拿着塑料瓶看了看，他用手机百度了一下红火蚁，心里一紧，汗珠就如星辰般滴落下来。

李江带着村民给每一棵果树上药，撒上石灰，红火蚁叮咬的部分用草绳绑紧。但在此期间还是有三位村民不小心被咬伤，好在村委会提前有准备，及时医治了。时间一天一天地过去，县里派遣了专业队伍对红火蚁进行了剿灭。

西梅树终于重新返青，古丽也早已痊愈。这段时间，他们一起给西梅树上药，捆扎伤口，围剿红火蚁。古丽早已被眼前的这个男人所吸引，哪怕他是个汉族人，饮食习惯和禁忌两人都存在很大的差异，但是古丽清楚，自己是爱上这个男人了。注意是爱，不是喜欢。女人往往能够准确地察觉出它们之间微小的差别。

李江刻意和古丽保持着距离，随着时间的推移，是时候考虑去留了。

"你干吗躲着我，我又不会吃了你。"古丽说。

李江尴尬地笑着说，"没有，没有。"

"李江，我发现我爱上你了。"

李江怀疑自己听错了，他觉得有些不真实，但他忽视了恋爱中女人所拥有的强大力量。李江觉得自己跳进了一个巨大的火炉，心跳得厉害，他把脸侧了过去。

"我明天就要回上海了。"

"我知道，但是这并不影响我爱你。从某种角度上说，我爱你是我的自由也是我的权利，我爱你与你何干？不管你愿不愿意接受我，我都要表达我的心意。我知道你会回上海，可能以后再也不会到团结新村来了，但是那又怎么样呢？"

"古丽，你不知道，我公司破产了，我欠了一屁股债。"

"我说了，我爱你与你何干，和你的债务更没有关系。我不过是一个普通的村民，但是我都能够大胆说出自己的感情，你又在担心些什么呢？"

李江没想到古丽这样勇敢，他上前就抱住了古丽，直到古丽一把把他推开，他才意识到自己用力过猛，太过激动了。

6

这一年很多地方都开始跟风种植西梅，但是由于自然光热条件达不到要求，导致许多西梅品种鱼龙混杂，质量参差不齐。团结新村的西梅也被外来的商贩一次又一次压低价格。好在团结新村的西梅味道甘甜、果大饱满，而且明显区别于市场上的西梅。这可把胡杨给愁死了，这一年西梅实在是遭受了太多的苦难。于是，李江提议，团结新村的"西梅"已经成为过去式，应该叫作"新梅"更好，是咱们新疆的梅，而且这次"西梅"也算是经历了一次新生。新梅、新梅，好听还好记，而且在市场上有很高的辨识度。

胡杨调侃道，这才和古丽没谈几天，就说着咱们新疆了呀！啥时候办婚礼呀！你把"西梅"都改成了"新梅"，是不是也要给自己改个名字呀。

众人哄笑，李江被逗得面红耳赤。团结新村的新梅从此走上舞台。一次李江和胡杨喝酒的时候，胡杨才知道当年村里种植果树和村民的补助款都是李江自掏腰包。胡杨的眼眶里顿时有了一片湖，上面荡漾着无数细小的水花。

第二天胡杨就召开村民大会，告诉村民新梅种植是李江个人出资。新梅有难，红火蚁也是李江发现的。现在李江的公司倒闭了，还欠下了许多债务，我有一个提议，大家举手表决看行不行？这件事我也是琢磨了很久才决定的，我想聘请李江为我们新梅园的总经营师，通俗来讲就是由他来负责平时的果树管理，因为他学的就是这个专业。然后新梅由李江统一收购，这样价钱肯定比外面的商贩要高一点儿。如果李江能把新梅卖到上海去，那新梅的价钱以后还能提一提。

就这样，李江开始统一收购村民们的新梅，而且李江给出的价格确实要比市场上的高。这一年，李江带着团结新村的新梅来到上海浦东新区商场，不到三天时间就被抢购一空。因为李江拿出了制胜法宝，他当着所有购买新梅的人说，我们的新梅绝对没有打过一次农药，是百分之百的绿色水果、健康水果。说着，他拿出手机连线摄像头，每一棵新梅树都看得清清楚楚。

从上海回到团结新村，李江又有了新的点子。

第二年，团结新村新梅花盛开的时候，古丽和李江在村民的见证下举办了婚礼。李江拿出结婚证说道，我跟新疆是有血缘的，名字里有了个"疆"字就注定和这片土地不会分离。

村民中有人说，你那个"江"是江水的江呀，和我们这个住在弓里的"疆"不是一回事。

李疆指着结婚证书说，我已经改成咱们新疆的"疆"了，之前我把"西"改成了"新"，如今这两个字连起来不刚好就是咱们美丽的"新疆"吗？

7

"踏青赏新梅花"文化节策划书做得全面细致。第二天胡杨就带着策划书去跟当地文旅部门对接了，大家都觉得这个策划书很有新意，这个文化节活动必将和新梅一样大受欢迎。

今年是团结新村第一次搞"踏青赏新梅花"文化节，村民们从来不会想到除了收购新梅的商贩外，还会有这么多的外地人来团结新村，而且就在村里，就在新梅园里。过去这样的场景只能在电视里才能看到，现如今就发生在了家门口。由于新梅名声在外，再加上宣传力度大，慕名前来观赏新梅花的人还真不少，县里的宾馆竟然出现了一床难求的局面。村民们现场摆摊的食材，不到一上午就卖光了。

文化节在高昂的十二木卡姆表演中拉开序幕。这天，李疆宣布新梅园今年还推出了认领一棵新梅树的计划。认领一棵新梅树，就相当于将新梅树一半的产权出让，工作人员会专门为客户建立微信群，可以随时随地通过影像和群动态看到新梅树的一切情景，村民为大家打理并接受认领人的监督，认领人可以在村民打理新梅树时提出一切合理的需求。认领的客户可以自己起一个名字，或者认领一个具有纪念意义的称号，村里将用专门的胡杨木制成木牌悬挂并生成编号统一管理，认领客户每年免费受邀参加新梅花文化节，新梅摘果的时候统一给每位认领客户寄送十公斤的新梅。这些新梅果将在包装袋上贴上专属二维码，只需要用手机扫一扫就可以看到新梅成长过程中的照片，让大家认领得舒心，吃得放心，送得安心。如需加购新梅赠送亲友，认领客户按市场价七折购买。更重要的是，大家平时累了也可以随时随地来村里和村民们一起打理，体验果农的乐趣。

胡杨一直担心不会有人认领，还特意从邻村安排了几个托，万一冷场了好救场。等到开始认领的时候，队伍排得老长，新梅园里的所有新梅树全部认领完毕。还有一部分人没有认领上新梅树，但是也都耐心地登记上了，一旦有新的新梅树苗或者有人退出就按序号通知替补。胡杨在心里佩服起李疆来，这一招实在是高，一下子就让村民增收了好几千元，而且很快就把销路打通了。

新梅花文化节的成功举办，让村民们都赚得盆满钵满。家家户户都赚钱了，除了果树被认领外，卖烧烤的、炸串的、卖饮料的、卖土特产的，只要是出了力的，都笑开了花。不过最开心的还是李疆和古丽，他们因为新梅而结缘，如今新梅的势头正如他们的爱情一样，浪漫而又甜蜜。

鱼　宴

1

阴雨天持续了一段日子，终于迎来了天气晴朗的一天，虽说是下午八点多了，外面仍然是和正午差不多的光景。今日的天空是瓦蓝色，似乎没有一丝云的眷顾。你不自觉地抬头看了一眼，嗯，是个暖色调的天空，你在心里默默说道。

你熟练地驾驶着廉价的汽车在路上行驶，恰巧又碰见修路的工人。车还没有朝着预定的方向拐过去，那人就已经用手中的安全帽在挥舞了。

荧黄色的灯带带着假日的某种亢奋闪耀在路口，不一会儿车就扎堆了。

你拨开转向灯，想迅速逃离这里的轰鸣。

好不容易拐到了另一条路上，前面一个禁止调头的标志，又让女人们找到了话题。

"前面不让调头，又要绕好长一段路。说起来现在的油价也是贵得离谱。"

"你干啥呢，这里禁止调头。"

你被妻子的惊叫声吓了一跳，一个急刹车，后座上放着的一本《羊皮卷》一下子飞到跟前。书已经被太阳晒朽了，轻轻一碰就散掉了。

　　其实，你并没有愣神。

　　"你吓死我了，那个禁止调头下面有一行黑色的小字你看到没，仅限于早高峰时段。"

　　车子继续向前行驶，路边已经停满了各式各样的车。你看着这些车辆，它们其实就是这个社会的有机构成。鲜艳的、亮丽的、污浊的、高档的、低配的，都汇聚于此。这每一辆轿车的背后都有一个驾驶人，每一个驾驶人的背后都是一段故事。

　　你看了一眼仪表盘上的时间：二十点二十五分。

　　道路的右侧是今年交管部门刚刚划定的夜间停车位，眼前明显还不符合规定的时间。

　　大河鱼宴的招牌就在旁边，吃饭一时半会儿出不来。要么把车停在路边，可以享受免费。但也有风险，交通警察过来贴上一张罚单就是两百元。要么就安心排着队，等停车场出来一辆车，外面再进去一辆。

　　停车场里只能装下这么多车，少一辆没问题，多一辆准要打架。

　　就在这个当口，一个中年男子和收费员争吵起来，双方的嗓门一个比一个高。排队的车屁股亮起了一长串猩红的灯。在这个嘈杂的小城里，这种事每天都在上演。要是按照你从前的脾性，手刹一拉，解下安全带，飞奔出车门外就开骂了，如今已没有了这样的心气。

要不是因为他们家的鱼做得好吃，你才没有这个闲工夫在这里等着。围观的人越来越多，隔壁广告店铺门前的台阶上立着一双双穿着各种颜色鞋子的脚。你在想，要是这些鞋子能说话，该是多么的有意思呀。中年男子怒气很重，满口的脏话。有围观的人实在是看不下去了，加入了帮收费员说话的队伍中。中年男子青筋凸起，撸起袖子就要拉开干一架的阵仗。

里面的车出不来疯狂地按喇叭，外面的车进不去，本就狭小的车道彻底瘫痪。如果这时你从高空俯视，很可能会误解为是某种集成电路。

城市血管的这条支路患上了血栓，血液无法流通就此堵住。你想起教导主任跟你的谈话。他无意中说起小城的某位局长，刚来的时候喝一小杯酒被两个人抬出去，几年后人送外号"千杯不倒"，两三瓶不在话下。喝到最后全身血管淤塞，堵了百分之八十，送到医院做了搭桥手术。有人事后说，其实完全不用搭桥，无奈小地方医疗条件有限，还有人说那几年小城的医生刚刚学会搭桥技术，自然要推广一番。领导讲这些是什么意思，是要点一点自己，还是说以后就真的要控制酒量了。

或许是有人选择了报警，收费员和那名中年男子被带离，人群终于散去，你好不容易等到了一个车位。

临街的商铺旁就是直通三楼的电梯，四楼是一家大型校外艺术培训机构。

妻子按了一下电梯，不见有任何的反应。

你又按了一下表示下方的箭头，显示灯亮了，数字从四倒数往下掉。

生活的惯性思维有时候总会让人变得迟钝，甚至不会变通。你努了努嘴跟妻子说道。

电梯桥厢四壁是深色的"海洋"，对着门口的方向是一条张着大口的"鱼"。

电梯门在即将关上的那一刹那，一对夫妇带着他们的孩子跑了进来。

男人比你年龄稍大一些，大腹便便，能看见他在吸气，但无法掩饰他的啤酒肚，衣服深处有凹进去的褶子。

男人身后跟着一个小孩，从面相上判断出他们是父子。

女人长得很漂亮，脸蛋圆滑，披着长长的秀发，穿着未曾过膝的百褶裙，身材娇小。

男人站在你的面前，几乎挡住了所有的视线。

电梯缓缓上行，看来也是去吃鱼的。

"儿子，你今天要控制一下了！"

"吃个鱼啊，不至于。儿子听老爸的，今天放开了吃。"

不见小孩言语。

"虽说吃鱼能让人变聪明，儿子这事你还得听你老妈的。"女人一边说一边摸了摸男孩的头，"你要吃成你老爸那样就麻烦了。"

"吃成我这样咋了，我是少你吃的了，还是少你喝的了？"男人语气中透着一丝愤懑。

叮咚，三楼到了！电梯像倒垃圾一样往外倒人。

话题并没有因为电梯的到达而终止，你和妻子对视了一眼，彼此耸耸肩，面带微笑。

从电梯出来后，是一条狭长的甬道。女人看了一眼手机，继续说道："还要再买山楂给儿子吃？咱儿子目前这个体格还需要开胃吗？我妹妹的孩子都快八岁了，咱儿子的体重竟然跟人家差不多。他才六岁。还不够开胃的……"

他们三人朝着吧台走过去，你们在服务员的指引下径直走向大厅，此刻大厅里只剩下两个位置，你征询了妻子、丈母娘的意见后，决定在靠窗的位置上坐下。

你看见身穿黄色荧光马甲的警察在临时停车位前一辆车一辆车地贴罚单呢。你马上有了窃喜和幸灾乐祸之感，可负罪感也立马涌上心头。人总是这样，好像时时刻刻都处在矛盾的旋涡中。

警灯在刚刚你准备停车的位置上闪烁，贴单子的应该是个年轻人，高高瘦瘦的。前面、后面、侧面拍照，手里拿着某种类似收银机的微型打印机，一张张白色的罚单就此产生。每贴一张罚单，年轻警察都会把车子的雨刮器掀起来，再把罚单压在上面，生怕当事人不知道一样。

你坐下来，仍然看着窗外。吃什么鱼，早在出发之前就已经和妻子商量好了。服务员过来撤走了一副碗筷，朝三个印有"大河鱼宴"的杯子里倒满了柠檬水。幽蓝色的水杯似涌动的大海一般，图案上的鱼横眉怒目，仿佛知道你马上就要吃它的肉或它同类的肉了，又或是刚刚注入的开水，让它感受到了痛苦的存在。

妻子和丈母娘跟着服务员一起去选鱼了。吃什么鱼、吃多大的鱼、什么口味，这些事情还是交给女人处理比较妥当。这并没有贬低女人的意思，而是女人的感性在食物上往往比男人更敏感，也更正确。

2

电梯里的一家三口过来了，他们没得选了，只剩下靠近过道的那个位置。

男人其实离你还有一些距离，他走路自带风声，气场很强。男人转头看了一眼大厅，人满满的，也就没有说什么。等他回过头来，女人已经安排自己和孩子坐下了。这时，女人摘下了口罩，立马就把你惊艳到了。

从你的位置刚好能够看到女人的全貌，男人背对着你而坐，但靠窗的这一排店家做了一个台阶。你推测女人应该有三十五六岁了，但身材和皮肤竟一点儿不输二十岁出头的女孩子，浑身上下散发出来的书香气质没有一定的岁月积淀是不可能一蹴而就的。你在心里想着，一边吃鱼，一边看美女，岂不是一种享受。你所指的享受并不是好色，而是一种美的享受。你不止一次地跟妻子说过，其实任何人都是向往美的，男人喜欢看美女正如女人喜欢看帅哥是一样的道理，但美女不仅男人喜欢看，扪心自问，恐怕女人要比男人更喜欢看美女才对。

男人的手机"叮当"响了一下，女人大概是要提示男人把手机音量减低或者调成静音，你猜测。

你观察着女人，那双素手不时在手机屏幕上滑动着，嘴角微扬，露出含蓄的微笑。你从没听见她手机振动或是响铃。

"我去，他娘的。"男人明显停顿了一下。

男人的声音很大，吸引着四周的人都看向了他。

男人应该也意识到了刚刚的失态，像个小女孩一样捂住嘴巴，看着妻子。这表情与他的身形并不匹配，倒有了一种小丑的喜感。

"得嘞，刚刚还想着一会下去挪个车的，现在用不上了，安安心心吃鱼吧！"你听着男人的话，不自觉地朝窗外看了一眼，警车已经不见踪迹了，路面的车辆也稀拉下来，整个街道变得疏朗起来。

"让你等到车位了再上来，能耗多长时间呢，非要停在路面上。这下好了吧。每次给你们爷俩说什么，就是两个字，不听……"女人的言语中明显带着一股强势，面露愠色。

"小宝，你今天要控制好自己。你看看你才这么小，就已经是一个小胖子了。"女人嘴上说着话，那只素手已经摸到了男孩的鼻子，轻轻捏了一下。小男孩明显对此极为反感。

他嘟囔着嘴，小心翼翼，甚至带着祈求的声音说："妈妈，我能去熟食区夹一盘虾片吗？"

"不行，小孩子应该以吃主食为主，虾片对身体不好。"

"可是，妈妈，我真的好想好想吃一点儿虾片，我都好久没有吃了。"

"嗯，那这样吧。你要吃虾片也可以，但是要控制一下量好不好，虾片属于油炸膨化类食物，含有大量的油脂，并且吃了以后会在胃内变成淀粉糊，相对于其他食物，如米饭等更难被身体消化……"

小男孩明显不想听她妈妈的科普，女人的话还没有说完，他已经跑得不见踪影了。

你很享受这一小段时光，像是一个偷窥者，猎奇往往能够有不一样的快感。

"我跟你说，咱儿子可不能再让他吃那些膨化食品了，以后可乐呀就不买了，肯德基啥的也不能去了。"

女人像是打开了话匣子，滔滔不绝地讲起来。

男人则是"嗯""好""行"地回答着，不知道是他平时就话少呢，还是在生活中就是这样。

你在想，要是你这么回答的话，妻子肯定会跟你对谈一晚上的。女人在生气的时候，精神状态完全不可同日而语。她一定会说到你服输为止，就算你已经甘拜下风了，那也不行。是哪儿不行呢？首先是态度，这一个字明显就是敷衍了事！难道我说的话，你一个字就给概括了？其次，态度的背后是什么？是你不重视了，为什么不重视了呢？因为你们之间的爱情变质了。接下来，她会列举一系列的事实，再添油加醋地给自己的语言增添颜色。你已经身心疲惫，一个字也不想多说了，但她怎么会放过你。拉起你对谈，说是对谈，其实都是她一个人在控诉，你要不是精力不济，一定会把她说的那段文字录下来，妥妥的一篇高质量散文，有情绪、有情感、有思考、有内容。最后她会得出一个几乎是普遍性的答案：你不再爱我了！

"还有呀，最近要给咱儿子找个补习班了。今天老师都给我打电话了。"女人的口吻不像是在和男人商量。

"说什么了？"

"还说什么了呢，那口气就像是训孙子一样。给我气的呀，说什么这次考试，小宝的数学成绩拉低了班上的平均分，拖了后腿。"

"小宝考了多少分？"

"你终于想起来问你儿子的成绩了？"

"这才一年级，有必要搞得那么紧张分分的吗？真是的！"

"你是不知道，现在好多孩子虽然才一年级，那才华能甩出我们儿子几条街去。我早就给你说了不知多少次了，报个兴趣班，报个兴趣班，你就是不听。现在好了吧，小宝变成拖后腿的了。你就等着吧，下次开家长会，老师一准儿拿这说事。"

"不对呀，我看过咱儿子平时的作业呀，都是对的呀。你给我说说，他到底考了多少，怎么可能还拖后腿了。我们俩都不笨，难道基因还能变异不成。"

"哎呀，跟你说事情就是说不到一块去，永远抓不住重点。行行行，你不是想知道儿子的成绩吗？行！我告诉你，九十五分。满意不？"

男人脸上刚刚绷紧的肌肉松弛下来了，脸形又恢复了原状。男人说道："吓死我了，我还以为是五十九呢。这不挺好的成绩吗？这小子比我强多了，我像他这么小的时候，还不如他呢，真是一代比一代强。"

"你可拉倒吧！还一代比一代强，你知不知道他们班的平均分是多少？"

"多少？"

"九十七分。小宝还欠班里两分呢。你还在这儿自我高兴得不得了。光满分就十几个。"

"才一年级有必要整得那么紧张吗？我们都是从一年级过来的，就那么一点儿东西。说句不好听的话，他差又能差到哪里去。我看你就是太焦虑了，一天浮躁得很。"

"我焦虑，你是想说我更年期，是吧？"

"我可没这么说。是你自己说的哈。"

"是，你说得对，我就是焦虑了。你啥时候管过你儿子的学习。你也不看看现在大环境是怎样的。就我妹那孩子像小宝这么大的时候，圆周率都能背到小数点后四十多位了，甚至还能用英语和老外在线对话。"

"有用吗？有意义吗？他连啥是圆都搞不清楚。"

"我跟你简直说不到一块去，现在孩子的成绩差一些就不说了，没有一个特长真不行，他在学校会被嘲笑，甚至会被孤立的，弄不好还会整出个校园欺凌事件来。你要知道学校就是一个微缩版的社会，也有一条鄙视链。不行，我们这个周末就去考察几个培训学校。"

"他才一年级，真有你说的那么严重？"

"真有那么严重？你自己上网看看新闻，搜搜关键词就知道了。"

妻子和丈母娘端着调料盘、虾片、酸菜、花生，从走廊的拐角走过来。在她们的身后正是那个小男孩。小男孩兴致勃勃地端着虾片，嘴角还有残留的墨绿色屑儿。

小男孩应该是远远就看见了两个大人在争吵，突然停下了脚步。

妻子和丈母娘落座后，男人和女人的话题算是告一段落，估计是想着距离太近，不想被外人评头论足，再次成为饭桌上的笑料吧。

女人这时注意到了止步不前的小男孩，女人轻轻抬起手臂招手，纤细修长的手掌漂亮极了，如刚刚出水的白天鹅脖子一样，让人忍不住要多看几遍，才能过瘾。

3

你收回了眼神，妻子在你旁边坐下。

你猜我们称的鱼多大？

几公斤？

一点七公斤，最小的了，前面称了两次都在两公斤以上。

我们三个人可能吃不完。

说起称鱼你回想起来，在这个城市上大学，大三那年你们第一次吃鱼就在这里。快十年了，店里的服务员都不记得换了几茬儿了。那次，也是在后厨的玻璃鱼缸前选鱼。厨师还没有将渔网勺丢进水里，有一条鱼就蹦了出来，吓了你们俩一大跳。到正式选鱼的时候，她在旁边挑鱼，你却盯着那条有手指长胡须的鱼看得入了迷。木讷的你，不知道她已经有一些生气了，只不过是看在第一次约会的面上没有表现出来。她问你能不能吃辣，你说还行，眼睛却没有从那鱼身上离开。她转过头就对厨师说爆辣。选鱼的人越来越多，等你回过头的时候，她已经坐在餐桌上生闷气了。

我在美团上买的套餐就是一点五公斤的，他们家今天的鱼没有小的。我们给服务员说了，做酸菜口味的，还没吃过他们家的酸菜味。

你不得不佩服，妻子在精打细算上有着过人的天赋。虽然做数学题不是你的对手，但就省钱而言你只能自愧不如。比如眼前这鱼，在团购平台上就能便宜三四十元钱呢，最起码能省出两天的菜钱。

说起酸菜味，你的舌头上就浮起一层口水。上一次吃酸菜还是你住院的时候，我点了个浆水面的外卖。当时很开胃，就是吃得有些急，没有好好品味。你对着妻子说道。

妈，你不知道。上大学的时候，他可喜欢做酸菜了。那个时候他买了一个红色的大胶桶，一腌酸菜就是满满一桶。有一次被我们提到女生宿舍里，转了一圈就只剩下桶底子的那些酸水了。

其实那次，我不是故意的。你话锋一转，妻子和丈母娘都定睛看着你。

你继续说，你知道的，我们家在大山深处，那里山高溪浅，除了能捉一些螃蟹和钢鳅鱼外，确实没有见过胡须那么长的鱼。你还记得当时跳出鱼缸的那条鱼吗？后来，我回想过很多次，我总觉得那条鱼就是我自己，无论怎么逃离都是徒劳，这一切都是命运使然，是宿命，没有用的。

那都多久以前的事情了，那天我看见你吃鱼吃得满头大汗就原谅你了。你也是的，明明吃不了辣，还要逞强。那次我们两个人可能吃了有两公斤的鱼，你回去拉了三天肚子才缓过来。当时啊，可真把我吓了一跳。

说话间，一个身着白衣的年轻小伙子就把一锅鱼端了上来。虽然是酸菜鱼，但上面仍然撒上了一层密密麻麻的芝麻。每次吃鱼你看到这些芝麻的时候总会想起老家的池塘来，春天绿叶刚刚冒出一点点尖儿来，只需要一个晚上风吹雨打的时间，池塘里就落满了绿色的小叶儿。青蛙顶着浮萍把脑袋盖住，露出两只褐色的眼珠子在转动。

你夹了一筷子酸菜，果然很酸爽。

这家鱼店在本地开业有二十多年了，听店员说老板那年刚刚添丁，就开了这家店。因他老家门前有一条大河，儿子出生的那年老家滴雨未降，老家还处在干旱地区，可唯独门前的河没有断流。于是他给儿子起名叫大河，店的名字也顺着叫了大河鱼宴。刚上大学那会儿，楼下的店铺名是用实木雕刻的本省某高官的墨迹。没两年，那人竟然犯法坐牢了。老板也不想再折腾来折腾去，就到隔壁广告店随便做了个招牌。他这鱼宴店是越开越红火，近些年下面各个县上都有了分店，但隔壁的广告公司却是一年不如一年。

你一边给丈母娘介绍，一边用公用的漏勺给她跟前的碟子里放了一勺鱼。

鱼是剔骨了的，妈，这段时间辛苦了，尝尝味道怎么样。

嗯，味道挺不错呢。

能得到丈母娘的认同，确实不容易。丈母娘有着多年在餐厅配菜的经验，如果做得一般是很难入她的眼的。

同样是开店的，这家鱼店生意是越来越好，尤其是在经济低迷时期还能保持这个热度，不容易呀。所以说，不管在任何时候，挑战与机遇并存，即使在战争年代，也会诞生民族企业家和实业家。就像你在大山里条件肯定是落后的，但是你终究还是摆脱了桎梏，走出来了。

　　话虽如此，但我们是生活当中最为普通的平凡人，很多事情心有余而力不足。就拿我们俩说吧，大学毕业之后辛辛苦苦、勤勤恳恳地工作，从来不逢迎谁，也不巴结谁，日子勉勉强强过得紧巴巴的，前后十多年了才在城里按揭了一套房，买了一辆最便宜的二手小轿车。教务主任的话又一次在你的耳旁响起。但你看我们班其他人的路子完全不一样，他们毕业之后，家里房子已经买好了，就等入住了。虽说我这个人对物质看得很淡，但我也知道平时你和同事聊天的时候，难免会在这些事情上显得低人一等。你再想想，我是真的走出大山了吗？大山的一切一切无不像是一只无形的大手，抓得我喘不过气来。嗯，今天的酸菜鱼味道是真的不错。你顿了顿，继续说道，如果再给我一次选择的机会，我可能不会和你来这里吃鱼，之后的一切可能就不存在了。

　　咋了，你后悔了？

　　老实说，确实有一点儿，哈哈。我们如果做朋友，可能会是知己。

　　我看你就是自卑。

　　我不能说我骨子里没有，但这不是我的错，是这物欲横流又浮躁的生活造成的，它就像是一个大染缸，谁都无法幸免。

就拿高考来说吧，我那个分数完全可以去上一个更好的学校，来之前我就在留下和复读中摇摆不定，直到有一天我帮辅导员整理档案的时候发现，山东省那哥们比我多考了一百多分，我还有什么好抱怨的。

都说考考考，老师的法宝。分分分，学生的命根。

他们不知道的是，分分分，也是老师的命根呀！你要再不管管你们班，你们班的平均分就要垫底了。

我怎么没管？你是不知道学生们多喜欢听我的课。再说了，哪次年级最高分不在我们班。

我是不知道，但我知道再这样下去，你的绩效就要被扣完了，小心年底考核弄个不合格，喝西北风去呀你。是，每次月考的最高分都在你们班，但最低分也都在你们班呀。

你现在说话怎么跟教务主任一个调调？是不是又跟他出去喝酒了？学生的成绩只是他学习层面的一个参考数据而已。我们教会孩子的是一种能力，而不是光盯着成绩看。再这么下去，等到他们长大一些就会不择手段让自己的分数漂亮，那将是整个教育的失败。学生们为什么喜欢我，那是因为我能发现他们身上的优点，而不是过分强调他们的成绩。

行行行，就你知道教书育人，我们都是唯成绩至上。你不光要学生们喜欢你，也要让领导喜欢你才行呀。我可听教务主任说了，说下次哪个班的平均成绩垫底的话要当着所有老师的面，开大会的时候自我检讨。你要是能豁出去面子，你就继续沉沦吧！

检讨就检讨，反正我的原则不能变。已经为五斗米折腰了，还要我怎么样，折到土里去呀。

你就知道在我面前横。

今天的鱼酸爽有加，酸中有芝麻不失香味，鱼肉也炖得恰到好处，入口有一种绵柔的感觉，大把大把的花椒让人吃得像是嘴中刮大风。你已经不是当年的那个愣头青了，或者说这么多年来你的肠胃已经在不知不觉中缴械投降，靠向了妻子这边。你们三人都吃得满头大汗，但锅里的鱼还有一多半，你撑着肚子率先退出战场。妻子和丈母娘也没能坚持多久，纷纷败下阵来。

妻子起身，带着丈母娘一块去卫生间。

4

丈母娘一离开，女人再一次出现在你的视线之中。男人和女人都呼哧着嘴大口大口地吃着鱼。女人又一次将那纤细的手举起来，这次是夹了一块无骨的鱼肉给小男孩。你感到一阵恍惚，这熟悉的姿势总有一种说不上来的感觉。

小男孩好像并不领情，虽然他嘴上说着谢谢妈妈，算起来也有十年教龄的你，看一眼就知道那个小男孩心里藏着事情。

你看见小男孩眉头紧锁，脸上汗珠密布，借着头顶漏下来的灯光泛着彩虹般的色彩，不能说不好看，细腻。但你心里清楚，他并不快乐。男孩表现得规规矩矩，全神贯注地盯着眼前的盘子，旁边的虾片和他刚刚端过来时基本一样，不见减少。

女人从纸巾盒里抽出一张餐巾纸对折成方形，轻轻地把男孩嘴角的一滴红油擦去，转而又从纸盒里抽出纸巾揩去男孩脸上的汗水。她看了一眼男人，对着小男孩说："小宝呀，今天的鱼好不好吃？你知道吗？吃鱼可好了，不仅营养丰富，经常吃鱼还能让人变聪明呢！"

"妈妈，是我不够聪明吗？"男孩瘪了瘪嘴巴，说完后下嘴唇包住上嘴唇，夹鱼的左手停下来，两个大眼珠子一转一转地望着女人。

"妈妈不是这个意思，妈妈是说，更，就是进一步的意思。'欲穷千里目，更上一层楼。'不过你也不能吃得太多，毕竟这体重也要控制一下。学习要更上一层楼，体重可不能更上一层楼了。妈妈和你爸爸商量了一下，从下个星期给你找个家教补习好不好，周末再报个兴趣班，我看其他小朋友都在学编程呢，将来一定会用得上的。"

男孩子没有说话，左手紧紧握着筷子，在碗里轻轻地捣来捣去。

女人或许没有想到小男孩会是这样，相信她已经准备好了各种说辞，无论小男孩说什么，她都应该有应对之策。从女人红光满面的精神状态看，从一开始她就把主动权握在了自己的手里。

时间似乎安静了下来，你听不到任何声音，你转向四周，只有一张一张的嘴在不停地张开闭合，无限循环。

女人右脚提起高跟鞋的鞋尖，正好踩在男人的左脚上，尽管她的动作很小还是被你看在眼里。男人皱了一下眉头，哎哟一声的口型已经形成，迫于面子没有喊出声来，而是用右手借着抹汗的间隙，用手撑住了那颗肥胖的超大号脑袋。

男人挠挠头，对小男孩说道："爸爸觉得妈妈说得对。儿子，你想想看，有了老师辅导，你一放学就能把学校的作业给写完了，还有人帮着检查、复习、预习，这不是挺好的吗？"

男孩捣鱼肉的手停了下来："爸爸，我是不是有点儿笨呀？"

男人顿时语塞，不知道说些什么好。

"爸爸，我每天早上天不亮就去学校了，下午放学回家吃完饭就天黑了，要是再去辅导班，一点儿玩的时间都没有了。还有，我和你们在一起的时间就更短了呀！"

你看见女人的脸上有一团乌云正在急速聚集："玩玩玩，你就知道玩。你都上一年级了，怎么还一门心思在玩上呢。妈妈跟你说，吃得苦中苦，才能做人上人，以后长大了才有出息，才能不被人欺负。别像你老爸一样，车停到路边立马被贴上了罚单。你要是有本事了，才没人敢动你。知道吧，有本事了，你都不用自己开车。"

"可是，妈妈，我们班的小石头就老被人欺负呀。他每次考试都考满分，那天我看见他在操场上被我们班几个男孩子赶到墙角。小石头好可怜，他没有朋友，光成绩好有什么用。"

"你先把你自己的事情管好，小石头被人欺负这事你可以跟老师讲。"

"小石头不让。"

"那就是他的事情了，这个星期我就带你去王老师那里。刚刚你阳阳阿姨给我推荐了一个退休的老师，还是全国十大教学能手呢。"

小男孩带着妥协和恳求的口吻说："我可以去王老师那里补习。但是兴趣班，我能不能选自己喜欢的。"

"当然没有问题，不过，这，这还是要，要和你妈妈商量一下。"男人的意思刚表达了一半，就被女人的眼神给狙击回去了。

"小宝，你要明白，妈妈所做的这一切都是为你好。你看妈妈手里的手机，家里的电视，再说眼前的，我们一会吃完鱼要到吧台结账吧，这都离不开编程。而且那么多小朋友都在那里学，它一定会是一个愉快的课程。"

"妈妈，我想去画画，你给我报个画画的兴趣班好不好？"

"不好，画画不是从幼儿园就开始学了吗？而且儿童画，学校里的老师不也在教着吗？我看这样好了，妈妈是学艺术的，书画同源知道吧。"

男孩摇了摇头，表示不知道。

"'夫书画本同出一源。盖画即六书之一，所谓象形者是也。'知道是谁说的吧？"

这次男人和男孩一起摇了摇头。

"明代何良俊在《四友斋画论》中说的，指出书、画的起源相同，绘画出自象形，汉字也源于象形，汉字的源也是书画的源，因此，书、画同源于象形。用我们今天的大白话说就是，学好了书法就能学好画画。"

女人的这个解释，简直让你听得目瞪口呆。恐辱先也！你拿起水杯，又一次和那条鱼凝视，模糊而又阴暗的嘴巴里吐出巨大的恐惧。你浑身不由得一哆嗦，水从杯子里逃逸，落在裤腿上，零星的潮湿格外醒目。

"小宝，这样好了，咱们周末的时候上午去学编程，上午精力旺盛，状态比较好，学得快。中午我带你去新华书店看书怎么样，下午咱们再找一家学书法的吧，先学软笔书法，也就是毛笔字，再学铅笔字，等你毛笔字练得差不多了，就可以学国画了。这不就满足了你的画画愿望了。嗯，小宝，我们就这么愉快地定下了哈。"

男孩子夹鱼的手彻底停了下来，他的眉角有一种愤怒飞快闪过，接着就陷入了持续的沉默。一名女服务员手提不锈钢壶走过，弯腰将餐桌侧面的按钮调动了一下，问需不需要加一点儿鱼骨汤。女人似乎看见了一束光，她想拽住这最后一根稻草，以期能缓解眼前的尴尬。

女人又一次用鞋跟在男人的运动鞋上转了几圈，这次男人没有皱眉，而是本能地将脚迅速抽离。男孩神色空茫而无助地望着父亲，父子俩在眼神中达成默契。

一种奇特的氛围笼盖在鱼宴大厅里，女人朝你这边望了一眼，你只好将眼神挑高投向称鱼的窗口旁。鱼在网子里反复蹦跶，只见一双手迅速抓住鱼然后摔到地面上。那声音或许很大，你乜斜了一眼男孩，他坐在那里颤抖了一下。刀子从鱼的腹部划过，内脏转瞬间被清除。换了一双手蹲在地面上一边掏鱼肚子一边刮鱼鳞，那双手很小，大概握不住一个鸡蛋，但一直不见停歇。

你只觉得脑子中嗡嗡作响，是水声？还是宰鱼的声音？难以辨别。大厅里无数张嘴巴在啃噬，其中也包括水杯上的那张嘴，它们随着雾气飘在锅的上空。突然，它们齐刷刷地掉过头来。你眼睛一闭，瞬间遍体发凉。你看见了六岁的自己，你和母亲上山打猪草，却不承想遇到山洪，你们一同落入水中，用尽全身的力量扑打出一串串微小的水花……

你脑子里什么也想不起来，你看见女人那张因为吃鱼而掉了三分血色的嘴唇在说着什么，虽然距离是那么近，你却一句也听不见。你用双手掌心朝耳朵处挤了挤，仍然听不见任何声音。你突然发现女人的嘴被印在了杯子上，正在这时，妻子拍了拍你的肩膀。

你发啥呆呢？

整个世界恢复如常，你听见了妻子的声音，鱼宴大厅里的声音仿佛在同一时刻从真空里释放。

划拳，吹牛，骂娘。

5

妻子和丈母娘坐下来，服务员热情地将杯中的水填满，那三张龇牙的大嘴似乎又要从黑洞中活过来一般。你赶紧将视线转移，看了窗外一眼，暗黑已经把街道包围。大街上的车辆也变得稀少了，偶尔飞驰而过的轿车闪烁着灯光如流星在黑幕中划过。你强迫自己安静下来，尽快回到桌子上的鱼宴来。

你鼓励妻子和丈母娘再吃一些，你朝她们的餐盘中夹了几块鱼。而她们似乎更钟情于酸菜，女人的口味总是和她们的性格一样善变。

丈母娘说上次吃酸菜鱼还是给你柳梅阿姨家摘棉花的时候。这一晃好多年过去了，现在基本上都是机采棉了，人工采棉已经很少了。

柳梅阿姨？你的大脑启动着全速转动模式，希望能尽快搜索到这个名字。你和妻子来自两个不同的地方，相隔几千里，妻子家是一个大家族，亲戚旁支极为复杂，你往往记得张婶又忘记了李妈，等你看见一个终于能叫出名字的人，却又想不起这人是谁了。

哦，想起来了，柳梅阿姨是丈母娘的好闺蜜。你们在团场举办婚礼的时候，柳梅阿姨总是在屋子里忙前忙后，各种仪式和礼数都是她手把手悉数教于你和妻子。除此之外，你对她再无所知。

今年棉花价格怎么样？妻子问道。

丈母娘说，今年棉花价格好像不太行，去年的价格好。

妻子说，去年价格高，今年肯定要回落。你是不知道，去年团场上卖了棉花，街道上的轿车都塞满了，好家伙，全是新买的高档轿车。

还说买车呢，去年就是因为这个车的事情把你柳梅阿姨气得不行。那次她和连队上的邻居本来讲好了，说是搭邻居家的车去总场把肥料给拉回连队。结果临了，邻居把肥料拉回了连队而没有通知她。后来又一日，邻居与你们柳梅阿姨在总场相遇，问她要不要坐个便车一同回去。结果你柳梅阿姨那张嘴也是不饶人，说什么，你们的车太贵，我攀附不起。

柳梅阿姨跟丈母娘说，我也不稀罕他那辆车。要不是我得了病，我们老两口每年都要去复查、化疗、透析，我还买不起一辆车。只是现在得了病，没法子，要留点保命钱。

你忽然想起妻子曾经说过柳梅阿姨得了乳腺癌，做过切除手术，常年要服药。

在你看来柳梅阿姨状态很好，乐观、爽朗，说话的时候笑嘻嘻的，完全看不出来是得病的人。听丈母娘说过，她人很热情，很能干。

你坚信乐观的心态一定会战胜病魔。

丈母娘说，团场上种地的人也是碰运气，遇到一年价格好风调雨顺的时候，几百亩地一下子就能翻身，为儿女攒下积蓄，自身也风光得不行。要是遇到行市不行的时候，连买种子买化肥的钱都能愁白头发。去年腊月间，团场上的餐馆异常火爆，划拳的声音常常在深夜也不曾散去。不过有人喜就有人悲，去年三连的一户人家种棉花卖了钱，却不想醉驾撞死了人，赔了个精光。听说也有人兴奋得喝醉了，不慎在路边睡着了，等第二天被发现的时候身体都已经僵硬了。

唉，真是世事无常。没有什么事情是容易的，各行都有各行的难，种地，写作，工作，生活都是一样。妻子感叹道。

你并不想在这个话题上持续下去，你朝着对面的餐桌看了一眼，女人一家已经离开。

这近两公斤的鱼，你们终究没有吃完，打包回了家。

在回去的路上，你驾驶着轿车行驶在新修的马路上。路障已经撤去，工人们也不见了踪影。在丁字路口停车等红绿灯的时候，收音机在播报一条新闻：新修的"彩虹公路"为啥严重塌裂？你和妻子，面面相觑。就在这时，你和妻子的微信同时"叮当"响了一声。教师群里的一则寻人启事映入眼帘：

寻人启事

　　某某市第四小学一年级学生某某，男，平头，微胖，上身穿白色T恤。大约一小时之前，该学生从本市大河鱼宴饭店附近走失。父母很着急，已经报警。望知情人提供线索，家人必感激重谢。联系电话如下……

启事人：某女士

某年某月某日

殊途未归

子·秋

　　山里落第一层秋叶的时候，林子间的雾气就跑不动了，枝丫上的叶子像是刚刚燎燃了的火，风一动那火便也学会了呼吸。不过几日的工夫，山中的粗野之气一下子冷淡了下来。一场秋雨过后，那些成天喊着外面怎么怎么好的人，也都怏怏地回到了家中。山里唯一通往镇上的水泥路旁停满了各种新式的轿车，村子上空的闲话开始荡来荡去。王二牛的车子也停在这里，副驾上走出来一个姑娘，由于其身形娇小，猛地一看就像是个中学生。

　　今年的雨水格外多，雨丝如纺纱般一层比一层细密。很快，水泥地面就从浅灰色变成了暗灰色，河对面的屋檐上挂着一面透明的雨幕。老屋的屋顶升出一缕青烟，很快和天空的颜色融为一体，很难寻见踪迹了。屋后山地里的玉米秆还没来得及砍，枯黄的色泽在潮湿的水分中露出不规则的霉斑，好在果实已经被老人们搬回了家里，说不定外墙上挂的那一串串玉米棒子就是。雾气氤氲，越来越重，挡在人的眼前，让视线慢慢模糊起来。

王二牛仍然记得二十四年以前，那时他才六岁，刚懂事就就近入了学。虽然说是近，却也要沿着山路翻三道梁才能到村小。那会儿山里还没有学前班一说，父亲带着他到糖坊里认了先生，交了钱，领了书，从第二天开始他就独自一人上下学了。山里没有时间概念，天露鱼肚白的时候往外走，走到学校操场的时候太阳露头。这时，先生才从山下走上来，挽着裤脚，鞋子上沾满了潮湿的泥土。开学的头一天，王二牛被同学给告了，说他上课吃东西。王二牛被赶出教室站在墙角面壁，王二牛心里也委屈，毕竟没有人告诉他上课不能吃东西。下课了，先生并没有让王二牛休息的意思，揣着课本进了教室旁边的办公室。也是在这个时候，桃子出现了，她怔怔地看着王二牛，王二牛心里一阵莫名发慌。

桃子脸蛋通红，山里的孩子多半都是这样。放学往回走的时候，王二牛发现屁股后面跟了一个小女孩。王二牛走得多快，桃子就走得多快。王二牛慢下来，桃子也慢下来。王二牛停下来看她，她就势躲到一棵核桃树后面，发尾还露在外面晃来晃去。一溜烟的工夫，王二牛就上了梁，再往身后看的时候，路上多出两道黑影，那是打猪草的人在往家里走。王二牛的心里生出三分失落感来，头也不回地往前跑了。

第二天，王二牛坐到教室里，发现前面的座位空着。晨读开始，他扭头看向窗外的时候，看到桃子的身后站着一个老太太，他认得是桃子的奶奶，她和先生在说什么。老人走后，先生拿出棒子开始敲击一块吊着的U形铁板。王二牛第一次看到这块黄褐色的铁板，感觉是家里的一块黄灿灿的腊肉晾在了学校，忍不住多看了几眼。桃子放下书包，还没有掏出课本，加入晨读的声音像一条小溪汇入大河深处一样，那声音只有刚进来的时候听得纤细，随后便被嘈杂的声音掩盖了。两股不同的声音纠缠在一起，此起彼伏中谁也不肯认输，音调一拨比一拨高，彼此铆着劲，王二牛只觉得喉咙里的筋被一根绳子扯得紧紧的。山上的人们听到这声音，都开始安心下地干活了。男生们似乎要把肺喊出喉咙来，可桃子不管这些，她不紧不慢地把自己细细的声音一丝丝吐出，如同一滴凉水被倒进地炉子上烧开的水壶里一般。

教室里一共二十七名学生，一年级十八名，二年级九名，以中间过道为界。一年级读拼音，二年级读古诗。二年级人少，但清一色的男生，声音大。学校发了七本书，先生只教两门——语文和数学，因为最终计入成绩的也就这两门。其他课程成绩都是先生看心情随意填写。正因如此，开学不到一周，除了语文书和数学书，其他书基本被折成了纸飞机满天飞。

王二牛折的第一个纸飞机就是桃子教的。这天放学后，照例还是王二牛走在前面，桃子跟在身后。桃子除了上课被迫回答问题，平时基本不怎么言语。她平静得像块石头，也冰冷得像块石头，天然有一种拒人于千里之外的气场。王二牛便有了错觉，似乎每一天都在重复。只有桃子知道，他们放学回家路上的距离越来越短。王二牛走在前面，快要烦死这个小女孩了，他竟然有些气愤，也不知道从哪里学来的动作，他双手插在腰间，活像一个小大人，准备把山路上的石头一脚踢走，没想到却是一块粉包石，一脚过去碎成了好几块，于是，他弯腰捡起其中一块，在废弃的石板上，歪歪扭扭写下了"你要干什么"几个大字。王二牛真正的启蒙老师是他娘，五岁开始教他认拼音，练加减乘除，写名字，好在笔画不多。只读到二年级的娘，把肚子里所有的墨水都给了王二牛。桃子用另一种颜色的粉笔在石板上画了一只飞鸟。王二牛对着飞鸟发呆，他知道是桃子画的，是在回答他的问题，可实在想不出她要表达的意思。他不能去问桃子，这样只会显得自己太笨，却又忍不住心里的痒痒。王二牛知道桃子住在陈家沟，他叫娘早点喊他起来，好走到陈家沟的时候，在岔路口等一会儿桃子。

岔路口有一棵拐枣树，要用手盖在眉骨上才能看清。叶子已经落光了，天色暗沉。草丛中有被夜风薅下来的拐枣，地面有汁液沁出的痕迹。拐枣长得有点丑，歪七扭八的面孔，但架不住它味道好，甘甜清香。打霜后，一人手里捏着一把拐枣往学校走，像是握了一把野花，两人心里漾出几分欢喜来。可是隔天就有人起哄，说桃子是王二牛的媳妇，弄得两人站在一起都有些别扭。好在小孩子有心没肺，有了新乐子，没过几天就把这事给忘了。

就这么过了大半个月，班里发生了一件事，王二牛这次不仅面壁罚了站，还挨了先生一顿打。先生的教鞭是从竹林里挖出的竹根，先用镰刀剔除多余的须，再放进铁锅高温煮沸，既消毒又增加韧性。先生上课握在手里，敲黑板的同时震慑调皮的孩子，日子久了，教鞭也有了一层包浆。

先生在几个女生的簇拥下，把王二牛拉到讲台跟前。

"你承不承认？"先生问。

"不承认！我没做的事情，我不承认！"王二牛把头一歪。

"现在承认还有机会。"先生用教鞭点了点王二牛的膝盖，"念你是初犯，道个歉，这事就过去了。"

教室里所有的声音都被吸走了。王二牛鼓着通红的两腮，眼睛睁得贼大，怒目看了一眼那几个女生。这眼神看得直叫人心里发抖，最后在先生跟前停下，又显得无助、愤懑。他无法理解眼前这个老头子，难道真的一点儿也看不出来自己是被冤枉的吗？还有那几个女孩子，天天腻歪在一起，是她们一起搞的怪，还是另有其人故意陷害，小小的王二牛想不明白。

"啪！啪啪！啪啪啪……"

教鞭打在王二牛的膝盖上弹出清脆的响声，他的眼泪差点夺眶而出。泪水在眼眶里打转，他猛吸一口气，像大人们咽下一口白酒一样咽下一连串的泪水。那是钻心窝子的疼痛。竹鞭在膝盖上留下了几道红印子，像是先生批改作业用红色墨水画的八叉码成一堆。王二牛不忍看自己的膝盖。先生每打一次，王二牛就会不受控制地弹跳起来。那股力量脱离了约束，不受控制，王二牛不太喜欢这种感觉，就像是自己明明没有做的事情被人强行安置一样。

先生以为挨过鞭子，总该会有满意的答案。可王二牛倔起来倒真像是头牛，先生知道没有打下去的必要了，只好当着全班其他学生的面，放出几句狠话，就让王二牛出去站在墙脚面壁思过。

这件事来得蹊跷。下课的时候，王二牛在操场上跟同学玩捉迷藏。回教室的时候，先是一个女同学喊着说自己的苞谷面馒头不见了，被人偷吃了。紧接着就有两个相好的女生在课桌的桌洞和书包里搜来搜去。王二牛前脚进教室，后脚就被搜出了苞谷面馒头，那上面还有一个残缺的牙印。就这样，他被几个女同学薅到先生跟前。王二牛说他从小就不喜欢吃苞谷面馒头，可话还没有说完，已在女生们的一阵叽叽喳喳中败下阵来。无论王二牛怎么解释，他都敌不过对方三张嘴。

王二牛气得就要上前抓那几个女同学，不料刚伸出去的手被先生一把抓住。王二牛在心底骂人：他娘的，是哪个狗娘养的栽赃陷害老子！别说是苞谷面馒头，就是金馒头，我也不会多看一眼。先生也是老眼昏花！

站在墙脚的王二牛，一言不发，眼睛里蓄着两团火。

桃子说："我相信你没有偷苞谷面馒头。"

"要你管！"话刚出口，王二牛又有点后悔，他瞥了一眼桃子，眼里的火熄灭了，拎起手臂上的衣袖往脸上揩。

"你凭什么相信我？"

"什么也不凭，就是相信你。我奶奶上次带我去她家，那馒头上全是黑色的指头印，你肯定跟我一样下不去嘴。"

放学后，两人一起翻过学校对面的山梁。

桃子要走了，到镇里去上学。镇里究竟什么样子呢？他们两个人都没有概念。只听先生说过，那里学生很多，光老师就有好几十个，一个年级就有几百人。家里条件好的都要去镇里上学，听说每一门课都有一个老师教。可桃子还是觉得先生教得好。先生说他快要退休了。先生和我们一样，每天要走十里山路来上课，下午再走回去，如果能到镇里教书就不用来回跑了，晚上睡在学校里头，还有专门请了厨师做饭的食堂呢。

"二牛，明天我就要去镇里上学了。"她看着他。

"先生晓得不？镇里蛮好的，你去过镇里没有？"

"嗯。我奶奶给先生讲过的，就是那天早上。我也没有去过镇里，不过他们都说好。"

他没有说话，只是笑。

"你说话呀，别只会笑。"

"到镇里就不用走这么远上学了，也不用起那么早了，就是不知道有没有拐枣吃？"

"嗯。奶奶说，我住到姨妈家里，她在镇里大桥头卖凉面，离学校近得很。"

"凉面是啥子东西？"

"就是冷的面，不用热就能吃的那种。"

"没见过。"

"下次你到镇里来，我让我姨妈做给你吃。"

"真的？"

"真的！不过我有点害怕，先生说镇里的学生多。"

"你是怕你得不了第一名？"

"也不全是。"

"没啥可怕的，你把他们当成路边的野草和树就行了。他们人再多，还能多过我们山里的树吗？那你放假还回来吗？"

桃子笑了，没有回答他的问题，却顺势拉开王二牛书包的拉链，从里面掏出一本自然课本，翻到书的正中央，用指甲顶开订书针的两端，再合上书，从书脊处轻轻一拉，订书针就取下来了，扔在路中央，隐入尘土。她小心翼翼地从中间取出一页放在膝盖上，把书合上，再放回王二牛的书包。

"我教你折纸飞机吧。"桃子一边说，一边已经把书页一分为二。折纸飞机的方法很简单。桃子故意把动作放得很慢。王二牛折出来的也像模像样。桃子把纸飞机放在嘴里哈了一口气，望向王二牛。王二牛跟着做了。两人斜八字站在山路的中央，大拇指和食指夹着纸飞机，举到肩膀的后侧，用力朝着山下扔去。两人的纸飞机越飞越远，顺着风势往山谷飞去。

夕阳的光穿过厚实的云层，敷在桃子的脸上，红晕投射出的光更像是从她的脸上散发出来的。桃子抿嘴一笑，脸上的火开始跳跃起来。"向人凝笑语娇涩，陌上花歌缓缓归。"很多年以后，当王二牛读到明代诗人袁华的这句诗的时候，总是会想起那个下午。一片红色的火海，两架单薄的纸飞机一直在飞，一直在飞……

丑·春

王二牛的小姑和小姑夫到山上来接王二牛的奶奶去休养的时候，顺便把王二牛也捎走了。王二牛的娘提前给王二牛打好了招呼："如果喊你过去玩，你就推脱一下说不去了。"可王二牛的娘不知道的是，王二牛心里有自己的小算盘。他先是想到石板上的那只飞鸟，然后才想到娘说过小姑家隔得远，要坐从县里上来的汽车到镇里，再走一段进山的路。王二牛盼着能在镇里看到桃子，更想去看看镇里的学校究竟长什么样。

汽车在镇里的邮电所对面停下了，那里有一片宽阔的荒地做了临时停车场。几辆陈旧的大巴车停在那里，王二牛一下车就感觉到眩晕，脑子里有一团混沌絮状之物横冲直撞。哇！哇哇！临走前进入胃里的那些食物顷刻间砸向地面，朝四周迸溅而去。小姑在王二牛的后背轻轻拍了拍。胃里掏空了，王二牛感觉把心里的负担都卸下了。镇子坐落在两山之间，形成了狭长的街道。

对面山脚的一侧用水泥抹过，里面镶嵌着一块碑。王二牛的眼球中显现出三个字符，可他却只认得其中的一个"功"字，下面是密密麻麻的人名，字太小，离得又远，看不明晰，隐隐约约能辨识出几个常见且笔画简单的姓氏来。镇里的一切在王二牛看来异常惊奇，不光有商店，还有批发部、超市和饭店。这些都只在娘和别人聊天时才听过。王二牛收回眼神来，轿车和摩托车呼啸而过，他又忍不住回过头看了一下。他的双脚跟在小姑的身后，却管不住自己的眼睛。

"小姑，镇里是不是有一座大桥呀？"

小姑回过头来："在上街头，我们不路过那里。"

小姑都已经这么说了，王二牛也不好再说什么。好在路过学校，小姑介绍道："二牛，等你以后考上初中了到这里上学，到时候可以住在小姑家。"

镇里的学校确实大呀！中学和小学面对面，都在马路下面，教室都是四五层高的楼房，一眼望去还有篮球场、乒乓球台子，学校已经放假，可仍有人在操场上放风筝。

王二牛放慢了脚步，脑袋像是拨浪鼓一样摇来摇去，他没有寻觅到那张熟悉的面孔，心里难免有些失落。

到小姑家的时候，表姐、表妹，还有一个男孩，围在院子里的桌边玩纸牌。王二牛也加入其中，不过他不太熟悉规则。娘从小就不让他玩牌，娘说爹玩牌把家里的腊肉都输光了。可他又想，既然小姑都没有说什么，那就没事。

男孩名叫夏天，在他的指导下，王二牛一把没输过。他们玩到小姑做好了晚饭才结束。夏天贴耳告诉了王二牛他家的住处，撒腿就跑，说什么也不肯留下来吃饭。

鸡叫第二遍，湖蓝色的天光还未铺展，山巅披着一笼黧黑。

王二牛起床就往院子外走去，他去找夏天了。

小姑说，夏天的娘和你爹是同一天结婚，迎亲的队伍撞在了一起，两家互撒了喜糖。你们有可能在娘胎时就见过面。

王二牛觉得小姑说得蛮有道理，要不然他怎么会和夏天这么亲呢？

王二牛在小姑家待了半个月，到镇里的主街去过两次。一次是小姑给他买衣服，路过大桥头的时候想买几碗凉面，不巧的是店面关门插锁。第二次是小姑父背着电视机到镇里维修，约定好了时间，夏天就带着王二牛去镇里逛。从上街头逛到下街头，这次凉面店开门了，却是在更换广告牌、装修，他终究缺了几分勇气，没敢走过去问问。

夏天比王二牛早出生六天，看起来却要比他成熟六岁。夏天聪慧，有过目不忘的本领，玩纸牌的时候靠记忆竟然能把别人手中的牌猜得明明白白。他们拿在手上的牌在夏天眼里跟透明的一样，所以夏天耍起牌来几乎把把都赢。

晚上，王二牛、夏天在堂屋里和大人们一边看电视，一边撕苞谷。广告时间，小姑起身关了电视机。小姑出题考他俩，话音刚落，夏天就报出了答案，王二牛还在掰指头。

那一年，他们六岁。王二牛把夏天视为天人，没有一丝嫉妒，满眼尽是羡慕，对他亲切之余，又添了几分信任。

王二牛甘愿做夏天的跟班，以至于要回家的那天，他一直站在院坝里等夏天。等到夏天露面了，他才跟小姑往镇里走。不过这一次他没有晕车——手里紧紧握着夏天给他的一个荧光玻璃瓶，里面还有一个贝壳。夏天说贝壳就是大海，荧光就是星空，握在手里闭着眼睛许愿就能实现愿望。

王二牛说："实在没什么可以送给你的，我抱抱你吧！"

多年以后，王二牛很难相信年幼的自己竟然说过这么肉麻的话。

寅·冬

再次见到桃子的时候，是在陈家沟的老房子里。院坝里生了火，梁上的炊烟一下子浓稠起来。从高处往下看，陈家沟里人群涌动。

王二牛跟着娘一起去吃席。

路上王二牛听娘跟别人聊天。

"女娃儿的娘跟人跑了有些年头了，心真狠呀。"

"一直跟着她姨妈上学，她姨妈能耐着呢，在省城开了一家餐馆，好像已经不做凉面了，改做臊子面了。"

王二牛解不开这一笔烂账，也不想了解这些，那是妇人们的事。

王二牛和娘走过一截小路，他看到桃子了。

五年过去了，桃子的个头不见长，脸蛋还是红扑扑的。

桃子跪在堂屋里，黑漆漆的棺材像一面镜子倒映出她清晰的样子。桃子身上披着白布，白布拖到地上。王二牛没敢多待，他害怕桃子认出自己来。他实在是不知道该怎么安慰她，也不知道该怎么面对她，他不擅长这个。

丧鼓歌唱到天亮的时候，唱歌和敲锣打鼓的人坐在灵堂前，等待孝子递上一碗饺子。吃毕，唱了一晚上的嗓子又圆润起来，天色像是水洗过后慢慢变得浆白。领头的人唱了，大家就知道这是要还阳了，孝子亲友可以最后再看一眼亡者。一起声，人就围到堂屋里，众人掩面而泣。

丢了娘来又丢爹，无人抚养归田野。地生荒草不出粮，命归他乡心悲伤。你说凄凉不凄凉？

奶奶年迈不辞劳，姨妈辛苦把爹当。卸下担子把命葬，无爹无娘独成长。你说悲伤不悲伤？

凄凉悲伤又怎样，孝道未尽空惆怅。幼女初长多聪慧，余生孤独多辛累。你说命苦不命苦？……

桃子没有捧灵位，桃子的表哥抱着黑白照片在前面走着。

桃子从竹篮里掏出纸钱仰天撒去，像是撒掉了前半生的霉运。纸钱被风吹挂在树上，簌簌作响。

桃子的父亲就埋在去往糖坊的岔路口，以前王二牛经常在那里等桃子。

人们从河谷里背了几背篓石头，把坟垒好了。地穴里的新土露在外面，空气中带着土腥味儿。人们垒完坟，点一炷香，孝子们烧完纸钱，仪式基本结束。等过头七的时候，亲人们再过来摆点酒席，烧点纸钱，这场丧事就算彻底告一段落了。亡者不再享受特殊待遇，只能和其他老坟一样，逢年过节才会有人来看看。

桃子的奶奶整日以泪洗面。这一切来得太快，一场梦一般，分不清真假，或者是不愿意去分明。

王二牛和桃子坐在坟前，他给她折了一个轻盈的纸飞机。桃子接过来，在嘴里哈了哈气，扬起的手臂又放下了。

"我每天放学回家都折一个纸飞机，从山梁上往下飞，我以为能飞到河谷呢。那会儿我常想，纸飞机折完了的那天，你是不是就该回来了。"

"我一直在姨妈家，我以为你会去镇里呢。"

"我去过了，但是没有碰到你。"

"我姨妈去省城了，不做凉面了。她说天太冷，人心更冷，改做臊子面了。我还欠你一碗凉面呢。"

"你以后打算怎么办？跟着你姨妈？"

"我还在想，我也不知道该怎么办。"桃子把纸飞机沿着折痕铺平，"奶奶想让我跟着她。要是你的话，你会怎么选？"

王二牛摇摇脑袋："不知道，我可能会抓阄吧，抓住哪个算哪个。"

过了好一会儿，王二牛又问："你姨妈对你好吗？"

"什么是好，什么又是不好？我还以为你会问我爹的事呢？"桃子用手往身后指了指，好像她爹还活着，就坐在跟前一样。

王二牛默默地转身看了一眼坟堆，脸上露出疑惑的表情。

"爹在下井挖煤的时候，遇上了塌方，没来得及跑掉。爹走了，矿上补了一笔钱。那是我爹的卖命钱。矿老板说按理应该给我和娘，可是我没见过我娘，因此奶奶和姨妈都想帮我保管。最后矿老板找了个律师，姨妈帮奶奶写了个收据，钱还是奶奶保管。"

桃子没去省城，王二牛听娘说她姨妈走的时候，气冲冲的，大骂桃子是个喂不熟的白眼狼，跟她死去的爹一个臭德行。桃子一个人躲在柴房里哭。

桃子到镇里上初中的时候跟夏天分到了一个班。初一那年，王二牛寄宿在小姑家，桃子寄宿在学校。王二牛一个月回一次家，桃子一个星期回一次家。

这年村子里出了个新闻，听说有一个不到六十岁的老头看上了桃子的奶奶，想要续弦，托人上门说媒，被老太太拿起镰刀追出了村口老远都没停下来。也不知道从啥时候起，村里那些丧妻的老头子开始有了这点歪心思。

夏天是什么时候和桃子走到一起的，王二牛并不知道。王二牛只记得那年搞奥数竞赛，夏天得了一个全国一等奖，这在学校里引起了巨大轰动，这在山区中学有点不可思议。据说全市得奖的人不超过十个，而王二牛连初选都没有进入。他站在校门口贴着的光荣榜前，暗自为夏天骄傲。这里面除了夏天，王二牛谁也不认识。

夏天长得帅，人又聪明，经常逃课但成绩从没落下过。王二牛用尽了浑身的力气也追不上。夏天属于老天爷特别照顾的人。慢慢地，大家发现夏天身上有一股痞性，这种痞性反而让夏天成了香饽饽，艳羡了一帮女生，王二牛都不记得自己帮多少女生转过情书。都是中学生，纯真和烂漫少不了，各式粉色的信纸，写完了之后还要折成一个"心"形才算情书。夏天看都不看就扔垃圾堆里去了，他有这个资本。桃子是个例外。桃子不爱说话，身边没朋友，冷冰冰的，一副不食人间烟火的样子。当所有人都往夏天身边凑的时候，夏天反而没了兴趣。也就是在这个时候，夏天注意到了桃子。可夏天究竟用了什么法子追到了桃子，王二牛并不清楚。

校园里的风言风语一会儿一阵，言传有几大帮派，夏天加入了其中之一，也算是有靠山的人了，一般人不敢惹。一帮人走在街上，甩着衣袖，秀着长发，嘴里叼着烟，好不威风。这时王二牛就觉得夏天和自己不是一路人，就像山坡的两面，各有各的风景。

有一次，王二牛下了晚自习被班里的同学拉到大桥头去看戏。大桥头如斗兽场一般，被人群围成了一个圆圈，昏黄而低垂的路灯下有着肃穆涌动。王二牛发现桃子也在人群中，他正要打招呼，却看见夏天和另一个高个子男生站在人群中间，夏天显得更矮小了。两人身后各有一帮人在吆喝，一个高个子社会青年嘴里叼着烟发话了："不打群架了，没啥意思。全靠我们自己，谁也不许出手帮忙。"话音刚落，只见夏天猛地跳起来一拳甩在高个子的脖子上，等高个子缓过神来，夏天又是一脚踢在高个子的肚子上。高个子连退了两步，立住了脚跟。而后两人撕扯在一起，但高个子很快就被夏天打倒在地。只见高个子双手捂头，夏天骑在他的身上一拳接一拳地朝着他的头部挥去。王二牛看到夏天眼眶里的血丝像一条金鱼一样游来游去。就在这时，警笛响起，派出所的车停在桥头上，人群被驱散，此事才算了结。夏天从此一战成名。

初二过后，镇里有几家商店开始安装电脑，一些隐蔽的黑网吧就此诞生。游戏成了男生们痴迷的话题，夏天自然成为此中高手，并乐此不疲。夏天告诉王二牛他都是半夜一点多起来到网吧，五点钟再回去，他说这过程太有意思了，比打游戏更有意思。王二牛想劝夏天，可话到嘴边又咽了下去。让王二牛感到不可思议的是，夏天竟然从来没有被抓到过。王二牛不行，说一句谎脖子立马就红了，他知道自己笨，也就甘愿淹没在人群中了，只是他越来越看不懂夏天了，他时常想起那只玻璃瓶中的贝壳。

后来，夏天又迷上了打台球，一次一块钱，身上的零花钱很快就花完了。夏天问王二牛借，王二牛的兜里只有回家坐大巴的车费。夏天说，隔天就还你。王二牛连续找了夏天三天都没寻到他。周五要回家的时候，夏天耍起了赖皮，说反正就是没钱。王二牛拿他没办法，只好从镇里走回了山里，月亮爬上来的时候他才到了家。那天他第一次撒谎，说被老师留下了，没赶上班车。

卯·夏

初中毕业的时候，夏天的成绩正好就是高中录取分数线，王二牛差得比较多，靠着体育特长才进了高中，桃子则被分在了火箭班。

王二牛一早一晚都要围着镇子的主街跑圈，桃子则忙于课业，两人基本没见过面。至于夏天，他的消息永远只有一种：要么他在揍别人，要么被揍。王二牛只在小姑家住了一年就改住校了，那会他才明白桃子当时的处境，以及亲戚间那种微妙又不可言说的关系。王二牛已经很长时间没见过夏天了，夏天找王二牛似乎只有一件事：借钱。

夏天打篮球的时候为了抢球，把别人的头给碰伤了，那人正巧是教导主任的儿子。夏天虽然一直混社会，但这事他害怕家里人知道，只好找王二牛。王二牛早就在心底把夏天拉入黑名单了，可他还是把自己省吃俭用攒下的私房钱拿给了夏天。他在心底对自己说：这是最后一次了。

高二那年，桃子的奶奶病重住进镇卫生院，不到一个星期就走了。临走之前，她把桃子托付给了桃子的姨妈。

桃子离开的前一天晚上，王二牛正在训练。桃子站在训练场的前面，王二牛知道桃子是来找他的，一起身，同学们就起哄，咿咿呀呀。他想起了上次别人说桃子是他媳妇的事，已经快十年了，他恍惚间从错觉中回过神。时间才是人世间最厉害的武器，无色无味，谁能拿它怎么样呢？

王二牛跟在桃子身后，脸颊像是被蜜蜂蜇过，又红又胀。桃子说她找不见夏天了，本来要好好跟他俩道个别的，见不到夏天，只好留给他一封信。

两人走到学校后的荒山的时候，王二牛看到集训队已经散去，教学楼的灯光同时熄灭了，像一颗颗成熟的柚子坠入黑夜。再有半个小时寝室里就要熄灯了。桃子开始往回走，然后折返过来，一把抱住王二牛。王二牛不自觉地往后退了两步，他像是被闪电击中，大脑"嗡"的一下进入一片白色的海洋，两只手失去了知觉，不受大脑的控制，任由它们下垂着。月亮被乌云吞没，大地陷入漫长的寂静之中。桃子感受到他身体里的紧张感正在加速扩张，微微颤动的身躯掩盖着无处排解的惊吓。可是他的手还是放在了她的后背上，轻轻地拍了两下，其中的迟疑彼此心照不宣。

桃子说："好了，我们回去吧，明天不用送我了。"

"嗯。"王二牛简洁的回答中蕴含着并不简单的内涵。

桃子走的那天，王二牛还是起了个大早，在女生宿舍楼前等着她，帮她把行李送到了镇里的客运站。桃子的姨妈早就在车站等着了。王二牛觉得桃子的姨妈比之前更胖了，浓眉之下并未显出精致的妆容，苍白的粉末遮掩不住脸上的倦容。行李被司机接过绑在车顶，轰隆声中散发出一股刺鼻的味道，山风带着失落的情绪穿过街道。

王二牛把一只手插进衣兜——那里面有桃子给他折的纸飞

机，另一手伸到空中摇摆。桃子坐在窗前，远方被太阳渲染的微光里透着的金黄色一下子变得黯淡起来，成了茄灰色，陈旧的大巴车在山间缓慢爬行，像是刚刚咽下猎物的巨蟒，因为有了睡意而放慢了匍匐的速度。直到看不见大巴车了，王二牛才停下挥舞的手，然后从兜里掏出桃子送他的纸飞机，只见飞机的两翼上赫然写着"金榜题名，一帆风顺"八个大字。

王二牛朝着和大巴车相反的方向往学校跑去，主街的这条路他不知道跑过多少次，可从未像今天这般艰难。天彻底暗沉下来，细雨被风吹斜，如一把把刀子落在他的心里。他强行忍住了大脑发出的指令，再也没有回头。雨水掺杂着眼眶里的液体，滑过嘴角，滚烫而咸涩。

桃子离开镇子以后再也没有联系过王二牛。王二牛到省城参加高考体育测试的时候还想着说不定能见一见桃子，一下大巴车他就知道不可能了。尽管可以百分百确定桃子就在省城，可是和多年以前他第一次跟随小姑到镇上是一样的，人生处处充满了相似性，省城能装下多少个小镇呢，他没有算过。时间过得很快，三年的刻苦训练在几声哨声和几次秒表中已经得到验证，班里几个同学因为紧张未能过线，王二牛在听到哨声的那一刻，脑海中却莫名地闪过夏天的身影。

一年以后，王二牛如愿考上了外省的一所综合性大学。

桃子留给夏天的信王二牛一直没有送出去，因为他再也没有见过夏天。在桃子去省城之后，王二牛才从小姑的口中知道夏天被派出所拘了半个月，说他参与持械斗殴致人伤残，本来要判刑的，是他老子把压箱底的存折拿出来，又把家里的牛羊和过年要吃的猪都卖了，才勉强达成和解。出了这么大的事，夏天在学校里待不下去了，成天待在家里无所事事，以前那些遮遮掩掩都没必要了，成夜成夜地泡在网吧里，白天在家里睡觉。夏天父亲买了一条烟，没几天就没了，原来是夏天"出的力"。夏天不光自己抽，他还送给他的兄弟抽。用他自己的话说，要讲义气，都是兄弟，宁可自己不抽，也不能少了大哥的。他爹气不过，把他锁在屋里，他却偷走了家里所有的现金，撬窗而逃，一夜之间消失得不见踪迹。夏天的娘急得吃不下饭，急火攻心，住进了医院。

夏天还是联系了王二牛，那会儿王二牛已经开始实习了。接到夏天的电话，王二牛破口大骂："你还是不是人？"这把夏天吓了一跳，一向温顺的王二牛终于牛气了一回。虽说嘴上牛气，心底却是钻心地痛。事后，王二牛把银行卡里的钱全汇给了夏天。夏天说，还不够，只剩下他一个朋友了，实在是没办法。王二牛只好向同寝室的舍友借了大几千块钱汇过去。寝室的人听了王二牛借钱的理由，哭笑不得，直骂王二牛是冤大头，头上一片大草原。其实，这些就算旁人不说，王二牛又怎会不明白呢。这一晚，他和同寝室的舍友灌了三大件啤酒。舍友们知道王二牛心里难受。舍友们把王二牛扶上床，王二牛嘴里还在一直喊："夏天，你个王八蛋，你怎么舍得让桃子……"

王二牛看见六岁的自己和桃子走在蜿蜒的山路上，一黑一白，像是两枚被人随意撒下的棋子。他舞动着手里提着的火盆，木炭在空中加快了呼吸的节奏，猩红的光映照在桃子的脸上，他从她的浅橙色的眼球里捕捉到了夏天的身影。夏天的身体越来越大，伸出一只手来掐在王二牛的脖子上，他的呼吸通道里的气流随之被一点儿一点儿压缩，直到完全被阻断，他快呼吸不上来了，一口气把自己从梦中憋醒了。

王二牛用力拍了拍后脑勺，他搞不清楚自己是怎么醉的，也搞不清楚又是怎么睡到上铺的，正如他搞不清楚桃子和夏天怎么又搞到了一起一样。

不过，一切都不重要了。

辰·秋

王二牛和桃子往山上的小路走去，糖坊里的村小早已闲置，卖给了私人，操场被挖开种了白菜，另一边盖了两层水泥房，像是一块巨石压在一头，失去了平衡感，似乎人只要一脚踩进去就会卷进原本就不平衡的泥淖中。雨水让整个村庄更加安静了，村子正在慢慢睡去，他们穿过袅袅的烟雾回到了陈家沟。桃子走得很慢，山路年久失修，河流改道，两旁的杂草遮盖了路面，只能从山路的走向判断下脚的地方。桃子每走一会儿，就要休息一阵，越往上，路越陡，桃子喘息的声音就越大。

终于快到陈家沟的老屋了，岔路口的两座坟，杂草丛生，像是一个长满了络腮胡的中年男人，雨水落成晶莹透亮的水珠，敷在蜘蛛网上像是一层漂白的绒毛。

桃子和王二牛走过去，并排跪在土里，膝盖处沾满了黄色的泥浆。三叩三拜之后，桃子望向奶奶坟堆旁，指了指，说，这里还挺宽敞，没有城里拥挤。

王二牛没有接话，牵着桃子的手向最后一段山路走去。桃子忍受着巨大的疼痛，双手按住腹部，头快要沉到土里去了。

王二牛走到桃子的前面，弯下腰把桃子背了起来，像是背一截失去了水分的枯柴。他没有想到桃子会这么轻，他准备好的力气没有用武之地，心情变得沉重起来。

屋檐上的燕子向南撤去的时间并不久。王二牛把桃子放在大门口的墩子上，桃子指着墙洞处的一块松紧布，王二牛的手轻轻一碰，布就碎成了渣渣。一把锈迹斑斑的钥匙插入木门上的锈锁，转动了好几下，锁才松开迟钝的牙齿，U形金属从锁舌中吐出。"吱呀"一声，老门开了。天边最后一丝浅蓝色的微光被收走，屋里黑压压的一片，有老鼠闻声从墙角慌乱逃走。

王二牛从口袋里摸出打火机，放在桃子的掌心。

"要是害怕，就打一下。"王二牛交代道。

"嗯。"以前说这个字的都是王二牛，这次换作桃子，声音是那样的浅，如同水面上冒出的水泡一样。

十几分钟后，堂屋里生起了一小堆火。木柴带着雨水，燃烧时不时发出"刺啦刺啦"的声音，火光中有几层潮湿的气流向四周柔柔地荡去。

他们坐下来，相互依偎在一起。

"二牛，我，我这辈子，对，对不起你！"桃子有气无力地说道。

王二牛微微一笑，并没有说什么。

火光映照下的王二牛平静而温和，他从上衣口袋掏出一颗糖来，塞到桃子嘴里。她的嘴角干瘪，裂开的口子像是铁皮一般，王二牛的手碰到嘴皮，心里的一阵疼痛被他强行压下去了。

桃子笑了。桃子知道，此生已经不需要再多说一句话，只有王二牛懂自己。

王二牛记得当初被先生面壁罚站的时候，没有人靠近他，只有小小的桃子给了他一颗玉米糖，他这一生都不会忘记那种甜蜜的味道。

王二牛想起桃子当时说的：你每天折一只纸飞机，当纸用完的时候我就回来了。

这是他们第一次在山上的约定，而她违约了。

桃子的骨骼往外渗漏寒气，冰凉的汗珠从额头往外冒，那汗珠像是挂在坟上荒草间的雨珠。

王二牛从口袋里掏出桃子的病历单，折成纸飞机，纸飞机飞扑进火中，燃烧中还保持着最初的形状。

王二牛把自己的外衣脱下罩在桃子的身上，此刻，就是把千斤被子覆在桃子的身上也温暖不了她丝毫。

夜雨骤然而停，西风迫使两扇木门发出"咯吱"的声响，寒风从地面往屋里涌来。火光闪烁之际，木柴燃尽，桃子的体温在王二牛的怀里一度一度往下掉，不知为何，王二牛突然想起夏天送给他的荧光玻璃瓶：如果桃子也能看一眼，该有多好。

夏天又在哪里呢？

最近一次看到夏天的照片，是在本省的一则关于非法滞留缅北人员开展劝返投案的通告消息上。王二牛不知道夏天是怎么到缅北的，也是在这个时候，王二牛想起了桃子，并通过朋友联系到桃子。当时，桃子正在上海的一家一流医院检查，医生毫不忌讳地告诉她：肠癌晚期，已经没有手术的必要了。

王二牛的电话打过来的那一刻，桃子再也忍不住，因为夏天又一次不见了踪影，除了王二牛，在这个世界上，她再也找不出第二个可以信任的人了。

电话那头传来一个微弱的声音："二牛，我想回家。"

你在高原

1

好像是过去了很久的事情，但又仿佛发生在昨天。帕米尔高原笼罩在薄暮冥冥中，山间燃起了袅袅青烟……

二〇一五年立春过后，石头一行十三人就踏上了飞往新疆喀什的行程。带着家人的依依不舍和组织的厚望，他们即将前往南疆开展为期三年的对口援疆工作。

一行人正在排队办理登机，他们当中有人兴致勃勃地聊着《鬼吹灯》里的"九层妖塔"，有的人背着包、打着哈欠，有的人在电话中和新婚不久的妻子煲着电话粥……一阵标准的普通话从空中传来，让本就一片喧嚣的候机室更加沸腾起来。

"尊敬的旅客朋友，您好！我们抱歉地通知您，由于天气原因，您乘坐的 MU2203 航班暂时无法起飞。请您到我们的候机大厅暂作休息。具体起飞时间，请您随时留意登机口的航班信息……"

听到广播，石头大惊失色，右手握紧的拳头使劲地砸在左手的手掌心。只见他急匆匆地拿起手机拨通了电话。

原本计划当天上午就能抵达喀什，结果到下午五点飞机才到。大家都是第一次去新疆，对一切未知充满了好奇，也有些许担忧，所以在飞机上没有一个人睡觉。一会儿是茫茫无边的雪山，一会儿是浩瀚无垠的沙漠，一会儿是星罗棋布的绿洲，真是让一行人大开眼界。经过这次旅程，也切实让大家体会到了什么是地大物博，这六分之一的祖国国土可不是说着玩的。

石头并没有心情关心舷窗外的景色，此时的他如同热锅上的蚂蚁，在狭小的机舱内坐立不安，额头上也渗出几滴汗水来。他随手从公文包里拿出了笔记本，用笔匆匆忙忙地在纸上书写着。石头设想了几种方案，但直觉告诉他好像少了一些什么，一时之间又很难考虑周全。石头从急躁中逐渐平静下来，陷入了长久的思考。

事情还要从半个月前说起，由于医疗工作的特殊性，之前石头已经和喀什地区第二人民医院进行了多次远程会诊和技术交流。前段时间在喀什，一位名叫马红红的孕妇在去年怀上了二胎，但是因为凶险性前置胎盘、孕期出血等多种情况，曾在该院多次住院保胎，石头也参加了远程会诊。所谓的凶险性前置胎盘就是说患者存在剖宫产史，子宫已经留有疤痕，第二次怀孕的胎盘又刚好位于前壁疤痕部位，此时发生胎盘植入的危险概率达到百分之五十以上。这种情况在深圳或许不是个难题，但对于地处祖国边陲的城市的医院来说确实是一个比较棘手的问题。碰到经验丰富的医生，可借助B超和磁共振检查判断并及时采取相应的对策。但在临床中一旦出现此类情况，如果无法及时控制病情，就会危及胎儿和孕妇的生命。

就在昨晚收拾行李时，他接到院方的消息，马红红在医院产下双胞胎之后，身体的各项指标紊乱，情况紧急，直接被推进了重症监护室。

医院方面一来缺乏有经验的医疗专家，二来医疗条件有限。这要是在过去根本不敢接收这样的患者，也就是和深圳医疗专家远程会诊之后才增加了几分信心。现在情况危急，原计划飞机落地之后就可以迅速到当地医院参加会诊并提出手术方案，但是飞机的晚点让这位有着多年行医经验的医生担忧满满。

终于，飞机在一阵猛烈的冲击之后，平稳落地。

院方的车早就等在那里了！

简单的寒暄过后，石头收紧疲惫的情绪，坐在车里赶紧了解孕妇马红红最新的情况。

车子一路向医院飞驰而去。

石头直奔重症监护室。

刚出电梯门口，马红红的公公和婆婆就"扑通"一声跪在石头面前，哭着喊着："救苦救难的菩萨呀，求求你了，请你一定要把我儿媳给救活。"两位老人一把鼻涕一把泪地哭诉着，楼道里的患者和陪护很快把目光都转向这声音的源头。

石头耐心地说道："您快快起来，这里是医院。请您放心，我们一定会尽全力的。我先去看看病人的情况，然后我们会马上商讨对策，安排相关手术的。请相信我们！"

石头在说这些话的时候，院方的人不自觉地低下了头。是呀，在祖国的最西部，受到医疗条件的限制，稍微严重一点儿的疑难杂症都要转院到乌鲁木齐的医院才能继续治疗。而新疆的面积之大，有时候足以让人绝望。从喀什到乌鲁木齐，在南方那可是要跨越几个省的距离。所以这也导致很多时候，病人家属对当地的医生并不是很信服。马红红的家属也曾提出转院的要求，但是院方和石头都不建议转院，毕竟孕妇刚刚生产完，身体虚弱，转院路途遥远，绝非上策。万一途中再出点什么状况，前不着村，后不着店，后果无法设想。也是因为这个原因，患者家属进退两难。王医生做了很多工作，嘴皮子都快磨破了，他们才最终决定留在喀什就医。

石头深吸了一口气，缓缓走进重症监护室。石头的脚步声像心跳一般，"咚咚咚"的回声在走廊里回响。

只见病床上的马红红还处于昏迷状态，她的身上插了不少管子，氧气面罩已经在她的嘴唇附近压出了一道深深的印痕，氧气瓶里不断冒着小气泡，脸上没有一丝血丝。病床前的几台医疗机器不时发出电流的声音，用别针卡在病床边沿上的一次性尿袋里已经有小半袋浑黄的液体。石头从呼吸机旁拿起护理记录表，把几个关键的数据抄在笔记本上。

了解完患者的情况后，石头倒吸了一口凉气。从护士长那里得知新生双胞胎一切正常后，石头的脸色才慢慢恢复了一些血色，泛起一阵红晕来。

2

会议室里，主治医生王医生简单介绍完马红红的情况后，陷入了一片寂静。四周墙壁上偏旧的白色墙皮看上去十分压抑，大家不约而同地将头低了下去，会议室陷入了更深的沉寂。

石头咳嗽了两声，他从下飞机就开始连轴转，这会儿他的肺和嗓子总算得到了片刻休息。

持续的寂静慢慢衍生出一种令人恐惧的气氛，这或许是医院里真实的存在：各种不同的病症被大家拿到会议桌上讨论，似乎只是为了陈述个人生命遭遇的旧调重弹；多少人的命运和痛苦在这里开始汇聚，然后分门别类通向各个病床和手术室。

石头一开口说话，所有人的眼光都齐刷刷地投射了过来。石头说："患者的情况不是很乐观，我建议尽快安排手术，方案由我来制定。"又是一片寂静。他继续说："在这之前还有一些工作需要大家配合。一是要做好患者家属的沟通工作。二是需要提前准备好一定数量与病人匹配血型的血液。如果血液不足，手术成功的概率将会大大降低。"

石头提出了解决方案，大家将胸口憋闷的一口气轻松地吐出来。会议室里总算有了一丝生机，沉寂的氛围被打破了。大家都很好奇石头会采取怎样的手术方案，这毕竟是一次难得的交流和学习机会。还有人在心里嘀咕，这个外来的和尚到底能不能念好我们本地的经。这要是弄好了还好说，万一出现了问题该怎么办？每个人的心里都打着自己的小九九，每个人的心里都有两个"我"在对话。

石头看出了大家的疑虑，这时候手机铃声响了，清脆的音乐声只响了两三秒就被按断了。石头缓缓地说道："患者之前的状况我有所了解，这位患者我也一直在跟进。今天在飞机上我一直在想，是什么原因造成了孕妇的昏迷。按照之前我们远程会诊的数据来看，理论上应该是不会出现这种问题的，可是我毕竟人不在喀什，不在医院的第一现场，不可能全方位掌握患者的情况。直到我刚刚观察了病人的面部症状，查看了护士的记录，才大致明白了患者出现昏迷的原因。但是，各位同仁，现在我还无法详细给大家讲个明白。时间紧急，时间就是生命，术后我们再做进一步交流。我可能有些疲乏，还要劳烦你们给我准备一些葡萄糖，我可不想自己累瘫在手术台上。"

院方的人尴尬一笑。院长扶了扶镜框说道："那是，那是。石医生一路辛苦了，实在是不好意思……"

石头果敢地打断了院长的话："那么，大家都比较熟悉了，客套话就不说了。"

石头快人快语，直奔主题的性格让在场的每一位都心生敬佩。他又继续补充道："那一个小时以后我和王医生开始手术。"石头顺着窗户看了一眼王医生，只见他脸上乌云密布，额头上三道褶皱深处已经渗出了五个大小不一、透明的水珠，远远地望上去像是炒菜时被油锅里的热油溅起来烫在皮肤上一样。

石头很快把眼神收回到桌前，一边说，一边快速地把需要的药品罗列在一张处方笺上。

李院长有些不放心，临走前又问了问石头，有几成把握。

石头说，五成左右吧，时间拖得越久，危险系数越大。

临近手术前，李院长把王医生单独叫到办公室里，再三叮嘱他要头脑清醒，全力协助好石头的手术，遇到突发情况不可自作主张，一切都要听石教授的。这也是一次难得的学习业务的机会，一定要好好把握。

手术室的门被重重地关上了，马红红的婆婆眼中噙着的泪花这时再也忍不住了，奔涌而出。老人一边用双手揩着眼泪，一边在老伴的搀扶下坐了下来。自从石头和王医生进入手术室，家属和大家的心也提到了嗓子眼。"手术中"三个大红色的字体在门框上显得格外刺眼。时间一分一秒地流逝，焦急的等待使两位老人越发不安，他们一会起来朝紧闭的手术室大门张望着，一会在仅有的空间里来来回回踱步。终于，手术室的门前灯灭了。大家像是发现了新大陆一般，奔向手术室门口。

大家没有看见石头，也没有看见王医生。一个维吾尔族护士急匆匆地从里面走到了家属跟前，原来是手术中出现了一点儿小问题，总体在可控的范围以内。但是急需要增加几份药品用于手术，需要家属在术中知情同意书上签字才能继续。两位老人迟疑的眼神中，似乎有一盏明亮的灯逐渐黯淡下去了。

"不会有啥事吧？"马红红的婆婆说这话时明显带着颤抖的气息。

"请你放心，这都是正常情况。你看，我已经把需要增加的药品标注出来了。"

手术室的门再一次缓缓地打开了，石头和王医生从手术室出来，马红红的公公婆婆赶紧上前询问儿媳手术的情况。石头浑身是汗水，差点没有站稳，幸亏王医生一把扶住了。

王医生替石头说道："请放心，手术很成功。你们的儿媳已经基本排除了生命危险。等麻药的劲儿过去后，就会醒来。石医生一下飞机就立马奔医院这儿了，现在已经累得虚脱了，需要休息。"

这一场手术让两个硬汉颇费工夫，虽然中间出现了一次危险的信号，过程曲折，但总算顺利完成了手术，两人的脊背早已汗流成河。

石头精湛的医术为院方赢得了声誉，度过了一次信任危机。

石头回到地委招待所已经是晚上十一点多了，这一天实在是太累了，他很快就进入了梦乡。在梦里他梦到他们一家人到了一个世外桃源般的地方，有草原、有溪水，还有雪山。女儿吵着闹着要和妈妈一起放风筝。放着放着，没想到自己也跟着飞了起来，那感觉太舒服了。石头在梦中还很疑惑，他跟妻子说，你们不是在深圳吗？怎么跑到这里了。他看见妻子在笑，只是那甜美的声音越来越小，仅是一眨眼的工夫，妻子和女儿就不见了，在草原的不远处有炊烟升起，头顶的风筝也越飞越高，可是妻子和女儿去了哪里呢？石头大声疾呼着她们的名字，却感觉被什么东西掐住了喉咙，自己的声音被捂住了，越是挣扎越是吐不出一丝声音来。终于，石头把自己喊醒了，脸颊上的汗水冰凉如雪。

石头是在早上七点多醒来的，这会儿他已经睡不着了，拿起笔记本将昨天的手术前前后后的过程想了一遍，开始在笔记本上写起来，房间里不时传来马路上摩托车呼啸而过的声音，钢笔在纸上犁地一般从头滑到尾，不一会儿纸面就布满了密密麻麻的文字。这是石头多年养成的习惯。

喀什的春天虽然还不见春色，但是柳树也有抽芽之势。他想起昨天王医生曾告知他因为时差的原因，这边早上起得晚，医院里上班时间要到上午九点半，其他单位上班时间大多都在十点。

不知为什么，石头心里总是隐约有些不安，或许是昨夜没有休息好的缘故，他在心里对自己说道。

北京时间上午十点钟，当地在喀什地委三楼会议室召开了欢迎全体深圳援疆干部座谈会，石头作为医疗组的组长作了表态发言。散会之后，按照安排，医疗组的成员就要奔赴各个县城医院开展工作了。

石头是医疗组的组长，要远赴三百公里以外的塔什库尔干县。这三百公里的路程放在内陆省份，两个小时就能抵达，就是自驾，三个小时也绰绰有余了。但司机却告诉他们要晚上才能到县城，兴许第一次上高原还会出现耳鸣、胸闷、恶心、呕吐、头疼等高原反应，并叮嘱大家要有一个思想准备。这一车的人里面有公务员、工程师、医生、教师等，可以说是麻雀虽小但五脏俱全，也足见深圳在援疆工作上颇为用心。

这不，早上刚起床就有几位同志因为干旱和水土不服出现了头疼脑热，但更吓人的是在餐桌上竟有人毫无征兆地就开始流鼻血了，弄得众人心里都紧张兮兮的。作为医生的石头上前查看之后，认为主要原因就是天气干燥，空气湿度降低，引起鼻腔黏膜干燥造成的。而且这鼻腔黏膜也容易出现糜烂，就可能导致黏膜下小血管脆弱、渗血或者出血。他提醒大家要多喝点水，可以适当滴两滴清水到鼻孔里，保持鼻孔湿润。

车上的人都很兴奋，窗外的一切都是那么的陌生。这里和深圳相比，那是截然相反的另一种风景，他们的眼神舍不得从窗外撤回来，这种新鲜的陌生感给南疆大地涂上了一种别样的底色。

窗外的景色倒是没有引起石头的兴趣，一路上颠簸得厉害，他微微感到一阵头晕目眩，只好闭目调息。

刚刚有了一丝睡意，坠入虚无之境，一阵刺耳的电话铃声就响了起来。

他掏出手机，只说了一句："我知道了，我现在马上赶回来。"

司机停车，放下石头。

一下车，石头就头蒙，接连咳嗽了几声才缓过劲儿来。

天空黄澄澄的，可视范围不超过两百米。马路上半天都看不到一辆车子，或许是天气的原因吧！这可急坏了石头，他恨不能生出一双翅膀立马飞到医院。这个中年男人生平第一次有了一种莫名的挫败感和无奈感。石头遇上了沙尘暴天气。多年以后的石头已经熟悉了这种味道，他也向别人调侃道，每年三月，喀什人吃土，白天三两，晚上二两，白天不够，晚上来补。

石头想起了自己以前说过的一句话：往往都是事情改变了人，人改变不了事情。

在这种地方搭车怕是比中彩票还难，好在院方已经安排了车过来接石头，要不然石头觉得自己会疯掉。

终于，一辆皮卡车开过来了。石头急于拦车，他都快走到马路中间了。

司机连忙急刹车，眼看就要撞上石头了，路面上留下两道轮胎印，空中还盘旋着急促的刹车声。

车上扔下一句，你不要命了！

石头赶紧跑上去说明缘由。司机是个维吾尔族人，石头边说边比画，司机也没有听明白，一脸茫然地看着石头。石头越说越着急，越着急越是语无伦次，连他自己都不明白自己到底说清楚没。司机摆摆手，表示听不懂，右手已经准备放下手刹，重新起步了。

情急之下，石头拿出一支笔，在本子上画了一个大肚子的孕妇躺在地上，身体在流血，然后再把自己的工作证件递给司机看。

司机这才明白，原来是去医院救人。

皮卡车开启双闪，一路疯按喇叭，不一会儿就把石头送到了医院。

石头下车，掏出两百块钱递给司机。

司机坚决不要，用他那有限储备的几个词汇说道："救人吗，钱的吗，不要。好人的吗，朋友。"司机一边挥手不要钱，另一只手却给石头竖了个大拇指。石头心里感到一阵温暖，没想到这种人在囧途的事情竟然会发生在自己的身上，这要是放在平时他想都不敢想。但是此刻也不容他多想，还有更重要的任务等着他呢，他朝副驾驶座位扔了两百块钱就赶紧上楼了。

患者马红红经过手术治疗苏醒之后，所有的指标逐渐平稳。但是，一个小时以前，患者腹部出现了一种难以形容的绞痛感，正当王医生束手无策的时候，马红红再度陷入昏迷，家属的情绪一度失控。从希望转为绝望，这种巨大的落差常常让人抓狂。

从电梯里出来，家属的声音就像洪水一般灌进了石头的耳朵。王医生看见石头如同看见了救星一般，一下子有了底气，他说道，石教授是深圳大医院的专家，做过的手术比你们吃过的盐都要多。你们要相信科学，更要相信医生。

这场风暴由王医生处理最为合适，他在这方面很有经验，安抚好家属后，石头听王医生介绍了患者的突发情况，又去看了一眼马红红，这才安下心来。

手术伤口有些微小的变化，是不是感染王医生有些拿不准。石头拿出记录手术的笔记本，看了许久，也无法确定造成患者二次昏迷的最终原因。

石头一个人在王医生的办公室待了很久，才打电话给王医生，让他把患者的丈夫叫过来，他还有些情况要了解。

王医生急匆匆地跑过来说，马红红的丈夫不在这边，在下面的村子里呢，听说了他老婆的情况以后正快马加鞭往这里赶。石头顿时火冒三丈："他媳妇都进重症监护室了，命都快保不住了，他还在村子里。在村里能让他老婆醒过来吗？真是一点儿也不知道事情的轻重缓急呀！我从医几十年了，还是头一次碰到这种情况。"王医生刚准备说点什么，看见石头大发雷霆，话到嘴边，又停下了。石头也觉得自己话说得重了，更不应该对王医生发火，就拍了拍王医生的肩膀，说："对不起。患者丈夫到了，请立马通知我。谢谢。"

石头见到马红红丈夫的时候，他满头大汗，气喘吁吁。石头也顾不上说他了，就问道："请你好好地想一想，你老婆平时是不是有什么隐性疾病或者不常见的过敏史还没有告诉我们？还有，你好好回忆一下她对什么食物、药品有轻微过敏史。另外，她之前有没有患过其他基础性疾病之类的。请你好好想一想。"

经石头这么一说，他还真想起了马红红以前得过过敏性鼻窦炎。她以前是老师，因为经常使用粉笔在黑板上写字，日复一日粉笔灰尘被吸入鼻腔，才落下了这个鼻窦炎。

石头一颗悬着的心总算落地了。这次石头额头上的皱纹终于舒展开了，脸色也清爽了许多，一切都在他的预料之中。

石头和王医生讨论过后，决定对马红红进行第二次药物（输液）干预治疗。在全面了解患者的情况后，这次治疗效果很好，患者各项指标都恢复到了入院以前的标准。

没过几天，马红红就转出了重症监护室，在持续康复的过程中趋于稳定。石头也终于踏上了前往塔什库尔干县的旅程。临走之前，他把自己的秘籍——笔记本留给了王医生。这期间，石头还是充满了感慨，像马红红这样的案例在深圳的医院里采取稍稍先进一点儿的设备就不会出现二次反复的情况，但是这样的设备对于这里的医院来说，却是一笔极为沉重的开支。他也和院方探讨过这个问题，石头在心里想，如果有机会一定要为医院争取一点儿项目资金，增添一些先进的专业设备。同时，另一个问题也摆在石头的眼前，城市里的医疗条件尚且如此，这距离市区最远的县城又会是怎样的一种情景呢。

3

这次前往塔什库尔干县的行程比上次轻松了许多。救死扶伤的天职既让石头感受到责无旁贷，同时也倍感骄傲，一种崇高感在眉宇间飞扬，全身的血液也为之翻涌。

路边的果树已经开始打苞，盛开只是一个时间的问题，就像他此刻心中所想一样，已经做好了充足的准备，前进吧！

车子行至布伦口水库时停下，大风不要钱似的刮过来，一下车就差点把石头给刮倒在地。雪山在前，湖水澄澈，群山倒映其中，从不同的角度看湖水，颜色各不相同。司机介绍道："这儿叫白沙湖，你看到对面的'流沙河'了吗？据说《西游记》中的沙僧，幼年游荡乾坤时得遇真人，修得三千功满，被玉帝亲口封为卷帘大将，在灵霄殿下侍銮舆，只因在蟠桃会上失手打碎了琉璃盏，被贬下流沙河。沙僧被贬后就是在这里，也就是这里的流沙河。上山了就难得有下山的机会，趁这会儿的工夫好，多看看吧！每次接送援疆干部我都会在这里停下。这些年一批批来，又一批批地走，我心里很不是滋味。"

石头没有想到这个司机还是个饱读诗书的人，能引经据典。他相信接下来的路途将会更加有趣。石头用手机选好角度，拍了三张风景照，一张自拍，微信发给老婆。照片一直在转圈圈，他望向湖的东端，这时风吹过来，湖面上湛蓝的波纹手牵手赶着向脚跟前游过来。一只飞鸟像是受到了惊吓，迅速逃离了未知的深渊。

手机一响，老婆回复好看，后面还跟了三朵玫瑰的表情。

石头整个人都充满了力量，春风灌耳，一路上海拔都在上升，他竟然没有丝毫的高原反应。和司机畅聊，他有些期待，想在这片热土上抛洒汗水，希冀能够有所收获，干出一番事业来，不负韶华。

石头到了以后，被县委任命为县医院的院长，县里领导过来慰问的同时也指示石头要挑起重担。石头到岗以后发现了一个让他很意外的现象：县里看病的人很少，与喀什第二人民医院的门庭若市相比，县医院却显得非常冷清。门诊窗口挂号的人寥寥无几。候诊室大部分座位都空着，一早上只来了两位患者，还是拿了家庭常用药就离开了。医院走廊内很少能看到走动的人影，而输液室的病人也只有一位。病人都是塔吉克族，不会说汉语，只能通过翻译交流。

县医院修建得气派，石头还发现医院里还有不少先进的设备，这些都是深圳援助的。可惜医院缺少技术人才，导致很多设备闲置多年，落上了灰尘。石头也就这个问题和院领导班子交流过意见。

"留不住人，很多人才来了，又走了，靠信念支撑下来的少之又少。到这里来的小年轻基本待不长久，一门心思想着往城区调，市里不行其他平原地区县城也行。还有一部分就是等着退休的，快到年龄的，调到我们这里，既能享受高原地区提前好几年退休的待遇，工资也能提一提。"李院长说道。

这一点儿石头是深有感触，塔什库尔干县，海拔高达三千六百米，高寒缺氧、干燥、缺乏植被，被喻为"生命的禁区"。在这里稍作运动就心悸闷气，头晕恶心一阵一阵的。到了晚上，半夜醒来就很难再入睡，不时还会产生耳鸣现象，这才没几天，自己的嘴唇已经泛起了干皮。石头想，如果不是肩负任务，恐怕自己也待不了多久。扎根在此，除了克服自然条件外，更需要坚韧的信念支撑。

石头走访得知，在高原地区人口居住相对分散。大多数牧民有些小病小疼的就自己扛过去了，或者家里备一盒去痛片。去县里交通都不便利，何况去医院呢。条件相对好一点儿的家庭，又看不上县城医院的水平，只是一些小病小伤就近到县医院治疗，稍微严重一点儿便强烈要求到地区医院治疗。长期以来，患者不信任医院，医院里没有患者，医疗水平就不会得到提升，这貌似形成了一个死循环。

一个星期后，县医院召开了全体职工大会。石头指出，现在我们医院没有血库，没有病理科，这对于手术科室而言，等于缺胳膊少腿，难以开展工作。如同上了战场，别人都是飞机大炮，我们赤手空拳。这要放在深圳是难以想象的。我们现在的首要任务就是要把这两项立马建立起来。很多设备很先进，但是缺乏技术人才。一方面我会把自己所学的知识毫无保留地传授给大家，尽快提高大家的业务能力。同时我会联系援疆指挥部，以及利用一些我的个人资源，请来国内医疗研究领域的领军人才为大家授课。同时，打铁还需自身硬，要有一颗谦虚的心，我们所从事的职业决定了我们这个行业的特殊性，医者无大小，每一个小的细节都关乎生死。我们要想方设法改变当前这种局面，这需要我们医院全体职工的共同努力才能完成。

我希望大家能够从心底里把这些事重视起来……

石头发现自己讲得激情澎湃，但是同事们的反应却很是平淡，如石子落水，并没有掀起多大的浪花来。

会后副院长李长生在办公室里对石头说："医生们得不到群众的信任，所以在进修学习这个问题上很多人积极性并不高，也是在情理之中。这种状况已经持续很长一段时间了，并不是一朝一夕能改变的。"

石头说："那我们就从一朝一夕开始。我们要把医院的综合能力和水准提升起来，首要是医生的能力。同等条件下，我相信没有人会舍近求远跑到市里去看病。我看了我们很多设备比地区第二人民医院的还要先进，我们还是要从自身做起。"

石头和院领导班子制定了学习计划和进度安排。等石头走出办公大楼一看手机已经是晚上十一点多钟了，只是因为时差，看上去天才刚刚黑一样，实际上已是深夜。他这才想起来好几天都没有和妻子联系了。因为时差，两个人还没有找到一个合适的联系时间。这会儿，妻子应该已经熟睡了。

这一夜石头迷迷糊糊的，负重的灵魂让他很难轻松起来。

4

这天，石头刻意给自己定了闹钟。他先联系了妻子，问了家里和女儿的情况。挂完电话，他给自己很要好的几个同学打了电话，邀请他们来高原讲课。他们现在都是国内的医学权威专家。石头说得很明白，讲课费没有，但是自己会做东，请他们来欣赏帕米尔的美景。石头有些文艺范儿地说，宇宙的尽头在地球，地球的尽头在新疆，新疆的尽头在帕米尔高原。这里的原生态简直无法用语言形容，只要来了就能大饱眼福，放飞身心，绝对是一场心灵之旅，一场山水盛宴。除了一位同学要到国外进修半年之外，其他几位同学都表示支持，有近期愿意前来的打算。

也就是从这一天起，石头每天忙得不可开交。他在发给妻子的微信中说，感觉自己忙得团团转。除了日常的坐诊外，他还肩负着重要的"传帮带"工作。很快，同事们就给他起了一个外号——全科医生。石头开始教同事们看显微镜，组装各种仪器，教妇科医生看B超等。他告诉同事们："你们学会以后，群众就不用有点小病就往很远的市里跑了。"

石头告诉他们，自己每天也在学习，只有不断地学习，业务能力才能不断精进。坚持是这世界上最简单的事情，也是这个世界上最难的事情。我相信解决问题的办法永远要比问题本身多。医生们看到领导带头学习，不遗余力地教大家知识，很快，自卑感和麻木的情绪就不见了，毕竟提高自身能力是一件百利而无一害的事情。

时间过去一个多月了，高原上的果树开始开花了。

县医院迎来了首位医学专家授课，县里还专门来了领导以示重视。专家的到来让全体医生都备感鼓舞。特别是专家说坚守在高原的每一位医生都是一道最美丽的风景，在旁人看来这或许就是一句赞美，但是这句话从专家的嘴里说出来则更显分量。

时间过得快，医生们的业务能力提升得也快，但是并没有改变患者舍近求远的现状，不少人来县医院都是因为石头这个专家的名头而来。

休假的时候，石头除了跟妻子和女儿视频连线外，就把自己一个人关在宿舍，哪里也不去。石头不明白为什么自己做了那么多的工作，老百姓还是舍近求远地去市里看病。他一个人喝着酒，在昏昏沉沉中度过这两天。

到了上班那天早上，石头调整了心态，和李长生商量了一下，决定送医下乡，顺便也建立起台账来，对县城内所有牧民的健康水平做一次摸底。也就是这一次送医下乡，改变了县医院的现状，也改变了很多人的命运。

5

塔什库尔干县主要为牧区，各个村镇都比较分散，距离县城较远。石头这次带队要去的是一个叫热斯卡木的村庄，距离边境线也就是几脚油门的距离，但是路途确实凶险至极，要翻越雪山和跋涉冰川，关键是路途上还没有网络信号，随时可能会遇到雪崩塌方，汽车时而穿行悬崖峭壁，时而颠簸于叶尔羌河的鹅卵石河床，随时都有翻车的危险。激情与速度在这里被完美诠释。抵达村委会的时候，月亮已经出来好一会儿了。

石头心里想，自己住在这里要是有点小病小疼什么的，恐怕也不会跑到县里去看医生。一路陪同的乡卫生所同志也表示到这个村距离太远了，至今也没有一个村卫生室，乡上也在想办法解决这个问题。

石头说，这是件大事，需要县医院和我个人支持的尽管说。回去以后，我会尽快把这个问题提上日程的。

也就是在这次走访中，一名叫卡尔的孩子进入石头的视线内。卡尔的父亲说，孩子出生不久在县医院被诊断为脑瘫，站不起来，家里的条件也没有办法让孩子进行进一步治疗。通过翻译交谈，石头觉得孩子智力发育良好，只是足部先天畸形，恐怕不是脑瘫，极有可能是当时的县医院给误诊了，错过了治疗的最佳时机。

石头仔细看了看卡尔的双脚，并通过不同的角度拍摄了照片，详细询问了孩子的情况，记录在笔记本上。

接连几个月的送医下乡，带给石头一次又一次的震撼。他们走遍了全县十二个乡镇后得出一个结论：当地群众极易患上慢性高原红细胞增多症、高原血压异常以及高原性心脏病等高原疾病，且发病率非常高。

卡尔稚嫩天真的面孔始终浮现在石头的眼前。回到县医院之后，石头查阅了大量的临床医学资料，将卡尔的情况仔细分析后，得出的结论是：先天性马蹄内翻足。可是他并不是这方面的专家，万一再次误诊恐怕会对卡尔造成二次伤害，尤其是对卡尔父母的心理伤害更严重。石头决定再走一次热斯卡木村，可一连好几天都没有去村子的顺风车。这时他想到了上次陪同的乡卫生所所长，石头让那边通知卡尔到县医院检查一下，并计划邀请平原省份名医远程会诊。

两个月以后，卡尔接受了平原省份医学专家的手术，手术很成功，有站起来的希望。

后来，国家大新闻社的记者来到帕米尔高原采访，石头对着镜头说道："卡尔双脚恢复得不错，这次再打一个半月的石膏，就可以考虑换功能鞋了。持续穿上几年功能鞋后，卡尔将和正常人一样，跑跑跳跳都没啥问题。"

记者又将镜头转向卡尔的父亲："这些以前我真的是想都不敢想，以后我一定要让孩子好好学习，上大学，成为对社会有用的人，成为像石医生那样的人。"

说起卡尔的治疗来，中间还费了不少周折呢。

石头记得乡里通知到卡尔家的时候，他的家人并不相信会有这样的好事情。县医院之前诊断孩子是脑瘫，根本就没有条件让孩子接受治疗，这会儿又让我们去医院检查，这不是浪费时间吗。一来一回，那么远的路程，纯粹是折腾人。而且当时正好是放牧最忙的季节，他们可不愿意耽误时间。

乡卫生所所长没能做通卡尔父母的工作，在他们的心里，似乎已经不再相信奇迹会发生。他们知道，眼下多养几头牦牛，趁着这些年还有一把子使不完的劲儿，给孩子能多挣一点儿是一点儿。

石头安排好了院里的工作后，还是决定亲自去一趟热斯卡木村做做卡尔父母的工作。

"且不说路途凶险，就连语言也是摆在眼前的一个问题呀。"县医院常务副院长李长生担忧地说道。

但是石头坚信，只要工作做到位了，他们还是会接受治疗的，毕竟天下没有哪个父母不愿意自己的孩子像一个正常人一样，这也许是可以改变卡尔一生命运的契机，或许从此之后他的人生将是另一番轨迹。一想到这里，石头就觉得多跑几趟，花费多一点儿时间是值得的。

李长生执拗不过石头，说："你真是一块石头。"

石头嘿嘿地笑着说："哦，你说对了，我就是高原上的一块石头，哪里需要，哪里搬。"

"我看是又臭又硬的石头。知道说不过你，我给你联系了顺风车，这两天县上刚好要送一个驻村干部去热斯卡木村，你们搭个伴，明天一早出发。"李长生说着，拍了拍石头的肩膀，又补充道，"遇到困难，你可以多请教他，他今年在村子里是第五年了，学了一口流利的塔吉克语，在老乡中很有威信。"

石头一上车就认出了坐在副驾驶位上的大汉，那不正是马红红的丈夫吗？两人寒暄了一会儿，都觉得不可思议。地球之大，而人与人之间的距离却是那么近。石头说起卡尔的病情，对方也感到很诧异："真的吗？要真是这样就太好了。我知道卡尔家，这点事情包在我身上。"到了村上，他们直奔卡尔家。马红红的丈夫现身说法，说自己的老婆就是在石医生的治疗下才脱离危险的，这位从深圳大医院来的专家非常厉害，只要你们配合治疗，我相信卡尔一定能够恢复到和正常人一样。这时石头方才明白了他为什么在村里，为什么自己的老婆生孩子都不能陪伴左右，为什么他老婆进重症监护室了，他才姗姗来迟，原来驻村是这般的辛苦。想到这里，石头顿时对他心生了几分敬佩之情，但也有几分愧疚之意。也正是有了他的这番帮助，卡尔家才放心大胆地跟着石头到县医院配合治疗，方才有了大新闻社记者采访的这一幕。

手术过后没几天，卡尔换上功能鞋以后就出院回村了。临行之前，卡尔的父亲特意给石头拿来了他们家自己做的青稞馕和牦牛肉。卡尔的父亲说自己没有什么拿得出手的，只有这青稞馕和牦牛肉是一点儿心意。石头本想推辞却被一旁的李长生给拦住了。他说，老乡从那么远的地方给你送来，你不能推辞，高原上的老乡都很淳朴，可不能伤了他们的心。这两样都是塔吉克人招待最尊贵的客人时才会拿出来，可见你在他们心中的地位呀。石头握紧卡尔父亲的手，他知道从此这双粗糙而坚实的双手将会创造更加美好的生活。石头目送着他们离开，石头的心里可谓五味杂陈，同在一个国度，却呈现出两种截然不同的生活。之前他还很怀念深圳，当然更多的是怀念家人，但另一个大胆的想法在他的脑海里开始孕育。

一晃就到了中秋节。

这还是石头第一次在外地过中秋节，视频那头的父母又苍老了许多，妻子和女儿已经适应了没有他在的生活。

中秋过后，经过石头的多方协调，第一批由十五名县医院医生组成的学员队伍将奔赴深圳各大医院进行为期三个月的深度交流学习。其中，大多数人还是第一次坐飞机，第一次走出新疆。他们将看到祖国日新月异的面貌，这种心灵上的冲击，也是另一种眼界的开拓。

石头认为援疆除了自己派人实地支援外，也可以让本土医生队伍走出去，学习深圳先进的管理经验和诊治技术，让他们接触到更为发达的医疗环境，沉浸到一线学术氛围当中。这不仅仅是一次技术上的更新，更是一次内部大换血。三年时间里，县医院几乎人人都轮流去了深圳学习。石头计划下一次还要派乡镇基层医生去交流、学习。然而，三年的时间翕然而至。当石头再次站在县医院大楼面前，他想到了三年前的情景。好在不负使命，不负韶华，如今的县医院可是名声在外，很少有人再舍近求远到市区去看病了，因为家门口就是专家，就有保障。

石头突然想到自己在县医院都快三年了，一直都是永动机的状态，还没有在医院留下一张照片，于是他提议拍张集体照留为纪念，可大家心里都不是滋味。

6

本来故事到这里就要结束了，因为之后石头的工作和之前并没有太大的出入，但是后来又发生了一些事情。

三年的时间不长不短，石头圆满地完成了援疆任务。三年时间里，石头走遍了塔什库尔干县所有的村镇，留下了一支完全能够独当一面的医疗队伍。在石头的带领下，县医院的设备、血库、重点实验科室都趋于完善。过去县里连阑尾炎手术也做不了，现在已经能做到小病不出县。急诊科、重症科、中医科等科室也实现了从无到有。

三年期满，按照计划石头应该回到深圳，但是临行前的一件事改变了石头的想法。

送援疆人员的汽车还没有走，得知消息的老乡们从很远的地方赶过来，他们人人手中拿着青稞馍和牛肉干要石头带回深圳。石头只好下车，跟老乡一一握手言别，但是送别的队伍越来越多，而下山的时间都是提前计算好了的，按照这个速度，就是到了晚上也不一定能出发。

李长生出面劝告大家让出一条路来，人家支援我们高原建设，我们要开开心心地把人送走。你们都拦在这里，难道这是我们高原上应该有的待客之礼吗？听了李长生的话，大家这才簇拥着大巴离开。要说最难过的人莫过于李长生了。李长生刚刚调到县医院任常务副院长不久，石头就出任了院长。这些年要不是石头，他都不知道自己能不能扛下来。在他之前已经走了好几个院长了，有的甚至为了离开不惜以辞职为代价。

也不知道为何，石头要走的消息不胫而走，大巴车刚开了没几分钟，就遇到卡尔的父亲在马路中间招手。这一幕，总是让石头不自觉地想起自己那次拦车的经历。他是知道石头要走，亲自来告诉石头，卡尔已经能够正常蹦蹦跳跳了。塔吉克族同胞们的不舍，让石头一遍又一遍回忆起过往的三年，这曾经的一幕一幕浮现在眼前，被泪水洗涤过无数次的眼眶终究再次决堤奔涌而出。是呀，三年以来，这是他石头扎根的地方，三年来发生了太多的事情，往事一件件一桩桩浮现在眼前。高原上的条件是要落后一些，但是塔吉克人的淳朴和热情恰恰是大城市所缺乏的。虽然石头已经在深圳生活了很多年，但是看着满大街无趣的灵魂，有时候也觉得生活没有多少意思。反倒是帕米尔高原上的冰川、草原和荒山激起了他内心的波澜。仿佛在这里，一切都不再是朝九晚五，一切都不再是一马平川，一切都变得有意思起来。

石头最终决定留下来，留在他已经深深爱着的帕米尔高原。

石头是这样给领导汇报的，深圳并不缺少人才，没有我石头丝毫不会受到影响；但是在帕米尔高原，多一个人的守候，就多一份力量，多一份光和热。

半年后，石头的妻子和女儿也都随迁来到帕米尔高原。

周末的时候，石头带着妻女到金草滩放风筝，溪水平缓流淌在绿色之中，不远处有炊烟升起，牦牛和羊群零散地洒在草滩上，对面的雪山依旧巍峨如初，空气中散发着初春的清甜。女儿和妻子玩得格外开心，他亲手制作的风筝在空中高悬。

这一切的一切都是那么熟悉，仿佛曾经经历过一般。石头想了很久也没有想起来……

第八交响曲

1

　　我就坐在那里，静静地巴望着对面的小区，进出的人顶着一个个麻木的脑袋机械地行进着。我把眼神收回来，一辆哈雷摩托车匆匆驶过，几个路人在争吵些什么。我没有过多地理会，只是觉得有些莫名的熟悉。

　　阳光打在斑马线上像是一条不可逾越的界线立在我的眼前。此刻，我坐在发烫的马路沿上，等待着那个人的出现。没有一朵云及时出现，我身上的汗水开始咆哮起来，它们有一种可怕的欲望想要流进我的鞋子里，在那里建起一片海洋。一只细小的蚊子扑闪着透明的翅膀，折射出一道荧绿的光铺在一株草的草茎上。蚊子很快在我的右胳膊叮了一个包，那微微隆起的部分带着一股瘙痒从皮层传到我的大脑，我不自觉地挠了两下，一片红晕开始散开。

2

其实要说起来，我是一个失败的小说家，这些年邮箱里发出去了该有几十万封邮件吧，而我发表的小说篇数连十根手指都数不完。床铺底下除了一个红色的尿壶，其余空间都塞满了我的退稿信，还有一些是各种"野鸡协会"寄来的入会通知，动不动就冠以世界和国际的头衔，说出去大概足以唬人。还有一些不知道从哪里搞到我的地址发来的邀请，他们无一例外都需要缴纳一定的费用，才能够出席即将在某地举办的某某盛大活动。这里面每一封信，我都打开过，失望就是从那个时候开始的。每拆一封信，那裁纸刀不是割在信封上，而是切在我的动脉上；每拆一封信，失望的灰度便加深一次，攒下的暗疾便愈加沉重。

我自小在农村主任大，天天听着爷爷奶奶讲的故事进入梦乡，那些故事稀奇古怪，放在今天我认为比杂志上发表的任何一篇小说都要动人。但是意外的事情还是发生了，我没有想到我也会有这样的一天，伟大而圣明的缪斯会远离我而去。说起来有些惭愧，我已经潦倒到快要活不下去了，而这个时候我也有十来天没有写一个字了。

我住在城中村，大概也只有这样的地方我才能用我那微乎其微的稿酬勉强生存下去。这是一个巨大的生活剧场，这里每天都在上演着比小说更荒诞更离奇的故事，而我自诩为这里的"太史公"。每天晚上我在楼上两口子的吵闹声中入睡，但我并不确定他们是夫妻关系。楼上住的是一对小年轻，他们俩的谩骂和攻讦顺着水泥缝就落进我的耳朵里。时间一长我倒也习惯了。吵架貌似成了他们两个人的乐趣。不瞒你说，我为此专门研究过这两个人的生活方式。小伙子和我一样是一个南方人，却找了一个北方的姑娘。每天晚上天色刚刚罩住窗框，他们的战争就开始了。先是谩骂，接着就是噼里啪啦摔碗的声音。这是我入梦的前奏，我把它称之为"第八交响曲"，每晚准时在我的头顶开奏，必然会经过序曲、渐进、小高潮、高潮、落幕。说实话，我也时常怀疑自己是不是一个不太正常的人，我觉得我应该去看看心理医生，奈何口袋里空空如也。但是不知为何我慢慢地适应并且喜欢上了这个交响曲。表面上看起来我是一个旁观者，实际上我是一个倾听者，更是一个参与者。更为准确地说，我应该是他们唯一的忠实听众。

小伙子又开始说话了。

"你明明知道我不能吃辣的，你还把剁椒鱼头打包回来。"

"我当然知道了。可是你不会这么快就忘记了吧。"

"你这个人真没趣。"

"哦，是吗？"

女人又补充了一句："是呀，是我这个人无趣。你每天抱着个手机，跟那些骚货聊得是热火朝天，有趣的人不都在你的手机里陪着你啊。"

"我不就是昨天给你买了个榴梿吗？你至于这么挖苦我。每次你都这样。"男人加重了语气。

"我哪样？"

"本来我们说的只是剁椒鱼头这件事，你明明知道我不能吃辣的，结果你又扯到别的事情上去。"

"咣"的一声，女人率先将一个玻璃杯摔在地上。我之所以能够断定是玻璃杯，那是因为我能清晰地听见那声音迅速向四周散开，而不是猛地向下坠落。等到第一个咣的声音在我的头顶形成一个回旋的时候，那零散的几个玻璃碴子还在跳舞，然后是清脆的滴落声，像是一阵急切的雨水落在大地之鼓上。

男人也不甘示弱，抄起一个碗就砸向地面。那声音就变得浑圆，声波朝着四周和楼下同时坠落。我知道这样厚重的力道，女人是摔不出来的。

男人摔碗的声音尚未停止颤抖，女人这边又是一个碗落在地面上，听那声音应该要比之前的玻璃杯多出三分力道来。女人的碗刚刚落地，男人的碗就接踵而至。男人，女人，男人，女人……那碎碗的声音变得越来越快，间隔从十秒、九秒、八秒……直到男人的碎碗声追上女人的碎碗声，整个交响曲抵达高潮，而后男人的碎碗声完全盖过女人的碎碗声。这时，那碎碗声开始变得稀薄，直到最后一个碗落地，以至于我都不能判断出这最后一个碗究竟是男人摔的还是女人摔的。

我呼吸的节奏也随着碎碗的声音变得此起彼伏，直到第八交响曲的尾声消逝在旷野，我已经平躺在仅仅只能容得下我一人之身的床上了。在我不知道的情况下，我匀称的呼吸和逐渐高昂的打鼾声顺利地从楼上的碎碗声中接棒，向漫漫深夜走去。

这究竟是一个怎样的夜晚，南方的男人和北方姑娘在"碎碗事件"之后又发生了什么，我一无所知。我不知道自己为什么会有这样的感觉，如同进入了另一个世界。我也曾尝试过在第八交响曲的节奏中去完成一篇自认为伟大的小说，我常常为自己精妙的构思而洋洋得意，却就此失去了记忆。这一晚上究竟发生了什么，成为我心中一直以来的一个疑问。

当我被长着刺芒的太阳光叫醒的时候，却又是另一番风景。

3

老人说，要死了，都快要活到土里去，也没有见过这么大的雨。

老人家，你晚上有没有听到过什么声音。

啥子声音吗，那就多了，你说的是哪一个呀。上楼、下楼、打雷、下雨、扫地、洗菜、炒菜、吵架，那声音多去了。

你就没有听到过什么特殊的声音。

你是说，隔壁老王和对面楼老李隔空对骂的声音呀。我都半截子埋土里了，这种事情有啥稀奇的，几十年了，这种事情是年年都有，已经不稀罕，不特殊了。

哦，倒是有一个声音比较特殊。

我终于看见了一束光，伸长脖子向老人那边靠过去，想一把抓牢这束光。

那就是今天的雨声呀，好多年了，嗯，记不清楚了，反正很多年了，还是头一次听见这么大的雨声。

看着老人额头上跳跃的几个斑点，我知道那是岁月的一种记忆，更是一种生活的阅历。

我还是小心翼翼地问了问老人，每天晚上八点多，你就没有听见过什么声音？

老头打了一个哈欠，说，哎，今天这个雨真大呀！

我就知道问了也白问，他已经老糊涂了，真有点羡慕他。

谁知道，老人这时突然转过头来，拍了拍我的肩膀，我感觉那力道像山一样压在我的肩头，耳边却是一个意想不到的答案在盘旋。

4

整个夜晚唯一的记忆就是碎碗声。

一只野猫因为偷食而误撞在窗户外的栏杆上，我在新的一天醒来。

男人和女人的谈话声是和灰尘一起落下来的，他们说话的声音漏进我的耳朵里，灰尘落在我的草稿纸上，像是在预示着什么。

我怎么也想不明白，为什么白天和夜晚的差距会这么大，这是两个完全不同的状态。似乎进入另一个倒悬的世界，所有对立的事物开始契合。男人和女人仿佛经历了一次新生。一夜之间，整个世界发生了转变，我在第一次面对这样的状况时，常常怀疑这个世界存在的合理性和真实性。我掐了掐我的臂膀，疼痛告诉我这不是梦境，但有没有可能我坠入了另一重空间。不得而知。我只能感受这一切，却无法验证它的存在。这似乎是一种悖论，一种难以言说的微妙。

男人变得温文尔雅，绅士的只要是个女人都想要拥上去。

女人变得温柔体贴，贤惠得只有书中人才能如此完美。

男人和女人轻声地说着话，我闭着眼睛都能想象出他们的样子。他们手挽着手，女人给男人的碗里夹了一筷子蔬菜，又抹了一些果酱在上面，亲手喂进眼前这个模范丈夫的嘴里。末了，还不忘用餐巾纸擦去男人嘴角的那抹白色。男人也主动站起来给女人盛了一碗清水白米粥，当然必不可少的还有女人喜欢吃的剁椒，他会舀一勺放进瓷白的小碗里，然后用汤勺搅匀，一碗秦岭和淮河交汇的美食就出现在女人的眼前。

女人轻声细语地说道："粥真好喝，特别是这个剁椒地道得很，一看就是来自我老家。还是老公最心疼我。"

男人却说："你准备的早餐总是那么丰盛，没有一天重过样，真是越吃越健康。"

我实在搞不明白，为什么仅仅过去了一个晚上，就发生了这么大的变化。

男人和女人吃完了早餐，都抢着要洗碗刷筷。听动静是男人赢了，而女人也没有闲着，擦鞋的声音顺着房子的大梁朝下攀爬。

随后，他们出门了，关门的声音轻得像是按下电灯的开关一样。

运动鞋和高跟鞋的声音匀速而平行地撞向四周，又被楼梯间的墙壁弹回来，回声和脚步声交织在一起，很容易让人联想到男人和女人的幸福。只有在此刻，男人和女人才不分南北，没有人会将他们与剁椒和榴梿莲联系在一起，更不会有人把他们与每晚的摔碗事件联想到一起，他们是完美的一体。

摩托车发出熟悉而神秘的呐喊声，曲轴和排气阀的相互配合，"砰、砰砰、砰砰砰砰、砰……"看着绝尘而去的两人消失在视线中，我才缓过神来，是哈雷摩托车。

当男人和女人完成了一天的工作回到住所时，我也完成了一篇新的小说。我时常苦恼于自己无法决定小说中主人公的命运，也苦恼于小说常常在大海般的邮箱中畅游，而无法上岸。我只能把稿子平平整整地放进我床铺下，那里聚集着它们的兄弟姐妹。在这里，所有的故事都躺平了，它们享有唯一的、平等的竞争机会，它们在各自的时空里运行，互不干扰。

摔门而入的声音打破了我的感叹和沉思。又是熟悉的曲调。我看了一下电脑屏幕右下角的数字，显示十九点五十九分，男人踩着提前设置好的时间进入家门。摔门声把我的窗栏都吓得发抖了好几分钟，我顺着玻璃窗朝外望去，一朵白色的云朵正在慢慢变成茄灰色，一种无法言说的力量吞噬着周边的白云。天边的暮色一层一层地递过来，闪电和雷声相互扭打在一起，远处雨水拍击地面的节奏逐渐变得清晰而明朗。

晚上八点，楼上的"第八交响曲"正式开奏。

我又一次在此起彼伏的摔碗声中入眠，又在他们亲如呢喃的对话中醒来。很奇怪的感觉，从他们摔碗开始我啥都想不起来了，那段记忆像是被人挖走了似的，只有一些零星的词语在脑海里碰撞。想不起来了，确实想不起来了。每当我开始回忆或者在大脑里开始搜寻的时候，我的大脑就开始短路，汗珠子在皮肤和毛孔间肆意滚动，皮层开始升温，要把这些汗水煮开或蒸干才罢手。大脑内核不断有核磁震传来，着实让人疼痛得有些难熬。如此只好不回想这件事了，颅内风轻云淡，一股清泉四处游荡，一切事物都变得轻盈而明朗了。

时间一日一日地循环着，我感觉自己掉进了一个黑洞，又或是每天都在睡梦中经历着同样的梦境。我开始变得焦虑，疼痛或者麻木于我都不再具有意义。我开始迷失，因为我无法用事实作为依据和标准来判断这个世界的真实性。

5

老人的原话是，我七点多就睡了。

我像是得到了一种启示，我给自己定好了闹钟，晚上六点我准时吃完晚饭并将碗筷洗净。我正襟危坐在沙发上，像是等待着神圣时刻的到来。这或许是自我救赎的唯一药方了，我盯紧电视柜上时针的走向，一秒一秒地向圆心滑去。

绯红的霞光照进来，落在地面，昏暗的房子里住着一束光芒，窗外法国梧桐的飞絮编织了一场漫天飞舞的大雪。

闹钟震动得让手机挪出去了几厘米的距离，我顺手就掐灭了它的声音。我快速地跑向房间试着进入梦乡。"嘀嗒、嘀嗒"的钟声变得清晰而刺耳，我在床上翻来覆去地变换着睡姿。我有一种错觉，时间已经过去了好久，打开手机一看才晚上七点一刻。我继续躺下，用被子把整个身体都包裹起来，我能听见自己急促的呼吸声，汗水从皮层穿透后一滴一滴地汇聚起来，开始流动，整个身体变得湿漉漉的。我猛地一脚把被子踢到一旁，从枕头下面取出两个咖啡色的橡胶耳塞塞进我的耳朵。世界开始逐渐变得模糊，我疲软的眼睛开始慢慢合上，放空大脑，从头部到肩颈、双手、腰部、大腿、小腿，附着的力量变得松软直到完全释放。这是一种从未有过的放松，整个人的身体一次又一次悬浮起来，置身于碧蓝的湖泊中，我的呼吸逐渐变得均匀，慢慢地我听不见自己的呼吸声了，我进入了另一个世界，一个不必局限于身体、思想、伦理和常识的世界。无疑这是一种美好的时刻，是停靠在幸福码头的缕缕温暖。

"咣"的一声，我被拽回了现实。没有任何的意外，女人率先将一个玻璃杯摔在地上，接着就是男人的摔碗声。这究竟是昨天还是今天？

我再也无法入眠，几乎所有的台词我都能倒背如流。有那么一秒我开始恍惚，这究竟是梦还是梦中梦，总之这是一种悖论存在于现实。

我在男人和女人的摔碗声中睡去，清晨又在他们的爱抚声中醒来。更让我感到惊讶的是，整个楼里住了二十多户，难道只有我一个人能够听见他们每晚的摔碗声。直到有一天晚上，我燥热难耐，写了一下午的稿子读起来没有一点儿生气，我开始严重怀疑自己是不是被绑架了，这绝对不是我写作的口吻。

八点一到，我习惯性地朝楼上望去，那个熟悉的摔玻璃杯的声音却没有出现。我有一种劫后余生的庆幸。男人开门的声音出现在十分钟以前，也有可能女人堵在路上了。但是，女人从来都没有迟到过，请忽略我将女人回家的时间定义为准时或迟到。这虽然是一种粗略的定义法，但是它绝对能够呈现出这件事情的原始面貌。说起来，人总是这么奇怪，正常来说，我已经被他们俩的第八交响曲折腾到忍无可忍的地步，今天到了这个固定的时间点，竟然还产生了一定的期待。我的耳朵不放过一丝一毫的声音，就是一只虫子飞过去也能听出来。我又看了一眼电视柜上的时钟，时间走到了晚上八点一刻，女人还是没有出现。晚上八点一刻，男人摔碗了，开始了他的第八交响曲，外人或许听不出和往日的差别来，但却瞒不过我的耳朵。准确来说，是男人独奏的第八交响曲，虽然他和往常一样，也有前奏、开端、小高潮、高潮、尾声等，但还是没有合奏的二重唱更悦耳，也有可能是我已经习惯了男人和女人一起摔碗的声音吧，当只有一个人的摔碗声出现在我耳边的时候，未免就显得单调了许多。

摔碗声停止了，第八交响曲在男人卖力的摔碗表演中落下了帷幕。我第一次完整地听完了整首第八交响曲。

这一夜我失眠了。

当我再一次见到女人的时候，已经是三个月以后的事情了。

6

燥热是夏天的特权，我们在火炉底下，汗水成了最轻而易得的东西。我下定决心，要写出一部死后足够垫棺的作品。我把床底下的稿子都拿了出来，灰尘呛得我把肺都要咳出来了，我拿出打火机准备一烧了之。理工科的常识告诉我，这灰尘产生的化学反应可能会把我炸得粉身碎骨。

我只好把这些打印稿和我的手写稿全部装进蛇皮袋子里。破旧的铁门发出苦涩的声音，我拖着废稿从楼道里一步一步地往下走，脸上的青筋纵深滑落出几条沟壑来，盐水的味道开始渗出，来自外部的压力使劲抽完井中最后的养料。

我走出单元门，刚好遇见一个收废品的中年男人坐在三轮车上，五短身材，嘴上有一撮络腮胡，见我出来赶紧迎上来对着我嘻嘻哈哈地说："小伙子卖废品呀。""滚！"我几乎是脱口而出。我把蛇皮袋放在一棵树下的草坪上，又转身回去拖另一个蛇皮袋子，还顺手到厨房拿了一只红色的打火机。我原本以为这个过程会比较痛苦，但是回馈我的除了肌肉的疲劳和浑身的潮湿外，我并没有感到丝毫的伤心。当我再次拖着笨重的蛇皮袋子走出单元门时，那个收破烂的中年男人已经离开了，停三轮车的位置上有两个刚刚掐灭的烟头。

到了巴旦木树下，我掏出打火机点燃了废稿，它们像是半路夭折的孩子，引火焚尸，我在心里暗自发誓：要是再写不出来以后就再也不写了。狗日的文学，再写的话就把手剁掉。我的眼前被什么东西微微一震，我以为是来自我内心深处的条件反射，很快我就明白过来，不是，是物业公司的几个保安追过来了。我这才醒悟过来，这不是在乡下，不可以随便焚烧。这会儿我也管不了那么多了，我撒腿就跑，这种刺激的感觉让我想到我大学的初恋女友。当我从小山村走进城里上大学的时候，我跟她说起我之前并没有谈过恋爱，她惊讶得如同发现了一块新大陆。说起来，我的初恋女友和住在我楼上的女人还真有几分相似，她们的脾性和生活习惯都十分接近。那次，我的女友带着我去市区一家最豪华的餐厅吃饭，海风柔软地拂过我们的脸颊，我们惬意地欣赏着海岛上的风景。她突然把脸凑过来，问我吃好了没有。就在我一头雾水的时候，她已经拉起我的手冲出了餐厅。在那一刻，我产生了一种恍惚的错觉。服务员见客人跑了，下意识地追了上来。我问她，我们为什么要跑呀。她说，为了开心呀，顺便也逗一下他们。我们两个实在是跑不动了，她却停下来，马尾辫一甩，理直气壮地朝服务员走去，问你们追我们干吗。其中一个服务员对着另一个服务员说，对啊，我们为什么要追他们呢。另一个服务员颤颤巍巍地说，你，你们没有付钱。女友却来了劲儿，你把话说清楚，谁没有付钱？那，那你跑什么跑？我乐意，我带着我男朋友跑，你们管得着吗？我走的时候已经把餐费压在了水杯下面。就在这个时候，服务员的手机铃声响起，他们俩像是漏了气的皮球，颓丧地朝着相反的方向离去。

我被追着跑出去好几百米才停下来，身体极为诚实，已经不再像大学时那般能跑了，在城市里我已经习惯于消费的便利而忘记了劳作。我抬头一看是一家洗浴店，走廊里是一个熟悉的人影。暧昧的灯光照下来，人的肾上腺素快速地流动着。

我鬼使神差地走了进去，一个中年女人穿得花红柳艳，满面的油光折射出一种让人心生厌恶的情绪。中年女人跟我说了些什么，一字一句都没有进入我的耳廓。我直勾勾地望着楼上那位来自北方的女人。准确来说，那个来自我头顶房间的女人。中年女人似乎明白了些什么，喊了一声，小红，来客人了。墙角处是一个嵌入墙壁式的水缸，里边有几条红色的金鱼，它们或许是看见了红色，朝着女人的方向快速游去。很快，它们就明白了玻璃的存在，转头向其他方向游走。

女人转过脸来，果然生得清秀，樱桃小嘴，淡彩薄唇。女人身上挂着一层粉红色的薄纱，苗条的身材就显露出来。我结巴地说道，泡，泡个脚。女人把我往二楼引，一阵茉莉花的香气散开来，随着楼梯开始延伸，那一刻我恍然有一种错觉，梯子两旁长满了茉莉花，不时有蝴蝶和黄蜂飞过。我规规矩矩像个小学生，跟在女人的后面。女人领着我走进房子，说，你只想泡个脚吗？我有些诧异。除了洗脚还能干吗呢？女人说，可以精油开背，夏天做这个特别舒服，还能排掉体内的湿气。女人见我对此并没有兴趣，脸转过去，又吞吞吐吐地补充道，说可以那个？我实在是不想将女人和那些污秽的事物联想到一起。但是女人还是有几分姿色的，如果说完全没有想法也不太实际。见我犹疑，她补充道，你放心，我们这里很安全的。我有些哭笑不得，心里又确实想证实一下，她说的"那个"究竟是什么意思。我点头应允，女人又将我带到三楼最里面靠左手的房间，这时服务员已经将一杯绿茶和一小盘饼干放在茶几上。女人走到窗前将窗帘拉上，我注意到她朝外看了看，虽然时间很短，但是我确信这一微小的动作就发生在刚才。女人很熟练地从柜子里取出了一次性的衣裤让我换上。几分钟以后，我按照女人的要求脱去上衣，趴在指压床上，头深深地埋在一个凹下去的洞里，我能看见发黄的地板砖上有几条明显交叉的沟痕，如果非要还原事实真相的话，那应该是来自一把挫了锋的钢刀，或者猛烈摔碎的碗，都足以形成这样的沟痕。

女人的双手开始在我的背部按压，手透着一股冰凉。说实话这是成年以后第一次和异性有这么大面积的肢体接触，我内心的湖泊微微一荡。她先是按摩肩部，接着是脖子。我轻声地"嗯"了一下。

你的颈椎不太好呀！

我没有想到她会来这么一句，而且是一语中的。我迟钝了两秒，依然只是轻轻地"嗯"了一声，顺带着吐出一口气。女人双手在我的脖子上来回地捏压着，瞬间有了一种清爽之感。

女人说，力道合适吗？重不重，如果重的话要说呢。

我莫名其妙地说了句，没事。

女人的手法很专业，总是精准地切到穴位上。女人开始走动，我只看见一双墨绿色的高跟鞋鞋尖忽闪忽闪地移动着，这很难让我和那个摔碗的女人联系起来，但是女人那北方的口音又貌似在印证着些什么。那双墨绿色的鞋尖开始不安分起来，微弱的灯光在鞋尖上折射出几条发绿的荧光。突然，我感觉到大事不妙，我害怕得差点叫来，上齿紧紧地咬在下嘴唇上，那个声音成功被拦下了。我感觉到一股火热的力量从腰部开始往上蹿，双腿也僵住了，不会打弯了。一摊油滑的液体在女人的双手下从背部摊开，不知为何我还是感到女人的手心是沁凉凉的，奇怪的是我背上却有一团火在燎原。我的鼻子被堵了一下，可供呼吸的气体越来越少，越来越稀薄。

女人的手心在我的背上来回地挪移着。这时，鞋跟又移动了一步，我从洞口探去只能看见一个鞋跟，如一块荒石堆在门口又堆在心口上。女人的手开始从两肩中间的小沟向下一步一步地滑动着，我感觉那手就快要碰到臀部了，两腿间像是被什么东西给顶住了一样。我想翻过身来，阻止这一切的发生，但是我的双腿好像已经被焊死在了柱子上。我清晰地看见自己头上的几滴汗水砸向洞口，破碎成无数个小汗珠，在这无数个小汗珠里面我看见了自己，容貌比过去憔悴、虚胖，眉心有一道浓稠的黑影。我看见那些烧废的稿纸黑压压地一片又一片朝我飞过来，堵住了我的眼睛、耳朵、嘴巴和鼻子，我什么也没有想，脑子里一片空白。女人用手将我刚刚换上的短裤轻轻提起，我心里立马冒出个想法，难道这就是所谓的"那个"。女人的手停下了，短裤的松紧带跨在了臀部的中间，双手一掌接着一掌地压下来，那些润滑的液体就不再流动了，不知道跑到哪里去了。幸好！我的心里只冒出这两个字来。持续了好几分钟，女人重新将短裤的松紧带拉在我的腰间。

女人问我，要不要喝点茶。

我说，不用。

女人往前走了一步，仅剩一点儿的鞋跟也看不见了。

女人的手落在我的大腿上，手心还是那么凉，落在一团燥热的皮肤中心，反而变得和谐，变得舒服多了。我不知道女人下一步要干什么，反而心中有一些小期待。"那个"词语的力量开始在耳廓附近徘徊。

女人抖了抖手，将裤管往里面折了折，直到最里面的那道折痕开始抵近大腿的根部，女人停下来了。

啧啧，腿真细，保养得比女人还女人。女人说了一句。

我没有任何回应，我实在是不明白她这句话是为了陈述事实呢，还是另有所指。女人双手纤细，抚摸起来如羽扇一样碰到皮肤。我的心紧了一下，却也奇怪，被她这么一弄，原先僵硬如铁的双腿开始松软下来，像是要陷进去一般。女人把精油抹在了手里，大概，我猜。我听见液体相互撕咬的声音，那掌心就靠拢上来。一种非常奇妙的感觉，中间凉飕飕的四周却是发动机持续做功后的滚烫。从大腿处一直往上、往上，到了裤边的位置女人试探性地前进了半寸，又迅速撤了回来。我提到嗓子眼的一口气终于轻轻地呼出。女人的鞋跟重新回到洞口的位置，遮住了半片阴影。那双手又朝着相反的方向运动着。还好女人继续朝下面按去了，先是膝关节，然后是小腿，脚踝。当女人的手摸到脚掌的时候，我痒得笑出了声。

女人让我翻过身来，见我头发被汗水吸住了，就顺手扯了两张抽纸给我擦。那股淡淡的茉莉花香中掺杂了一股浓浓的胭脂味。女人抬胳膊的时候，我从衣袖里看见了她白皙的皮肤，只不过那右臂中间有一个碗，像是最近刚文上去的，胳肢窝旁边是一坨鼓胀的内衣，我想如果是像气球那般撑破了该咋办。

女人的声音把我给拽回来了，天气热，但是不能开空调，冷气进到身体里就不好排走了。

我没有理会女人，眼睛直勾勾地看着茶杯。女人走过去给我端过来，我轻轻地说了声谢谢。

女人开始给我按摩肚子，先是顺时针方向转了十来圈，又逆时针方向转了十来圈，双手合十朝着肚脐眼的位置往下抵住，半分钟后抬起，如此循环了三五个来回，肚腩的位置就变得热乎乎了。我忘记了那会儿女人的掌心究竟是热的还是凉的。

女人从窗帘的侧面拉出一个角，一些阳光漏了进来。"嘀嗒嘀嗒"，高跟鞋的声音到了门口，女人从里面将房屋的门反锁了。

女人走过来，一副媚态，这个时候我早已把摔碗的女人忘得一干二净了，脑子里只有那个每天早上性格贤惠的女人了。女人开始褪去上衣，其实也就是一层纱，两个坚挺的椭圆形立在我的眼前，果然是肉色的内衣。照这架势下去，不出一分钟女人就会将自己脱个精光。也不知道是哪里来的勇气和力量，我喊了一声停。水积攒着江河的力量已经不受约束地冲击着一切，我感觉事情完全是在朝另一个方向发展，一个我无法控制的方向，我唯一能做的就是叫停。

7

该死的蚊子像是变异了一般，又在我的脚踝叮了一个包。我不知道我现在是怎么想的，要是女人不出来的话，算是给自己一个赎罪的机会吧！要是女人出来了，我还能怎么办呢？没有别的选择了，除非我自己离开，可是这不是我留给女人的一次试探吗？

蚊子叮咬得极为密集，刚刚被我赶走的那只蚊子估计搬来了它的救兵，七大姑八大姨都赶过来了。女人出来了，我敢保证，女人要是再不出来，我就要和这些蚊子干起来了。

女人骑着一辆电动自行车，就是刚刚驮我回来的那辆电动自行车，车把手跟前的篮子里还放着一家超市的宣传单，刚好也是红色。我注意到女人换了一身装束，高跟鞋换成了乳白色的平底鞋，一身橙色的运动装，完美地展示着女人的身材。女人到了这个年纪还能有这样的身材，是需要极其自律才能维持的。也是，如果不是自律，每晚的第八交响曲又怎么会准时上演呢。

女人在对向车道，她刚出来的时候我就看见她了。女人往前骑行了四五米，停下来向我招手，其实她完全可以扭动把手消失在人群中。我坐在女人的后面，奇怪的是那股胭脂味不见了，整个车架上都是茉莉花香，淡淡的。我挺害怕这样坐车的，双手没地方放，只能牵着女人腰上的衣服。车速越来越快，我只好双手扶在她的腰上。

就在女人准备要把自己脱光的时候，我跟女人说，能不能到外边去。女人说，不去了，嫌麻烦，周边的人都认识。

那，那可以去远一点儿的地方。

我觉得这里有些不干净，心里慌张得很。我补充道。

女人犹豫了一下，拿起墙上的话机按了个数字拨了过去，那边一个男人粗壮的声音传过来，双倍。女人看了我一眼，我说我都听到了。

我付完钱，女人和我一起出来。临了她又被男人喊了进去，小声说了些什么，我准备贴耳听得清楚一些，一辆洒水车刚好路过。车子还播放着熟悉的曲子，我跟着哼了几声，却始终想不起它的名字。

女人出来，我问女人带身份证没有，我说我没有带身份证。

女人问我住哪里，我说离这里几十公里路呢。

女人跑进去拿身份证，又被那个男人叫到一旁，嘀嘀咕咕地说了一通。

过了很久女人才出来，女人说身份证在家里，要骑车回去拿。我坐在女人的后面，坐垫已经被太阳烤得滚烫，感觉臀部坐到一团剁椒里面去了。女人在车上跟我说，到了楼下，有人问起就说我是去看房子的。女人说她以前是个房屋销售。

到了小区门口，女人临时决定把我放下。我想，女人完全是可以溜走的，而且我心里是希望女人能够逃离的。不单单说是这次逃离，我更希望女人能够逃离那个洗浴会所。我对女人充满了好奇，但我希望女人能一直有一个完美的印象留在我的记忆中，就像只是摔碗或温言细语两个印象而已。

女人先是找到一家很小的旅社，她抬头一看旁边是一家宠物店，连忙说不行，这里熟人太多了。我说，你还养宠物呢？女人没有回答我的问题，又往前骑行了两个红绿灯才停下。是一家很气派的酒店，全国连锁。女人在门口把我放下，停好车就往里走。旁边一个小卖部的中年男人瞟过来，我总觉得他那张脸仿佛知道些什么似的，我的眼神不敢与他对视，赶紧把脸转向了另一侧，佯装看别的事物。

女人开好了房，我大摇大摆地跟在女人的后面走了进去。

房间很大，干净、舒适，一张大床跟前是一台刚换的某品牌电视机。女人拉上了窗帘，将门反锁后就开始脱衣服。

女人朝着我笑，说，你是自己脱还是我帮你脱？

我们说说话。

女人不敢相信自己的耳朵，眼神里立马有了一种不同寻常的东西。

你是什么人？

客人呀！还能是什么人？

你到底是什么人？

一个失败的小说家。

什么玩意儿。你不会是那个吧！

什么那个，我写的小说没有人看也没有人愿意出版，那些小说稿子呀，我都烧了。

女人放松了戒备，坐下来，叼了一支烟，我的眼前立马一团云雾缭绕。

说吧，你想聊什么。

你怎么做上这个的？

家里需要用钱，只有这个风险相对低一点儿，还来钱快。要具体讲，三天三夜也讲不完。

你男朋友呢？他介意你做这个吗？我小心翼翼地问道。

女人把烟蒂往烟灰缸里抵了一下，我吓得一哆嗦，女人拿起烟灰缸就砸了过来。

然而，这事儿并没有发生。女人说，我干销售一个月也卖不出去一套房子，上千万的房子呀，哪能是随随便便就能卖出去的。我在地铁口发了三个月的传单，也没有碰上一个哪怕是差不多的客户。你说也不知道咋了，现在啥都越来越便宜，唯独这个房子贵的，在这里我可能一辈子都买不起一间厕所。女人轻轻地哼了一下，接着说，他介意又能怎么样，我们刚刚分手。当然这也不是主要原因。我们性格不合。其实不瞒你说，我今天是第一天上班，你是我的第一个客人。我发现你跟别的客人还真不一样。

怎么个不一样？

怎么说呢，我之前听姐妹说，别的客人在做按摩推拿的时候，总是喜欢动手动脚，看得出来，你跟他们不一样。大多数客人都是在做之前喜欢摸来摸去地占些便宜，反倒是按摩完之后规规矩矩的像个小学生。你呢，太正经了，正经的我都不知道说些什么了。

我的微笑像是一种麻木的展示。

我们聊了一个多小时，我跟女人说，我不喜欢烟味，你去冲个澡吧。

浴室里的水声响起，熟悉的第八交响乐响起。

"咣"的一声，一个玻璃杯摔落在地……

众里寻他千百度

1

　　蝉鸣声一层又一层地从玻璃缝和瓦缝中灌进房子里，雷濛濛觉得这声音像是一把把细小的匕首，慢慢地刺向她的皮肤，甚至在地心深处也有数不清的蝉鸣在振动，她隐隐约约觉得这是个定时炸弹，迟早要把自己的心炸得血肉横飞。那声音如针扎一样钻进雷濛濛的耳廓，它们绕着耳道逐渐深入。那声音离开了树枝在空中就化作了网，密密实实地套过来。雷濛濛额头上的汗珠连成线，一滴接着一滴从脸颊滑落而后经过脖子慢慢向前胸和后背渗透，漫卷着一片接着一片的潮湿。仅仅几分钟的工夫，她那灰色而又略显紧身的上衣又加深了一个色阶，似乎将身体裹得更紧了。雷濛濛望了望桌子上平整摆着的两张录取通知书，又陷入了长久的沉思。

　　前几日梦儿和云儿的大学录取通知书都已经送到她的手中了，连邮差都夸雷濛濛能干，一下子培养出两个大学生来。雷濛濛自从收到了孩子们的录取通知书以后，走路都自带风声，人们看她的眼神也明显与平日不同，更多的是仰望与敬佩。这要是放在平时，没有人会注意到她这个小寡妇的，而现在她走在路上总会有人跟她主动打招呼。

看着这两份大红色的录取通知书，到底谁去上大学谁留下，哎，可把她给愁死了。她一遍又一遍地抚摸着云儿和梦儿的名字，打印上去的字体一日比一日模糊，雷濛濛始终拿不定主意。雷濛濛再也没法子静下心来，当然，一直以来她也未曾真正沉静下来过。雷濛濛在房子里来来回回地踱步，突然觉得房子要比往日小了许多，她气冲冲地朝门外大步走去。

时间一天一天过去，每过一天，雷濛濛都觉得又有一筐石头压在她的胸口上。她曾想过，要是时间能暂缓该有多好，要是每天醒来都是昨天该有多好。可是她越是这样想，日子仿佛和她憋着一口气似的，越来越快。这个时候雷濛濛再看那两份录取通知书的时候，已经感觉不是通知书了，而是两枚倒计时的炸弹，有红色的火焰在飘忽。

转眼间就到了九月份开学的时候。是该送梦儿去上重点大学呢，还是送云儿去上普通大学呢？雷濛濛还是没有做好最后的决定。雷濛濛心中就有两个雷濛濛开始斗争了，夜深人静的时候她们两个人开始对谈，可是谁也无法完全说服谁，最后心里的两个雷濛濛又把问题抛回给现实中的雷濛濛。好几个晚上雷濛濛都睡不着觉，这种感觉太难受了。她看哪里都能感觉到两个孩子巴望着的眼神。手心手背都是肉，无论选择谁去，都有可能是一次错误的决定，而且是一种无法避免和弥补的错误，孩子有可能会记恨她一辈子。雷濛濛做出何种抉择都可能让梦儿和云儿不再原谅她。

终于到了最后一个晚上，是该最后做决定的时候了，雷濛濛给梦儿和云儿收拾好了行李，两份录取通知书分别放在云儿和梦儿的行李包旁。

　　她一个人坐了一个通宵，直到公鸡叫第三遍的时候，她才缓缓起身，然后将其中一份录取通知书撕掉了。

　　绯红的纸屑带着心跳般被扔进了火炉，火光打在她的脸上，俨然一尊菩萨。

2

　　雷濛濛永远不会忘记她第一眼看见云儿时的情景。

　　她首先回想起来的是一座桥，无尽的涛声从江面漫漶而上，雾气罩住了江面也罩住了大桥，一声清脆的啼哭把她从死亡边缘拽回。当时，雷濛濛东一脚西一步地从桥头上路过，她的怀里还抱着一个刚刚出生没几个月的婴儿。宣告她们死亡的并不是肉身，而是精神死亡，她看不到任何生的希望，所有的勇气都葬送在一次出行。

　　雷濛濛是准备要跳江的，她已经走到了大桥的中间，她知道从这里跳下去正是江面的中心。她没敢往下看，心跳不自觉地加速运动着，脸颊上冲刷着几条清晰的印痕，已经无法辨认出是汗水还是泪水。她挪动着小碎步，一步一步靠近水泥栏杆。雷濛濛在心里说道，老天简直太不公平了，等我死了以后我一定化为厉鬼，化为闪电，天天劈死你。雷濛濛已经记不清自己在心里咒骂过老天多少次了，她能明显感觉到自己的眼睛里有一桶火药要爆炸，然后她看了一眼阴着脸的苍天，缓缓地合上了眼眶，深吸一口气。再见了！她已经决定好了。她轻吻了怀里孩子的颧骨。那一刻她的眼睛里全是泪水，心里长出来一万把刀子。她抱起孩子准备纵身一跃，也就是在这会儿云儿哭了一声。她已经登上了栏杆的最后一个台阶，风变得格外强劲，冲过来如同一个成年人的巴掌打在脸上。这时，孩子的哭声更凶了。"哇，哇哇，哇哇……哇哇"，雷濛濛只想和梦儿静静地离开这个世界，现在，连她最后的愿望也落空了。

雷濛濛循声而去，只见一个婴孩嘴里含着手指头，清口水一波一波地从嘴角往外翻涌。这是谁家的孩子呀？天气这么冷，孩子冻坏了怎么办？多么可爱的孩子呀。她鬼使神差地抱起孩子并给他喂了喂奶水。那孩子嘴里咬着雷濛濛的乳头，天真地笑起来，就那么一瞬间，雷濛濛被这个孩子给俘虏了。

雷濛濛一手抱着自己的孩子，一手抱着云儿，气若游丝地说道，是谁把孩子放在了这里？谁家的孩子丢了？她不由得伤心起来，开始骂道，是那个挨千刀的把孩子丢在这里的。既然给了孩子生命就要对生命负责，她在心里对自己说，也是对这孩子那从未谋面的父母说。雷濛濛在说这几句话的时候带着十万雷霆，脸上燥热的浪一波一波地扑上来。可她转念一想，是不是自己想错了，孩子的父母是不是有什么困难？是不是有什么难言之隐？他们是不是也在焦急地寻找着孩子呢？也有可能在来的路上？其实雷濛濛心里明白，大概率是不会有人回来认领这个孩子了，但是她还是抱着最后一丝希望，一直等待着。

可怜天下父母心，雷濛濛知道这句话在她身上是无效的。

太阳从对面的山头上露出半个圆来，很快江面上闪现出几道金光，雾气散开，船只拔锚起航，大桥上也是行人如织，整个城市从夜幕中苏醒。没有一个人来找孩子，人们只顾低着头行走，行色匆匆。别说等人寻上来，就连好奇的目光都没有出现过。多年以后，雷濛濛才明白，当时自己两只手抱着两个娃，人们又怎么会将她和弃婴联想到一起呢。

雷濛濛在心里悔恨起来：我干吗要多管闲事呢，别人家的弃婴总会有人管的，怎么轮也轮不到我呀，我又不是什么救世主。我连自己的生活都是一团糟，哪还有闲工夫去插手闲事，真是好奇心害死人……好奇心害死人，在雷濛濛这里也是无效的。她特别想抽自己一巴掌，但是却腾不出手来。

雷濛濛看了一眼江面，仿佛所有的江水都加快了流速，雾气逐渐散开，脚心和鼻尖开始同时冒汗。她感觉自己整个身体都要倾倒在江面上了，她知道这并不是因为这几天经历了太多伤感的事情，而是自己无法控制抖动的大腿。

你在凝视深渊的时候，深渊也在凝视你。

此时，雷濛濛心里开始萌生出一个奇怪的想法。

她吸了吸鼻子，仿佛整个江面的雾气都被她吸到鼻子里去了，湛蓝的碧波跳跃着咆哮着，仿佛要把一切都吞没。

雷濛濛加快了步伐，她突然有了一种从未有过的快慰。

她们一起离开了大桥，离开了来自深渊的凝视，离开了那个预示着死亡的大桥。

雷濛濛自己的孩子叫梦儿，是个女孩子。

桥头上捡来的孩子，后来雷濛濛给他起了个名字叫云儿。

在当时，或许连雷濛濛自己都没有意识到，此生他们的命运就这样开始交织在了一起。

3

云儿和梦儿同岁，属相都是鸡，他们一起快乐地成长，学习，但是雷濛濛心里总是悬着一块石头。

云儿每天早上都帮梦儿背着书包去上学，在学校里从来没有人敢欺负梦儿。说来也怪，云儿天赋极高，在学校凡是老师讲过的他都能记住，曾经有位老师夸云儿聪明，说他的眼睛像是一个黑洞，可以吸收一切的能量。而梦儿走到哪里，哪里就是焦点。有一次在放学路上，云儿听见几个男生说梦儿的坏话，云儿二话没说就跑上去把人家给揍了一顿，结果云儿一个人被对方一群人打得鼻青脸肿。梦儿晚上一边哭一边给云儿上药，云儿却嘻嘻哈哈地把雷濛濛和梦儿逗得哭笑不得。

日子就这样一天一天地过着，云儿和梦儿也在一天一天地成长。

十八年，云儿和梦儿像亲兄妹一样长大成人了。除了雷濛濛外，没有人知道他们俩其中有一个不是亲生的。虽然不是亲生的，但是雷濛濛从来没有因此而多给梦儿买一件衣服，也没有因此让云儿少吃一顿饭。要不是云儿的那一阵哭声，恐怕雷濛濛和梦儿早就已经葬身鱼腹了。十八年，雷濛濛的日子一天比一天艰难，但生活总给人以希望。让人疑惑不解的是，雷濛濛并没有被生活的艰辛压倒而面露憔悴，反而越活越年轻。

梦儿已经长成了一个标致的姑娘，在她的身边自然少不了追求和仰慕的异性。他们大多通过云儿来打听梦儿的喜好和乐趣，更有将那青涩的情书通过云儿传给梦儿。每次云儿总是怒气冲冲地把同学的话原原本本说给梦儿，梦儿总是笑嘻嘻地看着云儿。她知道云儿生气了，但是她就是一句话也不说。好像云儿越生气她就越高兴似的。或许还有另一种可能，她是在等云儿给她说些什么。这天云儿又气冲冲地跑过来说，这是那个胖子让我给你的。不过，这是最后一次了，以后我再也不干这些事了，哪怕是一句话一个字都不会传给你了。

　　"怎么，云哥哥，你生气了呀？"

　　"哼，我有什么可生气的。"

　　"是吗？是吗？"梦儿说着，还戳了一下云儿的胳肢窝。

　　不过这次云儿并没有像往常那样跟她嘻嘻哈哈的，云儿把脸扭转到另一边。末了，还撂了一句"我又不是你的传话筒"，就扬长而去了。

　　晚上吃饭的时候，餐桌上比平时多了两道肉菜，干笋炒肉和青笋炒肉。梦儿说："妈，你是不是糊涂了，怎么用干笋炒了一个肉，又用青笋炒了个肉，都是笋和肉。"

　　雷濛濛没有正面回答梦儿的问题，而是说："改善一下伙食，难得能够吃一次肉，你们多吃点，正是长身体的时候。"

　　整个晚饭期间云儿没有说一句话，他给雷濛濛的碗里夹了一筷子肉，又顺手给梦儿碗里夹了一大筷子肉。梦儿的心里就有一朵花绽放开了。

　　云儿注意到妈妈的眉头皱了一下。

雷濛濛说："云儿，梦儿，这件事我这几天想了很久，我觉得我还是应该跟你们说一下。"

云儿和梦儿一听妈妈这话就齐刷刷地把目光接上，他们的目光在雷濛濛的眼眶处汇合，也在此处达成了约定的和解。

雷濛濛顿了顿说："你们，你们俩马上就要参加高考了。但是我们家的经济情况你们心里也是知道的，以我们现在的状况我只能供得起一个大学生。手心手背都是肉，谁去上大学，谁不去上就要你们靠自己的本事了，到时候谁考得高我就让谁去上……"

4

雷濛濛自打有记忆开始就住在孤儿院，她从未见过自己的父母。父亲和母亲在她的心中一直都是一个模糊的概念。她看着孤儿院外父亲对孩子说话的口吻，母亲抚摸小男孩额头的场景，隔着孤儿院的大门，像是一道道无法触摸的极光。

十九年前，雷濛濛在众人的祝福中和一同在孤儿院长大的发小结为夫妻。院长说："你们成家了，以后就再也不要回来了。但愿终有一日，孤儿院不再有孤儿。"

雷濛濛和丈夫性格相仿，雷濛濛一个眼神，他便能知道雷濛濛心里在想什么。在梦儿没有出生之前，他们两人从来没有拌过一次嘴。他们两个坚持骑行结婚，从彩云之南，到喀喇昆仑，足迹遍布祖国大好河山。他们在甜蜜旅行中孕育了自己的孩子——梦儿。之所以起名为梦儿，是希望孩子甜蜜之梦能够一直延续。

梦儿长得乖巧，两人看着孩子，有说有笑的连助产师都心生嫉妒。她说："我从医几十年以来，经我之手出生的孩子数不胜数，但是能够像你们这样恩爱的家庭真不多。"

出月子以前，雷濛濛的胃口极好，酸甜苦辣咸，来者不拒。雷濛濛一吃饭，整个病房里到处都能听见喉结蠕动的声响。等到雷濛濛出院的时候，她惊奇地发现自己的肚子上多了两条肉圈圈。入院以前的衣服已经穿不下了，她开始带着撒娇式的口吻埋怨道："都怪你啦，让我吃那么多。你看，我的衣服都穿不进去了。"见丈夫不作声，雷濛濛又补充道："我要减肥，下次你要拦着我哦。"

夫妻恩爱，女儿活泼，正是生活美满的时候，梦儿却患上了一种罕见的怪病。雷濛濛夫妇便开始了漫长的求医之路，先是在乡镇医院，后来又转到县医院。医院里出具的各种检验单都可以订成一本书了，而梦儿的病情依旧毫无起色。他们几乎花光了所有的积蓄。就在前往本市某三甲医院的途中，不幸遇到车祸，等到雷濛濛醒来的时候，她正躺在医院的病床上。医生告诉她，她只是受到强力的冲击陷入了短暂的昏迷，除了左大腿内侧有一处轻微擦伤，右腿膝盖上落下几个雨点大小的疤外，并没有其他明显的伤势。但雷濛濛的丈夫和孩子就没那么幸运了，他们都住进了重症监护室。医生小声地说，情况不太乐观，要提前做好准备。雷濛濛自然知道这意味着什么。

几天后，病房门开了，"吱呀"一声，医生从病房推出一张蒙着白布的担架床，车轱辘在水泥地上摩擦出刺耳的噪声。

雷濛濛表现得极为克制，她呆立在原地，完全像是变了一个人。但很快她又重新鼓起勇气，朝着担架床一步、半步、小半步地向前移动。双脚被地面上某种巨大的力量所吸住，每一次迈步都拼尽了全部的力量，整个身体里住着一座冰山，白气呼哧呼哧地往外冒，三米开外就能嗅到寒冷的气息。

　　这不过是十来步的距离，雷濛濛却感觉走了几十年。她一遍又一遍地在心里说，这不是真的，这绝不是真的，怎么会这么快。她无法想象白布之下是谁？是对自己百依百顺的丈夫，还是天真烂漫的梦儿，还是说……雷濛濛不敢往下想，但是她无法控制自己内心世界的慌张。说实话，有那么一刻，雷濛濛觉得白布之下可能是梦儿，她心口感到一阵疼痛，是来自一个母亲钻心的疼痛，一把无形的匕首扎入喉咙深处又长出泣血的花。如果是梦儿的话，自己和丈夫又该如何去面对呢？是否还有勇气继续生养下一个孩子呢？雷濛濛的脑子里一片空白，她无法回答这个问题，也不可能回答这个问题。也就是在那极短的百分之一秒内，雷濛濛觉得自己疯了，怎么能这样想呢，她不由得生出一股怯懦的羞耻感来。但是雷濛濛已经无法控制自己的思绪，仿佛打开了一扇水库的闸门，洪水喷薄而出，已经很难再关上了。要是白布之下是丈夫，自己该怎么办？该怎么生活下去呢？如果白布下面是他们父女俩的话，办完他们的后事我就跟他们爷俩一起走，黄泉路上也好有个照应，不过好像也没作用，只要过了奈何桥，今生的所有缘分也就断了。雷濛濛知道这是不可能的，她自己有意识无意识地设定了这么一个理想答案。因为医生说了一张担架床就是一个人，绝不可能把他们父女俩同时都放上去。

雷濛濛每一步都走在心脏上，"咚咚咚"的心跳已经跳出肉体在走廊上来回奔跑，回声似暴雨一样播过来。

雷濛濛还是走到了担架床跟前，她颤颤巍巍地用手去揭白布，感觉是在揭一个无比沉重的铁锅盖，一道闪电迎面扑来，没有击中身体，没有颤抖，雷濛濛整个人都被万能胶粘在原地。她几乎吓得一句话都说不出来，眼角像决堤了的河水一样，嘴皮强烈地震动着，仿佛要脱离牙床似的。慌乱之中雷濛濛赶紧把一只手塞进了嘴里，牙齿咬在手背上却感觉不到丝毫疼痛。雷濛濛感觉到呼吸困难，整个身体开始急速抖动，只觉得眼前一片巨大的黑幕盖过来。

雷濛濛晕倒在了地上。

5

云儿果然再也没有给梦儿传过话递过信。

雷濛濛也看出了两个孩子之间的微妙来。

现在的梦儿浑身上下都散发出一股女人的味道，云儿也是长得高大威猛、身材魁梧，洋溢着独具西北气息的阳刚之美。

这天，雷濛濛从地里回来看见，云儿和梦儿在路上手牵着手，两人越走越近……

雷濛濛悲喜参半，虽说这一切都在朝着她当初的规划稳步推进，但是作为过来人，雷濛濛自然也知道少年时的冲动来得快去得也快。虽然云儿和梦儿不是亲兄妹，可是他们之间的情感一旦破裂，日后又该怎么相处呢？雷濛濛刚想到这里，一道闪电划破天空，雷声砸下来，风赶着雨就从山的那头飞奔而来。等到雷濛濛回到家的时候，云儿和梦儿已经浑身湿漉漉地站在屋檐下。雷濛濛赶紧开门让两个孩子换上一身干净的衣服。她注意到云儿的目光全在梦儿身上，眼神也随着梦儿的头部朝胸部移动。雷濛濛咳嗽了一声，随便找了个借口就把云儿给支走了。

雷濛濛不知道该怎么去处理两个孩子的感情，邻居们又会怎么去评说这两个孩子的冲动呢？要不要告诉孩子们事情的真相，可是这样又会不会给他们带来不可估量的伤害呢？

雷濛濛决定以静制动，她仔细想了想，眼下最重要的就是高考，其他事情都是次要的。雷濛濛决定每天都陪两个孩子做功课，一来是监督，二来在眼皮子底下她以为一切都会在掌控之中。雷濛濛加入后，两个孩子的复习果然变得高效，特别是梦儿的很多疑惑都得到了云儿的解答。看着两个孩子和睦相处，成绩也越来越高，雷濛濛的心里是高兴的，可是她只能让其中一个人上大学，一想到这里，她心中那盏灯的火焰就渐渐矮下去了。

不得不面对的高考如期而至。雷濛濛特意跑到县城考点附近陪两个孩子参加考试。与其说是陪同，倒不如说是监督，她害怕两个懵懵懂懂的孩子会干出一些出格的事情来。

雷濛濛带着云儿和梦儿在一家三星级酒店点了一桌子的菜，特意犒劳云儿和梦儿。至于两个人之间的那些微妙和高考考得怎么样，雷濛濛只字不提。现在她只想和孩子们好好地吃一顿饭。这一顿饭三个人都很开心，嘴角上洋溢着微笑，但是三人又各怀心事。

一个月以后，高考成绩下来了，梦儿的分数要比云儿高出五十多分。

雷濛濛把云儿叫到一边问道："云儿，怎么回事，平时梦儿不会做的题都是你教她的，怎么考试成绩差了这么多呢？"

云儿说："可能是考场上太紧张了吧！"

"你撒谎。"

"妈，我真的没有撒谎。平时考试吧，都是坐在镇子上的教室里，五十多个人坐在一起，我感觉周围的一切都很熟悉。可是到了县城的考点，座位、同学都是打散了的，前后左右没有一个我认识的人，前面和后面都有一个监考老师，我总是感觉到有人盯着我看，心里发毛。"

"你个没出息的。"雷濛濛撂下这句话就去做饭了。

在刚刚那一刻她明白了一个事实，无论是梦儿还是云儿，他们都已经长大成人了。她和孩子们之间已经有了一条浅浅的隔阂，他们不可能也不会把心里的想法再原原本本地讲给自己听，他们已经学会不动声色地去隐藏内心真实的想法。

梦儿把云儿拉到房子外面问："哥，你咋考的，这不可能是你的真实水平呀！"

"我的傻妹妹，妈不是说了吗，我们俩谁的分数高谁就去上大学。我故意做错几道题，分数就比你低了呀！说好了啊，这事可是我们两个之间的秘密呀，可不敢让咱妈知道。"

"你的成绩一直都比我好，该去上大学的是你呀。你怎么能这么做呢，妈一定会伤心的。"

"我是男子汉，你去上大学了，我在家里能做很多事情的，有的是力气，还可以和妈一起给你挣学费呢。"

这天晚上，梦儿没吃晚饭，一个人捂在被子里默默流泪。

6

孤儿院的院长说雷濛濛和丈夫都是被人遗弃在院门口的，襁褓之中没有留下任何信息，哪怕是一张便条或者一个信物。清晨，院长开院门的时候雷濛濛还在打呼噜呢，刚把她抱进房间，一声响雷从房顶滚过，不一会儿，天空就下起了蒙蒙细雨，于是雷濛濛就有了这个名字，院长还特意加了水字旁。

雷濛濛从来没有见过自己的亲生父母，她自小就在孤儿院长大，她从来不知道父爱和母爱是怎么一回事儿，丈夫的离世更像是一根无形的绳索正在把她拽入深渊。

那几日，在雷濛濛的记忆里始终是一片昏暗的剪影，以至于多年以后她也回想不起任何细节来。

雷濛濛走着走着，就来到了大桥上。雷濛濛不知道自己死了以后该怎么面对丈夫和女儿，但是生活的最后一根稻草已经压弯了她的脊椎，她感觉自己可能再也站不起来了。所有的通道和路口都堵死了，只剩下唯一的一条路了。雷濛濛觉得自己唯一愧对的就是女儿，没能陪伴女儿长大成人，没能给她父母应有的温暖港湾，更悔恨自己没能给女儿一个健康的身体。但也就是在云儿的那一声哭泣之后，整个事情便朝着另一个方向发展了。

后来，梦儿的病时好时坏，梦儿经常半夜犯病，胸口疼得脸上直冒汗，一夜一夜地睡不着，搅得雷濛濛也是黑眼圈一层一层地往外渗。

梦儿会乖巧地跟雷濛濛说："妈妈，你睡吧！我胸口疼的时候就用手捂着。妈妈，我不叫出声，这样你就能睡着了。"

雷濛濛下定决心要带梦儿去看病，哪怕是吃再多的苦她都愿意。雷濛濛见到庙和道观就进去参拜，她多想用自己的寿命给梦儿续上命。那年冬天的第一场雪下得很大，一只脚踩下去就到膝盖了。雷濛濛背着梦儿走了几十里的山路，才在山里找到了病友推荐的那位女中医，等她坐下来的时候，双脚已经被冻伤。女中医用雪给雷濛濛搓了半个小时她才恢复过来。女中医说，要不是这场大雪，这会儿雷濛濛就见不到她了，要是错过了今天，雷濛濛的双腿可能就废了。女中医给梦儿把脉，开了几服中药，说梦儿的病的确有些古怪，她从医几十年还是头一次遇到，不过这些中药配合一些古老的土方子能够减轻病症。说来也怪，头几日梦儿闻到这股中药味就头晕犯恶心，服用了半月以后，梦儿喝起中药来反倒越来越舒服了。

到大医院一检查，医生说梦儿的病并没有根除，按照现在的医学条件也没有办法做到百分之百的康复，依旧有复发的可能，而且一旦复发极有可能是致命的。雷濛濛松了一口气，一方面她为梦儿的病情得到遏制而高兴，虽然只是暂时的，但终究是有了起色，雷濛濛的喜悦溢于言表。雷濛濛始终无法忘记当初自己和丈夫在市医院给女儿看病时，医生说最多也就一年半载的事情，这句话像魔咒一样经常出现在雷濛濛的睡梦之中，她一次又一次在梦中被这句话惊醒。那时候，丈夫和她商量着要不要把孩子丢掉，再生一个。雷濛濛说，如果那样做了，还配称之为人吗？这和当年丢弃我们的父母又有什么差别呢。为此她和丈夫置气，才有了后来的车祸。

雷濛濛确实感到很庆幸，如果当时把梦儿给丢弃了，后来的这一切都不会存在了。这几年与其说是她陪伴着梦儿成长，倒不如说是梦儿陪伴着自己。她心里清楚，做父母的有时候远远没有儿女们的爱更深刻。其实雷濛濛心里是有愧疚的，她觉得当初在准备跳江的那一刻，她已经在心里给梦儿判了死刑。

"可是，我有什么资格去给一个孩子的生命宣布死刑呢，即使这个孩子身上流淌着我的骨血。当她脱离了母体的这一刻，她就是一个完整自由的生命个体了。"雷濛濛在心里一遍又一遍地说给自己听。雷濛濛想起院长以前读给自己的一首纪伯伦写的诗：

你的孩子，其实不是你的孩子，
他们是生命对于自身渴望而诞生的孩子。
他们通过你来到这世界，却非因你而来，
他们在你身边，却并不属于你。
你可以给予他们的是你的爱，却不是你的想法，
因为他们自己有自己的思想。
你可以庇护的是他们的身体，却不是他们的灵魂，
因为他们的灵魂属于明天，属于你做梦也无法达到的

明天。

你可以拼尽全力，变得像他们一样，

却不要让他们变得和你一样，

因为生命不会后退，也不在过去停留。

你是弓，儿女是从你那里射出的箭。

弓箭手望着未来之路上的箭靶，

他用尽力气将你拉开，使他的箭射得又快又远。

怀着快乐的心情，在弓箭手的手里弯曲吧，

因为他爱一路飞翔的箭，也爱无比稳定的弓。

雷濛濛时常在这样的噩梦中醒来，她梦到自己和梦儿已经死掉了。梦儿还是婴孩时的样子，梦儿追赶着自己，一遍一遍追着她问道："妈妈，妈妈你为什么要杀死我？"雷濛濛往相反的方向跑，可是梦儿总能快速地追上她。在梦境的世界里，雷濛濛成了弱者，她害怕、后悔、愧疚。她越是想跑越是跑不动，跟梦魇不断地斗争着。她想要大声喊出来，周围的树木、河流和鸟兽都变成了一台台巨大的机器，瞬间把雷濛濛所有的声音都吸走了。她感到呼吸困难，胸口慌乱，憋着一口气。终于，有一个微弱的声音从牙缝间露出来，雷濛濛把自己喊醒了，把自己从梦里喊出来了。

雷濛濛总是披着一身汗涔涔的潮湿在半夜醒来，这时梦儿和云儿已经把被子踢得各朝一边。梦儿的大腿夹着被子如同抱着一个娃娃，而云儿一定会睡到床的中间，整个人的身体和上床时是完全相反的方向，要么像个汉字"一"一样横在床中间，要么就有一个枕头掉到床下面去了。雷濛濛轻轻地将被子给两个孩子重新盖好，然后亲一亲他们粉嘟嘟的小脸蛋。

每当这时，雷濛濛就有一种劫后余生的侥幸感。

云儿再一脚将被子踢翻，雷濛濛依旧耐心地给他盖上。没过两分钟，云儿先是把左脚伸出来，接着又是一脚把被子踢到一边。雷濛濛"啪啪"两巴掌打在云儿的腿上，云儿就变得老实了，双脚再也不踢被子了，一觉睡到天亮。

另一种想法在雷濛濛的内心深处藏得极为隐秘，只有在夜深人静的时候，身体里的另一个雷濛濛才跳出来对着她的耳朵说："你现在应该满意了吧？即使梦儿再度犯病，不是还有云儿吗？云儿已经陪伴着梦儿慢慢长大了。"等雷濛濛一睁眼，心里的另一个雷濛濛就已经逃之夭夭了。

7

没有人知道雷濛濛为什么会做出这样一个决定。

三个人沉默地走在路上，临了，云儿才缓过神来抱了抱梦儿，当云儿抱住梦儿的时候，雷濛濛隐约听到云儿仿佛是在给梦儿说些什么，只见梦儿的脸抽搐了一下，眉头皱了一下。这个皱眉头的动作让雷濛濛感到特别熟悉，但她就是想不起来在哪里见过。在车站，直到汽车消失在雷濛濛的视线范围内她才转身朝来时的方向走去。

云儿和梦儿一直有书信往来，四个月以后，当云儿踩着寒风踏着冰雪回到家里，真正的冬天开始了。

雷濛濛从他们的书信往来中知道云儿和梦儿确实有了朦胧的爱意，但他们没人敢捅破这层窗户纸，这一点儿让雷濛濛感到十分欣慰。为了不影响孩子的学业，她以梦儿的口吻给云儿回了后面三个月的书信。云儿知道以后哭成了泪人，在心里他无法原谅这个带给他二次创伤的妈妈。

十年以后，云儿已经在城里站稳了脚跟，成家立业，但是母子之间的感情一直不好，那层隔阂越来越重，一直压到两人都喘不过气来。

在一个雷雨交加的夜晚，云儿看见雷濛濛一个人坐在落地窗旁边自言自语，仿佛是在跟另一个人对话。这把云儿吓了一大跳。云儿发现雷濛濛隔三差五就会半夜起来，有时候哭，有时候笑，有时候咒骂。云儿知道母亲这辈子吃了不少苦，但是直到最后他也不知道自己曾经是一个弃婴。

这天云儿下班以后，看见母亲在大街上，拉着一个人就问："你看见我的云儿了吗？你看见梦儿了吗？"在雷濛濛的潜意识里，她或许已经忘记了云儿是她捡来的，她始终把云儿当作是自己的孩子。云儿看到这一幕，再也控制不住自己的泪水，当街就跪在雷濛濛的脚下，说："妈，你的云儿在这里呢！"

雷濛濛看了一眼云儿，说："你不是我的云儿，云儿和梦儿在一起呢。"说着说着，她一把把云儿推开，嘴里还在念叨着："云儿还在上大学呢，我怎么会跑出来呢。"

云儿跟着雷濛濛走过一条步行街又穿过了两个十字路口才停下来，雷濛濛猛地转过头来，把云儿吓了一大跳。雷濛濛看着云儿，好像什么也记不起来似的，说："云儿，我怎么会在这里呢？"

云儿一个跨步跑上去抱住雷濛濛，说："妈，我们不是说好了，出来给你买衣服呢。"

雷濛濛说："哦，出来买衣服，买衣服。"

走了两步，她又转过头来跟云儿说："我们回家吧！梦儿还在家里等着我们呢。"